新世紀科技叢書

化學英文入門

—詳註 *Pauling-Hayward*: 分子的建構

THE ARCHITECTURE OF MOLECULES

原著・Linus Pauling 譯著・楊維哲 審定・邱式鴻
Roger Hayward

三民書局

國家圖書館出版品預行編目資料

化學英文入門—詳註Pauling-Hayward：分子的建
構／ Linus Pauling, Roger Hayward原著;楊維哲
譯著;邱式鴻審訂.－－初版二刷.－－臺北市:三
民，2018
　　　面；　　公分－－(新世紀科技叢書)

ISBN 978-957-14-5906-6　（平裝）

1.英語 2.化學 3.讀本

805.18　　　　　　　　　　　　　　　103008664

© 化學英文入門

—詳註Pauling-Hayward:分子的建構

原　　　著	Linus Pauling　　Roger Hayward	
譯　　　著	楊維哲	
審　　　訂	邱式鴻	
發 行 人	劉振強	
發 行 所	三民書局股份有限公司	
	地址　臺北市復興北路386號	
	電話　(02)25006600	
	郵撥帳號　0009998-5	
門 市 部	(復北店)臺北市復興北路386號	
	(重南店)臺北市重慶南路一段61號	
出版日期	初版一刷　2014年8月	
	初版二刷　2018年5月	
編　　　號	S 341480	

行政院新聞局登記證局版臺業字第○二○○號

有著作權·不准侵害

ISBN　978-957-14-5906-6　（平裝）

http://www.sanmin.com.tw　三民網路書店

※本書如有缺頁、破損或裝訂錯誤，請寄回本公司更換。

推薦序

　　去年暑假初，接到臺北三民書局來信，附上楊維哲教授為中學資優生撰寫的《化學英文入門》一書，內含 Pauling 和 Hayward 數十年前的經典化學入門書——《化學分子的建構》，請我以生化學者及曾在 Pauling 創立的科醫研究所 (Linus Pauling Institute of Science and Medicine)，從事醫學研究的經歷，審定楊教授的這本創作。我拜讀之餘，一方面對素所敬仰的楊教授在化學領域的深厚造詣，由衷起敬，深為歎服，一方面欣然地向青年學子，強力推薦！

　　楊維哲教授為國內著名的數學教育家，早年保送全國考生最欽羨的臺大醫學院醫科，三年後以對數學的執著與愛好，退學重考，進臺大數學系，並於 1964 年畢業。本人於 1967 年才進入臺大，因此他算是我的臺大學長，但我直到研究所階段才得知楊教授於美國 Princeton 大學獲得數學博士學位後，即回臺大數學系任教，他教學認真風趣，極受學生好評，他的教室中常常有一些常軌外的旁聽者，本人也曾約了研究生一起去旁聽他的大一微積分要如何推導平均變化率的定理。（他由 Rolle 的定理，利用相對運動的概念推衍出前者！）楊教授是臺大校園內最具傳奇性的師長：短褲、涼鞋、不修邊幅是他的寫照，常騎著一臺中古的腳踏車，出入臺大公館校園。他對待同仁、學生總是和藹可親且不做作；雖然他堅持他的本土理念，但我返國任教二十餘年，從未聽說具不同理念的同事或學生對他有任何怨言嫌語，可見他以德服人與真誠執著的數學人格，輔以寬以待人的學者風範，著實令人景仰欽佩。

　　楊教授以數學家的背景，撰寫了這本別出心裁的秀異小書給我國的中學資優生。一方面是化學的入門書，一方面又是英文（化學英文或者科學英文！）的入門書。

　　原本 Pauling-Hayward 的圖繪本就是一本絕佳的化學入門書！ Pauling 的分子結構論❶本來就是化學的經典，圖繪本就是用幾何的直覺向讀者解說一些基本的化學鍵概念及分子結構的對稱原則。雖然只是聚集了 57 篇短文，但它粗淺地從電子、原子核的基本架構，講說了石墨晶體 (section1)、氫分子 (section5)、水分子

---

❶ Pauling 因解釋化學鍵的基本性質 (section8 & section43) 獲 1954 年諾貝爾獎。

(section7)、鹵素分子 (section9) 等等簡單又重要的無機物質，進一步，由簡入繁地，踏入了有機化學的領域，再進而介紹了生物醫學領域的胺基酸及胺基酸結合而成的蛋白質二、三級結構，如蠶絲分子的 β – 型摺疊片結構和 Pauling 本人在 1950 年的突破性發現 α – 螺旋鏈蛋白結構❷(section49)。

中學的自然科學教學與學習，我認為不應該太強調記憶式的零碎知識，但是一般性的理論，必須是適量而且適時。像 Pauling-Hayward 的小書，輕輕地講解了一些分子結構的概念法則，於是就將這些理念應用到生活上（報章電視）容易遇到的實際例子❸，這是最好的入門書寫法。

楊教授提到：那一年 (1979 – 1980) 他到加州柏克萊大學研究，九月四日抵達，過了沒幾天到了九月中，他帶小孩子去鎮上圖書館，馬上接觸到 Pauling 的《化學分子的建構》一書，當下就決定以此為教材，指導他的兒子做「科學英文」的研讀。為此，他很費苦心，從化學、數學、英文的種種面向，作了妥切的註釋。而那位資優兒童柏因，就以漢譯作為習題，每天兩篇❹。那些註解與漢譯，就構成了此書的重要組成。

因此此書的題材，楊教授確實先試用在自己的孩子身上，驗證出效果絕佳：讓柏因對於英文的閱讀，從此以後都覺得輕鬆自在！「為英文而英文」，學起來其實沒趣，在閱讀科學的當中，不知不覺地學習英文，這才是王道。楊教授秉持著這個理念，在回國後不久，把這些材料，當作專欄，登載於《龍龍月刊》（少年雜誌）上，可惜這雜誌壽命不長，但是他並不就此灰心。在他臺大退休後，熱心地到臺北市的濱江國中指導數理資優生，應著這個機緣，就辦了一次（寒假中）五天的「化學英文研習營」，基本上就是利用此教材。

我讀完整本書之後，體認到他對於小孩子學習英文，有很明確獨到的想法：

❷ 這項貢獻是 Pauling 在化學鍵結論之外的另外一項重大貢獻！有科學家認為這就足以讓他再獲一項諾貝爾醫學或化學獎，因為由此發現促成了 Watson 和 Crick 1953 年的 DNA 雙螺旋結構，改變了現代生物遺傳學在化學分子結構層次上對生命起源和複製的瞭解與詮釋，並建立了人類基因體密碼破解的劃時代里程碑。

❸ 如書中所提的範例：石墨 (section1) 和鑽石（金剛石 section15）；瘤癌病毒基因 (section25)；氫鍵 (section39) 和冰晶體 (section41)；蠶絲 (section48) 和毛髮、肌肉 (section49 & 50 & 51)；磺胺藥 (section56) 及抗生素 (section57) 等等。

❹ 楊教授在別的書上提到：飛美前一個月，從八月一日開始，讓柏因讀范允臧的「英文法初步」，每天兩課，就以漢句英譯作為習題！

一、科學英文是最好的閱讀材料，因為「字彙」最容易，「文句」也最容易！

二、對於「字彙」的講解，注重字根、字首、字尾的分析。

三、對於「文法」的講解，注重句子的結構分析，說明哪個字修飾哪個字、哪幾個字湊成一個詞、這個詞在句子中的功能是什麼。當一個句子有幾個子句時，尤其是關係代名詞或關係副詞領首的子句，都用心分析。

關於第一點，我相信他是強調：「因為是最淺易，所以是最好！」關於第二、三兩點，我覺得他是用「結構」來看事物，「複雜的東西都是由簡單的東西湊成的」，小孩子學到了這樣子的方法論，一生受用無窮！我也就明白了他為何選擇了 Pauling-Hayward 的圖繪本做材料：Pauling 的化學，專講構造的分析！

楊教授說現在這本書，差不多就是那個研習營講義實錄❺的擴充。五天的短暫時間，當然只能講解圖繪本中的少數幾篇，但是這一點兒也不會減弱研習營的教育意義！因為他堅決主張：

養成學生獨立閱讀、思考的能力，才是教育的第一方針。

於是，除了原有為柏因寫的註解之外，又將一些化學發展史❻、簡單的化學計算及平衡方程式等等的材料，寫成補充的閱讀材料，發給學生。這些東西都集合在這本書中。

事實上，楊教授不僅闡釋了 Pauling 的科學入門經典短文，他也利用他中學時讀化學的學習經驗，寫了一章整合性的「化學小介」，闡述數學、化學（乃至於英文）的類似性、關聯性、與差異性❼。

他的用心是：這本書是一種導讀式的書，強調可以自讀自學。因為，主動的學習，效率最高。這在科學資優生的培育，確實是永遠正確萬古常新的理念，我期盼國內的中學教育機構，以及家長，能夠推廣、接納類似的啟發式科學導讀方式，培養未來新一代的科學家。

我還要作一個與眾不同的推薦：這本書不但是一本有趣且富有啟發意義的少

❺　連「假使沒課」(Just-Make) 都包含在內。

❻　主要是有趣的小故事！其中有些也可以說是勵志的「潛移默化」！他教育後進的執著與熱誠，尤其值得吾等後輩學習。

❼　我尤其心有戚戚焉地贊同楊教授的論點－「化學比數學『難』，英文比化學『難』」，因為化學定律不像數學定律具有恆定性，而英文文法的例外又比數學、化學原理變化多多。不過，學英文與學化學，本質上並無二致：慎思明辨。

年科學入門勵志好書，而且還是親子共讀的罕見讀物。首先，Pauling-Hayward 的圖繪本本來是一本絕佳的通俗科學書，文章出自於二十世紀最受推崇的偉大化學家，而由著名的建築師圖繪。Pauling 所論述的 57 篇短文，很多內容都是簡單、重要，而且是作為一個現代知識份子應該知道的。例如說：晶體結構就涉及到正多面體 (section12)，而一共只有五種❽，這是古希臘數理哲學家 Pythagoras 與 Plato 學派鑽研過的❾立體空間中的對稱結構，如今都在日常化學分子晶體找到實用的例子。其他很多篇都是直接或間接與 Pauling 本人一生的科學探討有關者，寫來自然親切簡潔。現在三民書局費盡辛苦得到授權與版權，買了這本書給孩子讀，就應該自己也讀，這等於把書價打了對折（或者更多折扣）。你們何時能有機會讀到並且讀懂一位諾貝爾級大學者的原文名著？最少最少，也應該讀楊維哲教授（或者楊柏因教授？）的漢譯。

其實這本書中，楊教授的對於英文的註解，或者「化學小介」，對於許多的家長，同樣適合！研讀之餘，您將會發覺數學、化學並不枯燥無味，而化學研究並不是深奧到不可及，而這樣的親子共讀，對於你的子女，是何等的激勵！

我衷心希望這本晶瑩的編著，能為有心培養青年學子成為科學家的家長們選購，也感謝三民書局給我這個機會一窺楊教授的化學的造詣，也對他熱心教育的崇高理念表示敬意！

高雄醫學大學醫學研究所特聘教授
中央研究院生化研究所合聘研究員

邱式鴻

2014 年 6 月 29 日

---

❽ 四面體、立方體、八面體、十二面體及二十面體。

❾ 這是中華文化所欠缺的！

序

（本書的小朋友讀者不必讀這篇序文。請直接從（化學英文研習營的）宗旨讀起。這篇序文的對象是大朋友讀者，及小朋友讀者的家長與老師。）

先說一下我為什麼對 Pauling-Hayward 這本書特別有感情❿。

我一定是很早就讀過 Linus Pauling 的大名吧。大概是初一寒假。那時候我最尊敬的科學家是 Pasteur，最希望讀的學問則是化學。寒假中，哥哥有跟我講過八隅體的說法。他們電機系的普化教授是劉盛烈，用的課本是 Pauling 的 *General Chemistry*。（雖然英文看不懂，我也懂得崇拜。）等我高中畢業，進了醫預科時，教授是陳發清，用的課本還是同樣的（換新版了）。Pauling 已得到諾貝爾化學獎 (1954) 了。

我 1965 年留美，好像隔年初，紐約有反越戰的大示威遊行。我也去，是看熱鬧，但也有拿旗子行一點點！（平生第一次。）那一次好像 Pauling 有演講，雖然遠遠的看不到人。Pauling 是極有道德勇氣的人，絕不懼任何打壓，也因此得到 1962 年諾貝爾和平獎！後來我也讀他的「維他命 C 與感冒」，也食用維他命 C（每天一克）很久。

1971 年回到臺大任教，柏因兩歲半，汗如兩個月半。柏因聽到過的英語一定沒有多少句。（不完全對。雖然我們只有念過幾本書給他聽：*Little Blue Engine, Winnie the Pooh*，但是他聽得津津有味。「還要！還要！」所以一天就念了 N 遍。）

1979–80 年，我拿到國科會的獎助金出國到 Berkeley。柏和如，已經要升六年級與三年級了。暑假中，8 月 1 日開始，我要柏讀一個月的《英文法初步》（范允臧編著）。每天兩課，幾乎讀完了。（每課有 10 句漢文英譯習題，有提供字彙。）

我們 9 月 4 日坐飛機去，（換日後，）9 月 4 日就帶著他們去 Castro 小學報到了。

不久，在 El Cerrito 鎮上的圖書館就看到這本 Pauling-Hayward 的《分子的建構》。書中不到 60 篇，（一篇只有一頁，在左，分子的建築就手繪在右頁。

❿　本來寫這一大段緣起是「跋」，是完稿後與三民書局的編輯接洽時寫的。

Hayward 是建築師，畫得很好。）所以我馬上規定柏每天讀兩篇。我當然詳細註解。（包括：英文文法，字彙，化學，與幾何，各方面。）也用心改正讀完之後他的翻譯。（我們回國時，我特地訂購了一本。）

順便說個插曲：學年中有一天，柏回來說：老師 Mrs. Siladi 賞了他五元美金。因為她在課堂上提到 Hydrogen, Helium, Lithium, Berylium,...，結果他就接下去念，念到 Uranium。（Siladi 老師是小學老師，卻是全校學歷最高，Berkeley 的碩士。她隨時隨地在找藉口賞學生。我記得柏說過，有一次賞了十個孩子聽小歌劇。她是非常好的老師。好像沒有生小孩。Mr. Siladi 退休之後，就可以當妻子的助手，例如說，開了那部小型 Bus，載十個孩子去 Richmond 的劇院聽小歌劇。）聽說她還宣布：下週一，如果有同學也能夠照背不誤，也依樣賞金。（實際上我雖然大概可以畫出週期表，但是兩格的稀土族我當然不會背。）

忘了是 1982 或 83 年，蔡辰男先生說要涉足雜誌出版業，先出個《龍龍月刊》（少年雜誌）。讓他的總編輯蔡焜燦先生與我談，結果我承諾了負責「科學英文」這個專欄。我就以 Pauling-Hayward 這本書為題材，每期選兩篇，把註解弄得更詳細親切，也附上譯文。

可是蔡辰男先生的事業好像不久之後就出了些差錯。雜誌沒了。最讓我痛苦的是我帶回來的那本精美的書，（給雜誌的插圖用的。）也不知道哪裡去了！（又經過十幾年，我還是託人買到一本舊書。尺寸稍縮。）

在 2005 年春我屆齡退休，很幸運地，受到蘇萍校長的邀請，從那個秋季起的四個學年內，我每週一個上午去濱江國中指導數理資優班。蘇校長很認真，明快，盡心，是非常好的東主。所以我有過非常愉快的濱江經驗。

而因著這機緣，我們就在寒假中，向教育局申請，弄個研習營熱鬧熱鬧。我弄過一個整數論的，一個坐標幾何的。那麼還有新花樣嗎？所以就弄了這個「科學英文」！非常有趣，非常成功！五天中，講了一些化學（故事），做些化學小計算，平衡方程式。也讓那些小孩子研讀了 Pauling-Hayward 這本書中的頭幾篇。湖濱大班中，有兩位家長陳媽媽和余媽媽，英語很好，就來幫忙，讀一句，讓學生跟著念一句。

我特別揀選的資優生，我稱之為湖濱大班的，該說是五六個，其實就是我的入門弟子。差不多是每個週末上午都來我這裡，上課，打「假使沒課」（Just-Make）。寒假與暑假，也有四五天的研習營。例如說：我就編了一個 Cartesian Methods，練習讀（英文的）解析幾何。

現在這班是大一了。在她（他）們高二下時，我就又揀選了五個弟弟妹妹輩的入門弟子，稱之為湖濱小班。這小班也有過「化學英文的研習營」(2013)。（只是準備得更完善！陳（媽媽）老師還錄音給她（他）們聽。）

這裡我想談我對於教育的一些理念，也可以說，我想喊一些口號。

- 小孩子，人人都是資優生！是錯誤的教育，讓她（他）們，「越教越笨」。（真可悲。）

- 任何事情都要講求效率，尤其是教育。

- 越是年紀小的孩子，越是應該注重「基礎的思考分析的能力」（或者說，**習慣**）的養成。枝節零碎的知識，絕對是比較不重要的。

- 沒有錯：語言文字是「工具學科」。越小，語言文字的學習越重要。小學一二年級，（一直到三四年級？）只要學兩科語文科。而「第一語文科」是數學。「第二語文科」是以族語為基礎的「國語」。

  （附帶一個推論：要取得公民權，應該通過：初級全民數檢，初級全民漢檢，初級全民英檢。）

- 我參與任何數學（尤其競試）的命題，總堅持出「應用題」，題目敘述繁長，而用到的定理很淺易。有時會受到攻擊：「怎麼考數學變成閱讀測驗」！我心中的回嘴是：那正是我的本意。捉住題旨，不是一切解題的根本嗎！

  理化科學的教學，不應該注重記帳式的知識。只要掌握一些重要的概念，隨時隨地，在用得上這些概念的地方，提問，刺激，讓孩子分析思考，尤其注重用簡單的乘除近似地定量。

- 從小我就聽過英文的「直接法教學」。也許在某種環境下，那是很好的。但是對於大部分的小孩子，我相信那是不適宜的。經驗告訴我：對於數學不錯的孩子，**像學數學一樣地學英文，才是王道**。

  不論是句子的結構分析，或者字彙的語根，附首，附尾變化，絕不要低估孩子舉一反三的能力！

- 我認為「推己及人」不只是很好的行為準則，即使拿來當作教育（教學）法的準則也是很恰當的。教師如果回想起自己從前在學習的時候遇到什麼困難，大概那也就是你眼前的學生的困難；而從前你覺得很好的譬喻解說，解惑，大概對於你眼前的學生也依然適用。（所以我寫書的時候，其實永遠有那個過去的我在我的假想的讀者群之中。這本書當然如此。）

　　所以我很有自信地，把這本書推介給⓫我國的這些資優生小朋友的家長與老師。

　　必須先說清楚：Pauling-Hayward 這本書的原意當然是科普。所以本書是可以有這個功能的：任何一個人，都應該懂得這個程度的「化學分子的建構學」！這本書英文原文淺顯易讀，（再不然也可以讀漢譯，）而插畫那麼美麗，又是二十世紀最偉大的化學家 Pauling 的文筆與構想，買了來放在書櫥，怎麼說也是有氣質的事。

　　書編寫完了，當然有很多需要感謝的人。最特別要感謝的是三民書局的劉振強先生。這七八年中，我寫了初中資優生的數學叢書四本，都是讓五南發行。但劉先生非常寬宏，一聽說我那麼執著於 Pauling-Hayward 這本書，而且圖畫與文字的版權交涉很困難⓬囉嗦，五南也知難而退，他指示執事者，一定要克服困難，而且一定要精美印刷，不管成本與售價變高的壓力。他願意成全老朋友的願望！

　　我感謝 Siladi 夫人，她是卓越而且有愛心的老師；我感謝蘇武沛教授，他不辭辛勞地幫我再找到這本原版書；我感謝蘇萍校長，和羅月娥主任，給我這樣的濱江經驗。

　　我感謝湖濱大班與湖濱小班的小朋友，給我快樂的週末（以及不去參加一些活動的藉口）。我也感謝家長們，總是盡量的支持配合。

　　我感謝柏，他從小就欣然地讀我要他讀的書，他的驗證，讓我永遠可以無怯地陳說我的意見，不論是如何與人不同；長大了之後，他又可以適時地給我中肯的批評，以及明確的支持。

　　我感謝如，小時候，明明功課太重了，但是爸爸要她讀懂這篇「軌域的概念」的文章，她就真的讀到懂；長大了，她更不會埋怨父母，而在種種壓力下，還是燦然發揮，讓我確立了作為教育者的信心。

　　我感謝美，直到白髮，總是信任我的理念。

楊維哲

⓫　我請你們也讀一下後面我寫給小朋友讀的「宗旨」。
⓬　書絕版，人作古。

本書的宗旨

（給小朋友讀者。）

◎ 這是啥碗糕

要把英文和化學混合起來？或者是化合？

1. 英文是很重要的學科。這句話不需要多做解釋！

2. 英文沒有那麼難。

我只講一個經驗。我初中一年級的暑假，哥哥回家時，帶了英文本的微積分書，和普通化學的書。前者我看得懂一些！後者（就是 Linus Pauling 所著！）就看不懂了！

・ 關於前者，實際上我當時的英文程度，嚴格說起來還沒有辦法讀數學原文書，但是差得不多！但是如果你數學程度已經累積了足夠的預備知識，**那麼就可以讀那種程度**的英文的數學書了！

說來有人不信：其實這樣子的「英文程度略顯不足」，**是一個好處！** 強迫你努力思考：把書上有寫而你不太懂的地方，自己補充完整！你因此變成**主動的學習**，不是被動的吸收。

・ 關於後者，真正的理由是：我當時的化學程度沒那麼好！

3. 讀英文，一定是讀小說最難，讀數學最容易！（只要你懂了數學方面的預備知識！）讀物理或化學的英文，也是相當容易！而且這對於英文的學習有莫大的好處：你就此**建立信心**，於是也**養成習慣**。

4. 化學是**中堅科學** (the central science)。對於科技英文的學習來說，第一個應該選擇「化學英文」。

本書分成許多部分。閱讀《分子的建構》這本（世界名著）英文小書，是我們的目標，這放在第六篇，而其漢譯就放在最後（第七篇）。我把關於閱讀這本書 57 篇所需的註解，就寫在第五篇。

我假定你是正在念初中二年級的資優生。所以我寫了兩個小介，第一是化學的小介，第二是英文法的小介。你大概都已經知道一些了。第一部分你最少要讀過第二節。然後開始讀第二部分，這裡面的英文法大概是絕對必備的：因為這裡

是針對原著的第一篇與第二篇，把每一句所需的文法詳盡地註解了。你知道其後的 55 篇就差不多是這種程度而已，不會太難，鐵定越來越容易！越到後面，根本就找不到幾個生字了。

在我指導過的研習營中，學生都會修習到第一篇的 CH5。而且都輕鬆地做好化學算術。（這個解答是放在第四篇內。）她（他）們都發現：像這樣的習題，即使是英文，也沒有困難！我就是把這樣的英文題給她（他）們。

本書的第三篇，就是（研習營中的）一些「課外閱讀」散篇。（包括上述的化學算術習題甲乙的英文題。）

把它（們）英翻漢，就是很好的練習。（也可以順便練習查辭典。）這種閱讀測驗的解答，也放在本書的第四篇。

本書是以**自學** (self-study) 為宗旨的：

・除了兩個小介之外，其他在各部分本身，都沒有硬梆梆的順序。

・讀不懂的地方，當然要努力想。實在想不通，也可以先擱著。

・做習題時，想很久，實在想不通，也可以先翻看答案。

練習自己管自己！沒有人禁止你翻答案❸。

---

❸　你只要記住：沒有先拼命想，就去翻看答案，效益就差多了！

末校附筆

《分子的建構》這本書中，在 Section 25, 55, 57 中，都有「鼓勵從軍」的喊話：分子醫學問題很多！青年學子加入行列吧！

事實上，所提的這三樣，可以說是已經解決了❹：

Section 25 提到的多性瘤癌，此類病毒並非單一，而是一族，並且可以感染人，但多是免疫不全的病人。

Section 55 提到的血紅素病變，其實是一群病，其中之一 Sickle cell anemia（鐮刀血球病❺）的機轉，是 Pauling 1949 年確定的。

Section 57 提到的，盤尼西林主要是可以抑制細菌的細胞壁的合成，這可能要歸功於 Dr. Park and Strominger (1957)。不過隨著研究愈精細，他們的貢獻度顯得更模糊，因為似乎有更多的機轉。另外，金黴素是第一個四環素，它抑菌的機轉是抑制蛋白質的合成，尤其是核醣體的功能，因此使代謝中止。似乎 Brock (1961), Ben-Ishai (1957)，都很有貢獻。

事實上，原問題的解決常常意味著非常多的新問題的衍生！病毒是一族，抗生素也是一族，（致病與）抗病的分子醫學的機轉，總是「好像只差一點點，實則相差懸殊！」偉大的開拓者❻ Pauling 的喊話，在今天仍然合宜！

非常謝謝林錫璋教授的鼓勵與解惑。

我要謝謝彭旭明院士，他教我 ferrocene 的譯詞是二茂鐵（如此典雅正準）。

我要感謝邱式鴻教授，他給了我極大的士氣鼓舞：他答應幫忙讀過一遍，讓我安心不再擔憂，又惠賜了推薦序，更讓我喜出望外。

非常謝謝陳美麗老師，她費心地幫我校讀一遍。

---

❹ 這是林錫璋教授告訴我的。

❺ 臺灣好像沒有這種病人，臺灣常見的是地中海貧血（或稱海洋性貧血 Thalassemia）。

❻ I. Asimov 稱讚 Pauling 為二十世紀最偉大的化學家。A. Serafini 寫了一本書 *Linus Pauling: A Man and His Science*，有漢譯「萊納斯・鮑林，科學與和平的鬥士」。主譯者是著名的生化學家邱式鴻教授，在回國前，就在 Pauling 研究所研究。這本書很有趣可讀，值得推薦。

化學英文入門 目次 CONTENTS

詳註 Pauling-Hayward 分子的建構

第1篇 化學小介

CH1 元素

◉ 分解與合成

學習任何科學，都要抓住一個根本的理念：任何複雜的東西，都是由簡單的東西湊成的。在化學裡如此，在英文裡也如此，在數學裡亦如此！

思考任何一件事物，大都有三件要看到的面向：

- 它是由哪些東西合成的？（這一步姑且叫做「定性分析」。）
- 那些東西的分量有多少？（這一步姑且叫做「定量分析」。）
- 要怎麼個「湊」法，才湊得成完整的事物？（這一步姑且叫做「機制分析」。）

◉ 算術根本定理

我們要學一點點化學，一點點英文，以及一點點數學！（都只是概念的學習。）我們就從最簡單的算術講起。而標題就是**算術根本定理❶**。

以後你會聽到**代數學根本定理❶**，（聽起來好像是說：你只要知道它，你的代數學就算畢業了！實際上也差不多是這樣！）念大學微積分也一樣有**微積分學根本定理❶**，（聽起來也好像是說：你只要知道它，你的微積分學就算畢業了！實際上，也許「不」是這樣，我教大學微積分，通常是在第一節課就解釋**微積分學根本定理**。）在我們的研習營中，我們一定會講到**化學根本定理❷**，這是我們的一個主題，可以算是化學的出發點！

這裡所說的「算術」，意思是「自然數的加減乘除」，「減是加的反算」，而「除是乘的反算」；「乘又是加法的速寫」，小孩子學算術的第一件麻煩就是背「九九乘法」。

❶ fundamental = 根本的，基本的；theorem = 定理；arithmetics = 算術；The fundamental theorem of arithmetics = 算術根本定理。（因為它的地位顯赫，只此一個，當然是用定冠詞 the。）algebra = 代數學；calculus = 微積分學。

❷ 這倒是我杜撰的。

那麼就乘乘看：$6 \times 5 \times 4 \times 3 \times 2 \times 1 = ?$ 這樣子乘出來的自然數叫做「合成數」，相當於化學中的「化合物」。反過來說，我們可以寫出 $720 = 30 \times 24$，那麼，720 是由 30 與 24「湊」成的。這裡的湊是指「乘法」，不是指加法。那麼，30 又是由 6 與 5「湊」成的，24 又是由 6 與 4「湊」成的：

$$720 = 30 \times 24 = (6 \times 5) \times (6 \times 4)$$

6 又是由 2 與 3「湊」成的，4 又是由 2 與 2「湊」成的：

$$720 = ((2 \times 3) \times 5) \times ((3 \times 2) \times (2 \times 2))$$

這裡出現了 2、3、5，這不是由別的東西湊成的！（你可以寫 $3 = 1 \times 3 = 3 \times 1 \times 1 \times 1 = \cdots$，但是，1 是「不算為東西的」！）這些就是算術中的「元素（原子）」。我們寫成：

$$720 = 2^4 \times 3^2 \times 5 ; \quad (5^1 \text{ 只寫成 } 5 \text{。})$$

算術中的「湊」是指「乘法」，而這是最最簡單的「湊」，因為：

$$x \times y = y \times x; \ (x \times y) \times z = x \times (y \times z); \quad (\text{「可換律」與「可遞律」！})$$

算術中沒有結構的問題！

算術根本定理就是說：一切自然數都是由「（算術的）原子」湊出來的！720 就含有 4 個原子「貳」，2 個原子「參」，1 個原子「伍」。

算術根本定理是希臘文化獨步的發明。

◉ 定律與近似

我覺得化學比數學難，英文比化學難。為什麼呢？

一張「卡片」是 one card，兩張「卡片」是 two cards；

一「英吋」是 one inch，兩「英吋」是 two inches；

一個「小孩」是 one child，兩個「小孩」是 two children；

有「規則」，但是永遠有例外！

有「定律」，但是永遠只是「差不多」！

科學和數學不一樣：科學中的「定律」，永遠是「不對的」!?

你一定聽說過：

「對等性定律不對！被 C. N. Yang-T. D. Lee 打破了！

Newton 的運動定律不對！被 Einstein 的相對論打破了！」

這樣的說法是很糟糕的！科學中的「定律」，永遠是「差不多對」！而且「越來越對」！

你說這張桌子多長？任何答案永遠是「不對的」！Right?

科學如化學中的「定律」、「學說」，都是提供了一個「模型」、「相當好」，可以解釋許多現象，雖然有些現象不能由此解釋，然後，這些學說又被改進，「越來越對」！於是又可以解釋許多以前不好解釋的現象。

◉ 物體、物質與變化

化學的第一步，就是認定：我們看到的東西，有其實質材料！我們把那個實質材料叫做物質。

於是，看到「混濁的水」，就確信：這最少是兩種物質，土與水，混起來的！

這裡就出現了「湊」＝「混合，攪拌」。兩種基本的物質，土與水，對於這個「湊」來說，就是「元素」。意思是它們不是由別的物質「混湊」而得。

一些思想家（或叫哲人），胡思亂想之餘，就提出種種的元素說，有一元素說，兩元素說，當然也可以有更多個元素的說法！這裡的「元素」有兩層意思。

・它們是基本的材料，由它們就可以湊出所有的東西！

・而它們本身不能由別的東西去湊成！

◉ 一元素說

Thales 認為萬物的本質是「水」。Anaximander 或者 Anaximenes 認為應該是「氣」。Heraklitus 則提出「火」。（他們會這樣主張，大概有一個要點是：這個本質可以流動不息。）其他也有人提出「土」，作為萬物的本質。

這些都是一元素說。我們也應該把 Pythagoras 學派算成一元素說，因為他們認為：萬物的本質是**數**。

◉ 兩元素說

例如黃河文明**陰陽**兩儀的說法，陰陽乃是對抗的兩方；現在高麗人（長白山文明）好像要搶這個正統呢。

◉ 四元素說

Aristotle 的說法是：乾 (dry) 與濕 (wet)，熱 (warm) 與冷 (cold)，是兩相對抗；於是有四元素：

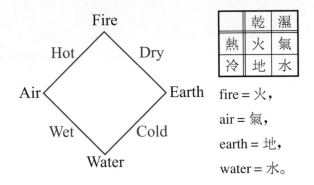

	乾	濕
熱	火	氣
冷	地	水

fire = 火，

air = 氣，

earth = 地，

water = 水。

◉ 元素互相可以轉變？

Aristotle 認為四元素可以互相轉變！

當然這些玄想家也會提出一些解說的例證：木柴是乾的，燃燒取火而餘「灰燼」（＝土，地）。

◉ 五行說

黃河文明由陰陽而得到五行：

陽中之陽 = 火；陰中之陰 = 水；

陽中之陰 = 木；陰中之陽 = 金；　　陰陽之中 = 土。

五行說，由於經驗的累積，例如：「火可以用水滅」，而「水來則土擋」等等，因此認為五行可以「相生相剋」，所以也是互相可以轉變的！

漢文化的玄學家胡思亂想，就變成五行無所不在！任意地拿五個東西都可以胡亂配屬，例如：

earth 土 = yellow 黃 = gold 金 = center 中；

wood 木 = azure 藍（azure = 蔚藍色）= lead 鉛 = east 東；

fire 火 = red 紅 = copper 銅 = south 南；

metal 金 = white 白 = silver 銀 = west 西；

water 水 = black 黑 = iron 鐵 = north 北。

【註】Aristotle 之後，西方的醫學也是用「乾熱」，「濕熱」的說法，來區分人的

　　　體質；一直到現在，中醫五臟的說法，各各分配❸了五行 = 金木水火土。

　　四元和五行，土 = 地，水，火，三樣是相同的！四元多了「氣」= 風，而五行

多了「金，木」。

　　用現代的觀點，五行之中，「火」不應該算做物質！應該解釋為「能量」。其

他四行，是「物質」，但是，都不該算是元素：

「金」泛指一切金屬（三金，五金，乃至於七金），而「木」、「土」，大概不算純

物質；「水」則是化合物。

　　（紀元前的）古人大概已經得到了九種現在所說的化學元素，其中有七種是

金屬。

◎金

　　五行的金，可以廣義解釋為金屬；最狹義的金就是黃金；其實，它在地球表面

的含量並不大！但是它的化學性質非常弱，穩定，不容易氧化（與別的元素結

合），所以是最早被發現的元素。含金的砂，用水淘洗，就能得到金！

◎銅與銀

　　（黃）金、銀（「白金」）與銅（「赤金」），三者合稱三金；銅的化性雖然弱，

但是已經很少以純粹的元素形態出現，通常是與別的元素化合。不過化合力既弱，

只要與炭共熱，就容易被還原成為元素形態。所以，石器時代與「陶（= 土）

器」時代之後，人類就進入「銅器時代」！

　　但是，銅的化性不夠弱，很快就被氧化而產生「銅綠」。對比來說，銅與鋅的

合金（「黃銅」），或銅與錫的合金（「青銅」），其化學耐力更強！所以「銅器時代」

其實是「黃銅器時代」、「青銅器時代」！

　　銀的化合力則介乎金銅之間。因化合力比銅更弱，故以元素形態出現是可能

的！所以這三金是較早被發現的金屬。

❸　可是真糟糕！有了解剖學之後，多出來了胰臟，五行不夠分配！

◉ 鐵

鐵元素在地表算是很多，但是它的化學性質相當強，都與別的元素結合！（以純粹的元素形態出現，一定是隕石！很少，卻一定有！）

鐵器時代在河洛文明來說大約是由戰國時期開始！（鐵器的使用，在戰爭史與農業史都是劃時代的！）

◉ 水銀 = 汞

汞的化性比銅更弱，雖然不以純粹的元素形態出現，但是只要有熱，很容易分解出這麼有趣的液體金屬！

◉ 錫

這也是極容易還原的金屬，熔點很低，用它（或其合金）來製造器物很容易，故很早就是各文明熟悉的金屬。

◉ 鉛

最早的文明其實不會分辨鉛錫，但很早就大量使用！羅馬人就用來做水管——他們不知道鉛中毒的可怕。

◉ 硫

硫黃礦可以以純粹的元素形態出現。

◉ 碳

發現火之後，自然會發現木炭！這也是在銅器與鐵器的運用所必須的！

◉ 七曜比擬七種金屬

最少，在鍊金術家來說：

星曜	日 Sun	月 Moon	金 Venus	火 Mars	水 Mercury	木 Jupiter	土 Saturn
金屬	金 gold	銀 silver	銅 copper	鐵 iron	汞 mercury	錫 tin	鉛 lead

當然這樣子是穿鑿附會，不過，鍊金術家就用星曜的記號（請參 p.99 的金屬與七曜）去代表這些元素；這是化學記號的開始！

◎ 鍊金術與鍊丹術

鍊金術的意思基本上就是要把賤金屬（如鉛），變為貴金屬（如金）。

因為賤金屬礦物原料不純，難免有貴金屬摻雜其中，所以在冶煉賤金屬的過程中，夾雜產出一些（雖然很少！）貴金屬，使得這些鍊金術士以為真的有這種鍊金現象，於是努力探究鍊金術！（他們尋求的寶貝，不是呂洞賓的指頭而是「哲人石」！）

者那 (China)❹ 文明，剛開始的時候，著重的也許是鍊丹術，他們尋求的是長生不老的仙丹！不過，「仙丹應該是金丹」，免不了有鍊金術的想法。

◎ Democritus 的原子

不論是四元或五行，都有同樣的致命傷：不能堅持元素的不變性。（因此才會有鍊金術的想法。）

唯一有這種堅持的人，就是 Democritus，他與 Socrates 同時代。沒想到純粹的玄想，居然最接近後來的原子論！

Democritus 的原子論主要就是反對**連續說**，物質不能無限地分割下去！分割到最小的單位，不能再分割了，就是原子；一切東西都是由原子組成的！這些原子都是不變不滅！照這種說法，原子就是元素的最小單位，一切自然現象都是原子之間的作用而引起！

Democritus 的原子論得到了最後的勝利。但它只是定性的 (qualitative) 想法，必須再加上定量的 (quantitative) 論證。

❹　西元前 623 年，秦穆公征服西戎，西方世界已經知道東方有一個大國叫做 Chin。這是遠在秦
　　始皇的統一之前。「漢文明」這個名稱，在東亞說得通，在中亞西亞與歐洲，不通：他們只知
　　道者那（＝秦）。

CH2 | 分子，原子

在西歐，鍊金術漸漸進步，轉向為醫藥學，而且以實驗為主要的研究方法。

◎ 元素與化合物，化合與分解

鍊金術的研究其實就是做化學實驗！（大科學家 Boyle (1627–1691), Newton (1642–1727)，都還實驗鍊金術。）

累積兩千多年的失敗經驗之後，鍊金術就轉化成化學：

· 大部分的物質，都是混合物，換句話說是許多不同的純物質溶在一起。

· 如果設法把它們分隔開，那麼每一種純物質，就只能是元素或非元素。

  後者叫做化合物，是一些不同的元素**化合**而成。

· 化合的反逆就是**分解**；不能分解的物質就叫元素。

◎ 近代化學之父

Lavoisier (1743–1794) 是最先瞭解定量研究重要性的人，所以他確立了**質量不滅定律** (law of conservation of mass)：在化學反應的前後，化學物質的質量總和是一樣的！

由此，他廢棄了「燃素說」；而且也確立了元素氧與氫，（雖然這兩樣不是他發現的！分別是 Priestley (1733–1804), Cavendish (1731–1810) 所發現的。）並且他確定「水不是元素」！

他提出**化學命名法** (1787)，又寫了第一本化學教科書《化學入門》(1789)，無愧為近代化學之父！這本書中所列的元素，在當時是最先進的，但是把「光」、「熱」都列為元素則是錯的！

◎ 原子說

Dalton (1766–1844) 提出的學說，把定性的想法都定量化了，於是可以解釋四個定律！

1. 質量不滅定律：物質有元素與化合物之別，但是，化合物的最小單位（被稱為「分子」，）仍然是幾種元素的幾個原子構成的！化學反應只是把參與反應的「分子」所含有的幾個原子「重新編排」！但是任何原子都是永遠不變不滅，所以反應前與反應後的所有各種原子的總質量是不變的！

2. 定比定律 (law of definite proportion)：甲物與乙物作用，作用掉的質量都是定比！甲元素與乙元素化合，兩者的質量都是定比！反過來說：化合物被分解的時候，分解物的質量當然也都是定比！例如說：氫與氧化合，兩者的分量各是 0.1129, 0.8871（差不多是 1 : 8）。

Dalton 這樣解釋：水的最小單位，即「水分子」，是一個氫原子與一個氧原子的結合；所有的氫原子都一樣！所有的氧原子都一樣！（同一種元素的所有的原子都完全一樣！）所以，我們只要認定：一個氫原子與一個氧原子的質量比是 1 : 8，就可以解釋此定律了。

由此 Dalton 就擇定：氧的「原子量」為 8，於是，氫的原子量是 1；當然他就進而推求其他元素的原子量了。

單一個原子當然是看不到的小，所以，例如說：8 克的氧，必然是含有非常非常多個氧原子，如果這個數為 n；那麼，n 個氫原子的總質量就是 1 克。任何元素的原子量都有這樣的解釋！

3. 互比定律（當量比定律 law of equivalent proportion）：若甲元素與乙元素可以化合，乙元素與丙元素可以化合，而甲元素與丙元素也可以化合，則作用的質量比一致：

$$\frac{甲}{乙} \times \frac{乙}{丙} = \frac{甲}{丙}$$

例如說：氫與氧化合，質量比 $= 0.1129 : 0.8871$；

氧與碳化合，質量比 $= 0.7272 : 0.2929$；（差不多是 3 : 8。）

而氫與碳化合（成甲烷），質量比 $= 0.251 : 0.749$；（差不多是 1 : 3。）

Dalton 當然很容易解釋。實際上這個定律等於提供了**輾轉比較法**：萬一氧與碳不化合，我們也可以由：$\frac{3}{1} \times \frac{1}{8} = \frac{3}{8}$，得到：碳 = 3（氧 = 8）。

4. 倍比定律 (law of multiple proportion)：實際上兩個元素的化合，並不一定只有一種化合物！氫與氧化合，可以是（通常的）水，也可以是**雙氧水**（市面上售的是其溶液，常用以消毒）；

前者質量比 $= 0.1129 : 0.8871$；（差不多是 1 : 8。）

後者質量比 $= 0.05293 : 0.9471$；（差不多是 1 : 16。）

倍比定律是說：在這種情況下，這「兩個質量比的比」，是簡單的比！此處是：

$$\frac{\dfrac{0.1129}{0.8871}}{\dfrac{0.05293}{0.9471}} \doteqdot \frac{2}{1}$$

同樣地，碳與氧化合，有兩種，常見的「碳酸氣」，其中氧與碳的分量比是 $0.7272 : 0.2727$，另外一種是瓦斯❺，其中氧與碳的分量比是 $0.5715 : 0.4285$；這「兩個質量比的比」，也是簡單的比（合於倍比定律）：

$$\frac{\dfrac{0.7272}{0.2727}}{\dfrac{0.5715}{0.4285}} \doteqdot \frac{2}{1}$$

那麼，原子說可以有很好的解釋：前面解釋定比定律 2. 的說法，好像兩元素的結合都是「一個原子對一個原子」，我們應該稍做修正：元素的結合都是「整數個原子來結合，但不必都是單一個原子」！換句話說，我們可以認為：「水分子」，是兩個氫原子與一個氧原子的結合；而「雙氧水分子」，也許是一個氫原子與一個氧原子的結合；但其實是兩個氫原子與兩個氧原子的結合；碳酸氣是一個碳原子與兩個氧原子的結合；而毒的「瓦斯」是一個碳原子與一個氧原子的結合。

習題 1

赤鐵礦 (hematite) 中的鐵與氧的分量比是 $0.6996 : 0.3004$；磁鐵礦 (magnetite) 中的鐵與氧的分量比是 $0.7236 : 0.2764$；你猜：兩種化合物各是幾個鐵原子與幾個氧原子的結合？（假定：這兩種分子中，鐵原子的個數 ≤ 3，氧原子的個數 ≤ 4。）

◉ Prout 的一元論

做化學計算的時候，經常用簡單的近似值，我們會發現：大部分的元素之原子量都接近於一個自然數；由於最小的 $H \approx 1$，於是，1815 年，Prout 主張說：一切元素的原子都是由氫原子造成的❻。

---

❺　「瓦斯中毒」的「瓦斯」。

❻　他這個說法當然是說：原子還是有構造的！原子還是可以分割的！當然這又太超越時代了，還屬於胡思亂想的階段！

● Berzelius

Dalton 用了許多記號來表示元素,要背這些記號是一個負擔。建立現在的化學元素的記號以及分子式的(方便多多的)寫法,主要是瑞典的大化學家 Berzelius (1779–1848) 的貢獻。可以說他補充完成了原子論。(可惜他還不懂氣體分子論,常常會混淆分子與原子。)他對於電化學也有很大的貢獻,而且因此得到了化學結合的陰陽兩元觀:化合物通常在電氣上可以分成陰陽兩部分!例如硫酸 H_2SO_4,陰的部分是 SO_4,陽的部分是 H_2;前者就成為一團,叫做硫酸根;這種想法也是他的貢獻。

● 原子價

水是 H_2O,陰的部分是 O,陽的部分是 H_2;所以可以認為氧原子是 −2 價,而氫原子是 +1 價。

於是把「原子量」除以原子價(的絕對值)稱為該元素的**當量**,意思是「化學上相當的量」,換句話說,某元素的化學**當量** (equivalent weight),就是它和氧結合時,相當於氧 = 8 的質量;或者就是它和氫結合時,相當於氫 = 1.008 的質量。這個概念在原子價會有變化時,就沒有用了。

● 分子說

在 Avogadro (1776–1856) 之前的化學家,對於元素,都不太會分辨原子與分子!講到氫氣,就是寫 H,講到氧氣,就是寫 O;他主張寫為 H_2, O_2,因為他知道:氧分子是兩個氧原子的結合;而氫分子是兩個氫原子的結合。(當然在陰陽兩元觀看來是不通的!)

他最偉大的一個貢獻被稱做 **Avogadro 假說**❼:在相同溫度壓力容積時,不同的氣體,(不論是氫氣、氧氣、水蒸氣、「碳酸氣」、「毒瓦斯」、臭氧,)所含有的分子的個數都一樣!

一定質量的某種氣體,其體積和壓力,溫度有關!因此,規定:「一大氣壓,攝氏零度」的這種狀態,叫做**標準狀態** (standard condition)。在這個狀態下,22.4

❼　hypothesis = 假說 = 假設 (的說法),如果可證明是正確的理論,就可以稱為定律了。

公升的（理想）氣體，有 6.023×10^{23} 個分子；這個個數叫做 Avogadro 常數；任何東西，只要是有這麼多個，就叫做 1 mole。

1 mole 的水，質量就是 18.016 克，因為分子量

$$H_2O \triangleq 2 \times 1.008 + 16 = 18.016$$

1 mole 的硫酸，質量就是 98 克，因為分子量

$$H_2SO_4 \triangleq 2 \times 1 + 32 + 4 \times 16 = 98$$

1 mole 的臭氧，質量就是 48 克，因為 $O_3 \triangleq 3 \times 16 = 48$

1 mole 的氧，質量就是 32 克，因為 $O_2 \triangleq 2 \times 16 = 32$

【註】原子量的精確值是由國際性的學術團體公告通行的，在通常的討論中，我們都使用方便的近似值，例如：$O \triangleq 16$; $S \triangleq 32$; $Cl \triangleq 35.5$，相對地說，誤差最大的是 $H \triangleq 1$，你也許知道：用 $H \triangleq 1.008$ 會更精確。

○──　習題 2

查英文字典，"mole" 是什麼意思？

◉ Faraday

1 mole 電子的電量（之絕對值），就叫做一個 Faraday = 96500 庫倫 (Coulomb)；紀念偉大的 Faraday。（電容的單位 Farad，也是紀念他。）

○──　習題 3

電子的電量為何？

◉ Charles 定律

（理想的）氣體也是熱脹冷縮。溫度升高攝氏 1 度（壓力固定），則體積增加了它在零度時體積的 $\frac{1}{273}$。

○──　習題 4

求 1 mole 的氣體，在 1 大氣壓，室溫攝氏 19.5 度時的體積。

答案在 p.108，你就把它背下來吧。

CH3 | 化學中的簡單算術

◎ 原子量表

　　對於化學的計算，我們所須背的原子量（的約數），非常少！（詳細的原子量可以查表。）底下列出一些常用的，也許計算時用得到。

原子序	歐文	符號	漢文	原子量
13	aluminum	Al	鋁	27
56	barium	Ba	鋇	137.3
35	bromine	Br	溴	80
20	calsium	Ca	鈣	40
6	carbon	C	碳	12
17	chlorine	Cl	氯	35.5
29	copper	Cu	銅	63.5
9	fluorine	F	氟	19
79	gold	Au	金	197
2	helium	He	氦	4
1	hydrogen	H	氫	1
26	iron	Fe	鐵	56
3	lithium	Li	鋰	7
12	magnesium	Mg	鎂	24
25	manganese	Mn	錳	55
10	neon	Ne	氖	20
7	nitrogen	N	氮	14
8	oxygen	O	氧	16
15	phosphorus	P	磷	31
19	potassium	K	鉀	39
14	silicon	Si	矽	28
47	silver	Ag	銀	108
11	sodium	Na	鈉	23
16	sulphur	S	硫	32
30	zinc	Zn	鋅	65.5

◉ 數量冠首詞 (prefix)

歐文	mono	bi, di,	tri	tetra	pent	hex	sept	oct	nov	dec
意義	一	二	三	四	五	六	七	八	九	十

【註】羅馬人的正月是現今的三月（March，戰神，火星），所以很容易記住：

September＝「七」月，October＝「八」月，

November＝「九」月，December＝「十」月。

3-1 分子的組成

◉ 分子量與組成重量比

利用原子量表，於是我們就可以計算一切化學式的「式量」，即分子式的分子量。例如：

$$H_2O \triangleq 2 \times 1 + 16 = 18$$

那麼，在這個組成當中，氫與氧的重量比例，就是 $2:16 = 1:8$，也就是說：氫占了水的

$$\frac{1}{1+8} = 0.11 \cdots = 11.1\%$$

○── 例題 1

有某個碳氫化物 (hydro-carbon)，含有氫 7.7%，碳 92.3%，求其實驗式 (empirical formula)。

如果分子式是 $C_\alpha H_\beta$，則有：

$$\frac{\beta \times 1}{\alpha \times 12 + \beta \times 1} = 0.077; \quad \frac{\alpha \times 12}{\alpha \times 12 + \beta \times 1} = 0.923$$

（其實直接算：）

$$\beta : 12 \times \alpha = 0.077 : 0.923; \quad \beta : \alpha = 0.924 : 0.923 \approx 1 : 1$$

所以 $\alpha = \beta$，分子式是 $C_\alpha H_\alpha = (CH)_\alpha$，那麼我們就說：實驗式是 CH。

注意到：乙炔 C_2H_2，苯 C_6H_6，是我們想得到的分子。

習題 5

1. 有多少的銀含於 100 g 的硝酸銀中?

2. 一化合物含有 7.7% 的氫與 92.3% 的碳，計算一下其最簡式。

3. 某銀的氧化物含有 81% 的銀與 19% 的氧。問此化合物的化學式為何?

4. 某錳的氧化物含有 63.2% 的錳與 36.8% 的氧。問此化合物的化學式為何?

5. 醋酸含有 40% 的碳，6.67% 的氫與 53.3% 的氧。問此化合物的化學式為何?

6. 一化合物含有 1% 的氫，11.98% 的碳，47.96% 的氧，與 39.06% 的鉀。計算其化學式。

7. 70 g 的氮與氫氣完全的結合，形成了氨氣的 82.4%。氨的最簡式為何?

8. 確定如下諸化合物的實驗式:

   (a) 含有 0.84 g 的碳，與 1.12 g 的氧。

   (b) 含有 22.3% 的鎂，33.0% 的氯與 44.7% 的氧。

   (c) 含有 0.414 g 的鈉，0.252 g 的氮與 0.579 g 的氧。

   (d) 含有 0.36 g 的碳與 3.19 g 的氯。

9. 0.5 mole 的含水硫酸銅 $CuSO_4 \cdot 5H_2O$ 質量多少?

10. 0.02 mole 的氨氣有多少個原子?

11. 1.15 g 的金屬鈉是幾 mole?

12. 23 g 的乙醇 C_2H_5OH 有多少個分子?

3-2 涉及氣體體積的簡單計算

◉ 化學方程式

化學家可以很簡潔地表現出一個複雜的現象。例如說，「水的電解」:

$$2H_2O \xrightarrow{\text{電解}} 2H_2 + O_2$$

這裡的「箭頭」，就翻譯為「變成」。

H_2O 是水的**分子式** (molecular formula)，H_2 是氫氣的分子式，O_2 是氧氣的分子式。所以上式可以讀成:

「兩個水分子，（電解而）變成兩個氫氣分子與一個氧氣分子。」

◎ 化學基本定理

　　一個正確的化學方程式，對於任何一個出現的元素，其出現在箭頭的左右兩側之原子個數必須相同！

在此例，只有氫 H 與氧 O 兩元素而已。

H: 左側有 4 個，右側也有 4 個。

O: 左側有 2 個，右側也有 2 個。

○── 例題 2

碳酸鈣 (calsium carbonate) $CaCO_3$ 不溶於水，因此「石灰水」是混濁的，但是通以二氧化碳，就成了透明的溶液：

$$CaCO_3 + CO_2 + H_2O \longrightarrow Ca(HCO_3)_2$$

若碳酸鈣本來有 40 公斤，請問需要二氧化碳乾冰幾公斤？這些乾冰若是化為氣態，在室溫 19.5°C 時，要多少公升？

$CaCO_3 \triangleq 40 + 12 + 16 \times 3 = 40 + 60 = 100$, $CO_2 \triangleq 12 + 2 \times 16 = 44$

因此：

$$40 : 100 = x : 44; x = 17.6（公斤）$$

另外：

$$40 \ (kilogram) : 100 \ (gram) = y : 24（公升）; y = 9600（公升）$$

○── 習題 6

牽涉到（理想）氣體容積的計算：

1. 500 cc 的二氧化硫氣體在標準狀態下秤重得 1.44 g。試計算此氣體的分子量。

2. 一化合物含 94.1% 的硫與 5.9% 的氫。此氣體 100 cc，在標準狀態下，秤重得 0.154 g。試確定其真正的化學式。

3. 一化合物由 25.93% 的氮與 74.07% 的氧組成。此氣體 0.097g 在標準狀態下占有 20 cc。試確定其真正的化學式。

4. 一化合物含有 42% 的氮，1.2% 的氫與 56.8% 的氧。在標準狀態下 250 cc 的這種蒸氣秤重得 0.94 g。試確定其真正的化學式。

5. 當 7 公升的苯 C_6H_6 完全燃燒時會形成多少公升的二氧化碳?

6. 當過量的硫酸被加到 24.7 g 的碳酸銅時,有多少二氧化碳會逸失?

$$CuCO_3 + H_2SO_4 \longrightarrow CuSO_4 + H_2O + CO_2\uparrow$$

（又: 在標準狀態下其體積是多少?）

7. 在室溫 19.5°C 的常壓狀況下,機器每燃耗 1 g 的辛烷,會用掉多少體積的氧氣?

$$C_8H_{18} + 12.5O_2 \longrightarrow 8CO_2 + 9H_2O$$

3-3 化學方程式的平衡

○── 例題 3

請做下面的填空題:

$$\underline{\quad}FeCl_3 + \underline{\quad}K_4Fe(CN)_6 \longrightarrow \underline{\quad}Fe_4[Fe(CN)_6]_3\downarrow + \underline{\quad}KCl$$

這裡牽涉到幾個元素: Fe, Cl, K, C, N。

最簡單的最重要的一步是: 把整個 (CN) 看成一個! （這對於算術是一種方便,但它也合乎化學!）那麼:

$$xFeCl_3 + yK_4Fe(CN)_6 \longrightarrow zFe_4[Fe(CN)_6]_3\downarrow + uKCl$$

先說最笨的方法: 對於每個元素來計算「左右平衡」!

對於	左	= 右
Fe	$x + y$	$= 7z$
Cl	$3x$	$= u$
K	$4y$	$= u$
(CN)	$6y$	$= 18z$

於是: $u = 3x = 4y$; $y = 3z$; $x + y = 7z$; 故用 z 表示出: $y = 3z$; $x = 4z$; $u = 12z$; 隨便用一個 $z \neq 0$ 代入都可以,最簡單的整數解就是令 $z = 1$。得到:

$$4FeCl_3 + 3K_4Fe(CN)_6 \longrightarrow Fe_4[Fe(CN)_6]_3\downarrow + 12KCl$$

其實,除了第一個 （比較 Fe 的） 式子之外,其他三個都是馬上看出: $u = 3x = 4y$; $y = 3z$。

習題 7

平衡下列的化學方程式：

1. ___ H_2S + ___ $O_2 \longrightarrow$ ___ H_2O + ___ SO_2（完全燃燒）

2. ___ H_2S + ___ $O_2 \longrightarrow$ ___ H_2O + ___ $S\downarrow$（不完全燃燒）

3. ___ Al + ___ $Fe_2O_3 \longrightarrow$ ___ Al_2O_3 + ___ Fe

4. ___ C_2H_5OH + ___ $O_2 \longrightarrow$ ___ CO_2 + ___ H_2O

5. ___ NH_3 + ___ $O_2 \longrightarrow$ ___ NO + ___ H_2O

6. ___ Cu + ___ HNO_3（濃）$\longrightarrow$ ___ $Cu(NO_3)_2$ + ___ NO_2 + ___ H_2O

7. ___ $KMnO_4$ + ___ H_2SO_4 + ___ $H_2C_2O_4$

    $\longrightarrow$ ___ K_2SO_4 + ___ $MnSO_4$ + ___ CO_2 + ___ H_2O

8. ___ $KMnO_4$ + ___ $HCl \longrightarrow$ ___ KCl + ___ $MnCl_2$ + ___ H_2O + ___ Cl_2

9. ___ Cu + ___ $HNO_3 \longrightarrow$ ___ $Cu(NO_3)_2$ + ___ H_2O + ___ NO_2

10. ___ Sb + ___ $HNO_3 \longrightarrow$ ___ Sb_2O_5 + ___ NO + ___ H_2O

11. ___ $Fe_2(SO_4)_3$ + ___ $NaI \longrightarrow$ ___ $FeSO_4$ + ___ Na_2SO_4 + ___ I_2

12. ___ $HNO_3 \longrightarrow$ ___ O_2 + ___ NO_2 + ___ H_2O

13. ___ I_2 + ___ $HNO_3 \longrightarrow$ ___ HIO_3 + ___ NO_2 + ___ H_2O

14. ___ I_2 + ___ $Na_2S_2O_3 \longrightarrow$ ___ $Na_2S_4O_6$ + ___ NaI

15. （王水）___ HCl + ___ $HNO_3 \longrightarrow$ ___ H_2O + ___ NO + ___ Cl

    ___ Au + ___ $Cl \longrightarrow AuCl_3$

16. ___ C_6H_6 + ___ $O_2 \longrightarrow$ ___ CO_2 + ___ H_2O

17. （汽油不完全燃燒）___ C_7H_{16} + ___ $O_2 \longrightarrow$ ___ CO + ___ CO_2 + ___ H_2O

18. ___ $FeCl_3$ + ___ $K_4Fe(CN)_6 \longrightarrow$ ___ $Fe_4[Fe(CN)_6]_3\downarrow$ + ___ KCl

CH4　陰陽兩元觀

◉ Arrhenius

　　瑞典的化學家 Arrhenius (1859–1927) 提出電離說，相當程度內解釋了陰陽兩元觀!（他在 1894 年的博士論文，以丁等勉強通過，但是，19 年後，當年的老師們，決定給他 Nobel 化學獎。）

　　例如說食鹽，化學上是氯化鈉 NaCl；將一些食鹽放入水中，也許整個溶解，這就成了**溶液**，氯化鈉是**溶質**，水是**溶劑**；像食鹽這種溶質叫做**電解質**：有許多溶質分子，在溶液中，就分開成兩部分，都帶電，帶正電的部分叫陽離子，帶負電的部分叫陰離子；例如：

$$NaCl \rightleftharpoons Na^+ + Cl^-$$
$$或者\ Na_2SO_4 \rightleftharpoons 2Na^+ + SO_4^{2-}$$

這裡的陽離子是鈉離子 Na^+，陰離子是氯離子 Cl^- 與硫酸根離子 SO_4^{2-}。

◉ 根，團

　　在上一段中我們引入了「硫酸根」這樣子的觀念。事實上，在分子論，物料的單位是分子，分子通常由不止一個原子組成，而其中的某些原子可以組成一個「小團體」，通常叫做「根」，「硫酸根」就是一個例子。（當然我們沒有辦法捉住一個硫酸根來給人看！雖然硫酸根離子 SO_4^{2-} 真的存在於溶液中。）對於許多化學計算，這種觀念尤其方便!（例如，$SO_4 = 96$。）

　　如果是很大的分子，當然也可以由小團體，組成更大一點的團體，分好幾階。

◉ 陰陽電性的結合

　　知道「原子有外圍的（帶負電的）電子」之後，離子就容易解釋了：有些元素（如鹼金屬鈉 Na），容易丟棄電子，變成陽離子 Na^+；有些元素（如鹵素氯 Cl），容易獲得電子，變成陰離子 Cl^-；於是我們多少可以理解某些元素結合的理由。

◎ 兩元化合物的稱呼

那麼，食鹽英文正式的化學稱呼是 sodium chloride，「鈉的氯化物」就照 NaCl 的順序，sodium 是「鈉」，chloride 的意思是「氯化物」，標準的漢譯化學名稱是「氯化鈉」。

我們知道：氟 F、氯 Cl、溴 Br、碘 I，叫做鹵素 (halogen)；而：鋰 Li、鈉 Na、鉀 K、銣 Rb，叫做鹼金屬 (alkali metals)；那麼鹵化鹼金屬的通式是 yx，y 是代表鹼金屬，x 代表鹵素。換句話說：英文講（鹼金屬）y 的 x（鹵素）化物，漢文稱為「x 化 y」；恰好順序顛倒！

現在改為：硫化鈉 Na_2S，英文講 sodium sulfide；氯化鈣 $CaCl_2$，英文講 calcium chloride；氧化鐵 Fe_2O_3，英文講 ferric oxide；這是因為硫是 -2 價的，鈉是 $+1$ 價的；硫原子要接受兩個電子，才成為離子 S^{2-}，鈉原子則要送出一個電子，才成為離子 Na^+，所以正負相抵，一定是 Na_2S。

氯是 -1 價的，鈣是 $+2$ 價的；氯原子要接受一個電子，才成為離子 Cl^-，鈣原子則要送出兩個電子，才成為離子 Ca^{2+}，所以正負相抵，一定是 $CaCl_2$。氧是 -2 價的，鐵是 $+3$ 價的；氧原子要接受兩個電子，才成為離子 O^{2-}，鐵原子則要送出三個電子，才成為離子 Fe^{3+}，所以正負相抵，一定是 Fe_2O_3。

○—﹨ 例題 4

那麼硫化鈣怎麼說？怎麼寫？

Calsium sulfide，CaS。

【註】 銨根 NH_4^+ 是一價陽離子，形式上好像鹼金屬。所以，NH_4Cl (ammonium chloride) 就是「氯化銨」，好像 NaCl (sodium chloride)，氯化鈉。

【註：亞】 你已經發現到漢字的亞：金屬（陽）離子如鐵銅汞，都有兩種原子價，以較高價為主，低價的稱為「亞」。許多（「過渡」）元素，原子價都是可變的。（但是除了這三個外，常見的只有鉻 Cr、錳 Mn。）

【註】 如果是鈉鉀鈣等等，原子價可說是固定不變的。所以，sodium nitrate（硝酸鈉）的鈉，直接使用 sodium 就好了。若是 iron nitrate，就只能解釋為 $Fe(NO_3)_3$。

○━━　習題 8（陽、陰離子價的表）

◉ 陽（離子）價的表

（請填好式量）

符號	英文	漢文	式量
Na^+	sodium	鈉	23
K^+	potassium	鉀	
NH_4^+	ammonium	銨	
Ag^+	silver	銀	
Cu^+	cuprous	亞銅	
Hg^+	mercurous	亞汞	
H^+	hydrogen	氫	1
Ca^{2+}	calsium	鈣	
Mg^{2+}	magnesium	鎂	
Zn^{2+}	zinc	鋅	
Fe^{2+}	ferrous	亞鐵	
Cu^{2+}	copper	銅	
Hg^{2+}	mercuric	汞	
Al^{3+}	alminum	鋁	
Fe^{3+}	ferric	鐵	
Cr^{3+}	chromium	鉻	

【註】HCN 是氰化氫。這裡「氰根」CN 與氫之間有一鍵。不妨把「氰根」看成 -1 價，讓它和鐵原子形成錯離子。（錯的意思是錯綜複雜，英文是 complex。）

$H_3Fe(CN)_6$ 稱為「鐵氰化氫」，其中 Fe 是 +3 價，而 $H_4Fe(CN)_6$ 稱為「亞鐵氰化氫」，其中 Fe 是 +2 價。於是：

前者有個亞鐵鹽，即 ferrous ferricyanide，$Fe_3[Fe(CN)_6]_2$ = **鐵氰**化亞鐵，框框內的 Fe 是 +3 價的鐵，而框框是鐵氰根，-3 價，框框外的 Fe 是 +2 價的亞鐵。

後者有個鐵鹽，即 ferric ferrocyanide，$Fe_4[Fe(CN)_6]_3$ = **亞鐵氰**化鐵，框框內的 Fe 是 +2 價的亞鐵，框框是亞鐵氰根，-4 價，框框外的 Fe 是 +3 價的鐵。你當然猜得到：ferrous ferrocyanide 是**亞鐵氰**化亞鐵 $Fe_2[Fe(CN)_6]$。

◉陰（離子）價的表

（請填好式量）

符號	英文	漢文	式量
F^-	fluoride	氟	19
Cl^-	chloride	氯	
Br^-	bromide	溴	
I^-	iodide	碘	
OH^-	hydroxide	氫氧	
NO_3^-	nitrate	硝酸（根）	
NO_2^-	nitrite	亞硝酸（根）	
ClO_3^-	chlorate	氯酸（根）	
O^{2-}	oxide	氧	
S^{2-}	sulfide	硫	
SO_4^{2-}	sulfate	硫酸（根）	
SO_3^{2-}	sulfite	亞硫酸（根）	
CO_3^{2-}	carbonate	碳酸（根）	
N^{3-}	nitride	氮	
P^{3-}	phosphorus	磷	
PO_4^{3-}	phosphate	磷酸（根）	

【註】在陰離子這邊，我們列了許多個「含氧酸根」，如硝酸根，硫酸根，碳酸根，磷酸根；$(NH_3)_2CO_3$ ammonium carbonate 是「碳酸銨」；這裡不要用「化」這個字。

【註：亞】漢字的**亞**，也用到陰離子！例如：硫酸（根）是 sulfate，亞硫酸（根）則是 sulfite；當然，Na_2SO_4 是 sodium sulfate 硫酸鈉，而 Na_2SO_3 是 sodium sulfite 亞硫酸鈉；$NaNO_3$ 是 sodium nitrate 硝酸鈉，$NaNO_2$ 是 sodium nitrite 亞硝酸鈉；$NaClO_3$ 是 sodium chlorate 氯酸鈉，那麼你甚至猜得到亞氯酸鈉是 $NaClO_2$，sodium chlorite。

◉鹼與酸

水是非常穩定的化合物（因此古人才堅決相信「水是元素，不能分解」!），通常情形下，超過 5 億個水分子，才有一個分解為「氫離子」與「氫氧根離子」。

$$H_2O \rightleftharpoons H^+ + OH^-$$

水是「中性的」，如果有東西（叫做「溶質」）溶於水中，使得溶液中「氫離子」的個數比「氫氧根離子」的個數還多，就說這溶液是酸性的；反過來說，若溶液中「氫離子」的個數比「氫氧根離子」的個數還少，就說這溶液是鹼性的。

一般說的強酸有：硝酸 = HNO_3、硫酸 = H_2SO_4、鹽酸 = HCl（氯化氫）；它們溶解在水中會產生氫離子：

$$HNO_3 \longrightarrow H^+ + NO_3^-;\ H_2SO_4 \longrightarrow H^+ + HSO_4^-;\ HCl \longrightarrow H^+ + Cl^-$$

那麼就有：硝酸根離子 NO_3^-，硫酸氫根離子 HSO_4^-，以及氯離子❽Cl^-；如果硫酸氫根離子 HSO_4^- 進一步分解為：

$$HSO_4^- \longrightarrow SO_4^{2-} + H^+$$

那麼就有：硫酸根離子 SO_4^{2-}。

NaOH 和 KOH 屬於強鹼：

$$NaOH \longrightarrow Na^+ + OH^-;\ KOH \longrightarrow K^+ + OH^-$$

鹼與酸可以**中和** (neutralization)，產生「鹽」與水：

$$NaOH + HNO_3 \longrightarrow NaNO_3 + H_2O$$

這裡的箭頭可以倒轉，或者可以說：在水溶液中，其實都以離子狀態存在！幾乎沒有 $NaOH, HNO_3, NaNO_3$，只有 $Na^+, NO_3^-;\ H_2O$（H^+、OH^- 則很少。）

◉ 含氧酸

化學之父 Lavoisier，犯了一個錯誤：他看到硫酸 = H_2SO_4，硝酸 = HNO_3，就以為酸都含有氧，於是他給氧取了個名稱：「酸之生成者」（oxi- = 酸，-gen = 生成者）。但是，酸不必含有氧；含有氧的酸是含氧酸，鹽酸就不是含氧酸；酸的要點是「水溶液中的氫離子」。

所以，我們寫 HCl，本來是代表「氯化氫」（的分子），這種分子的水溶液才是平常所說的鹽酸。鹽酸是 hydrochloric acid「氫氯酸」的漢文通稱。其他鹵素都

---

❽　所以它應該也可以叫做「鹽酸根離子」？

有類似的酸，即 HF、HBr、HI（的水溶液），正式的名稱是「氫氟酸」、「氫溴酸」、「氫碘酸」。（所以這些不含氧酸，就叫做「氫啥酸」。）

含氧酸，就叫做硫酸 (sulfuric acid) H_2SO_4，碳酸 (carbonic acid) H_2CO_3，氯酸 (chloric acid) $HClO_3$ 等等；當然也有「氮酸」(nitric acid) HNO_3，但是漢文用詞是硝酸。（鹽酸和硝酸是漢文特有的詞，不是譯詞。）

◎ 原子價的總和原則

「正負原子價」的說法，對於兩元化合物，當它們的陰陽性已經有定論的時候，是非常簡單的：如氫硫酸 H_2S，當然是氫 +1 價，硫 −2 價；「氫氯酸」氫 +1 價，而鹵素都是 −1 價。

基本的原則是：分子中，每個元素原子都有個正或負的原子價，其總和為零❾。

以硫酸 H_2SO_4 為例，氫 +1 價，氧 −2 價，算出來硫是 +6 價；同理，硝酸（「氮酸」）HNO_3，氮是 +5 價；碳酸 H_2CO_3，碳是 +4 價。

○— 習題 9

試計算如下的含氧酸中，元素之價數。

碳酸	carbonic acid	H_2CO_3,	碳 C 是	+4 價
硝酸	nitric acid	HNO_3,	氮 N 是	___ 價
亞硝酸	nitrous acid	HNO_2,	氮 N 是	___ 價
硫酸	sulfuric acid	H_2SO_4,	硫 S 是	___ 價
亞硫酸	sulfurous acid	H_2SO_3,	硫 S 是	___ 價
過氯酸	perchloric acid	$HClO_4$,	氯 Cl 是	___ 價
氯酸	chloric acid	$HClO_3$,	氯 Cl 是	___ 價
亞氯酸	chlorous acid	$HClO_2$,	氯 Cl 是	___ 價
次氯酸	hypochlorous acid	$HClO$,	氯 Cl 是	___ 價

---

❾ 於是，單獨一個元素所成的分子，（叫做「單體」者，）如氫分子 H_2，氧分子 O_2 等等，各個原子的價數當然都是零！

◉ 原子價與週期表

　　非金屬的氮、硫、氯，分別是（後面要講到的）週期表中的第 V, VI, VII 族；原子價（「正常的情況下」）應該是 +5（或 −3），+6（或 −2），+7（或 −1）。所以我想：HNO_3, H_2SO_4, $HClO_4$，應該分別叫做氮酸，硫酸與氯酸。很不幸：氯酸現在是用在 $HClO_3$，理由是它比較常見。

　　於是只好把 $HClO_4$ 叫做「過氯酸」，「過」是「超過」的意思，用了冠首詞 per-。相同地，把 $HMnO_4$ 叫做高錳酸 (permanganic acid)。（錳是 VII (B) 族。在短週期表中，同樣在第七行。）其實，高 = per- = 過，不應該有兩種漢譯。

○━ 習題 10

potassium permanganate 是什麼?

◉ 氧化與還原

　　氫與氧結合為水，

$$2H_2 + O_2 \longrightarrow 2H_2O$$

氫被「氧化」而反過來說，氧被「還原」! 注意到此時，氫由原來的 0 價變為 1 價（增加）；氧由原來的 0 價變為 −2 價（減少）。

鐵被「氧化」，意思是變成氧化亞鐵 (ferrous oxide) FeO，或氧化鐵 (ferric oxide) Fe_2O_3。

$$2Fe + O_2 \longrightarrow FeO$$
$$4Fe + 3O_2 \longrightarrow 2Fe_2O_3$$

鐵被「氧化」，可能增加 2 價，也可能增加 3 價。

你就想到一個可能性，這當然是氧化:

$$4FeO + O_2 \longrightarrow 2Fe_2O_3$$

此時，鐵由 2 價（氧化亞鐵的狀態）變為 3 價（氧化鐵的狀態）；我們由此得到一種理念: 一個元素的原子價，代表了它的一種「氧化的狀態」。比較摩登的方式，就把「原子價」改用「氧化數」(oxidation number) 來稱呼。

那麼，當一個元素由一種「氧化的狀態」變成另外一種「氧化的狀態」時，如果氧化數（也就是原子價）增加，我們就說這元素「被氧化」；反過來說，如果氧化數（也就是原子價）減少，我們就說這元素「被還原」。

【例】二氧化硫 SO_2 變為硫酸 H_2SO_4 時，（中間有種種步驟，也涉及別的化物，且不去管它！只問：）硫在其間，是由原來的 +4 價變成 +6 價，因此是「被氧化」。

○── 例題 5

「雙氧水」H_2O_2 中的兩個元素，氧化數（原子價）是多少？

有兩種辦法都說得通：

1. 氫為 +1 價（氧化數 = +1），氧為 −1 價（氧化數 = −1）
2. 氫為 +2 價（氧化數 = +2），氧為 −2 價（氧化數 = −2）

◉ 原子價的重新思考

前面說過的原子價的總和原則有些尷尬！即使是兩元化合物！例如鐵的氧化物，不但有氧化亞鐵 FeO（鐵 2 價），有氧化鐵 Fe_2O_3（鐵 3 價），還有四氧化三鐵 Fe_3O_4。此時要討論鐵的氧化數，非常困難。事實上，這個東西的鐵，毋寧說成有一個 2 價，有一個 3 價。很多情形下，不太需要用這種氧化數（原子價）的概念！直接以構造式顯現其共價鍵。如同上面所說的雙氧水，它是 H−O−O−H。氫為 1 鍵（1 價），氧為 2 鍵。

CH5 ｜ 化學反應

1. 直接結合（合成）：當兩種以上的元素或化合物直接結合成為一個更複雜的物料時，這個過程叫做直接結合。

2. 簡單分解：當一種化合物被直接拆開成為它的諸組成元素或更簡單的化合物時，這個過程叫做簡單分解。

3. 簡單取代或置換：如果用一個元素將一個化合物中的另外一個元素取而代之，這個過程叫做簡單取代。

4. 雙重取代或置換：當兩個化合物各以它的一個元素或原子團拿來相交換時，這個過程叫做雙重取代。

【註】當然我們可以說：化合與分解是「互逆」。當我們更深入地思考時，就知道世界上的事情通常都是雙向地進行的！於是，有些情形下，我們把化學方程式的箭頭寫成「雙向的」，或者寫成「等號」。

但是這裡有「實用」的考慮！通常的化學反應，在一般的條件之下，也許不需要煩惱兩個方向，於是只要談論「化合」或者「分解」就夠了！

金屬的氧化物溶於水，與水結合成為鹼，或者非金屬的氧化物溶於水，與水結合成為酸；因此，非金屬的氧化物被稱為酸酐，（而金屬的氧化物可被稱為鹼酐，）例如：

$$H_2O + CO_2 \rightleftharpoons H_2CO_3$$

（碳酸是弱酸，而在溶液中的反應若產生了碳酸，通常就分解而釋放出 CO_2 到空氣中）

當然在談「簡單置換」或者「雙重置換」時，情形也一樣！

通常把化學方程式的係數填空時，當然不用煩惱箭頭方向。

◎ 化合與分解

1. $H_2 + Cl_2 \longrightarrow 2HCl$

2. $4K + O_2 \longrightarrow 2K_2O$

3. $3Cl_2 + 2Fe \longrightarrow 2FeCl_3$

4. H_2O（電解）$\longrightarrow 2H_2 + O_2$

因為都是牽涉到元素「單體」（其原子價為零），因此這些反應都涉及原子價的變更，也就是「氧化還原」反應！但是如下的反應，是簡單的兩三個分子結合成更複雜的分子（或者逆行），並沒有涉及原子價（氧化數）的變更：

5. $HCl + NH_3 \longrightarrow NH_4Cl$

6. $2NaHCO_3 \longrightarrow Na_2CO_3 + CO_2 + H_2O$

◉ 取代

1. $Fe + 2HCl \longrightarrow H_2 + FeCl_2$

2. $Zn + H_2SO_4 \longrightarrow ZnSO_4 + H_2$

3. $Zn + Pb(CH_3COO)_2 \longrightarrow Pb + Zn(CH_3COO)_2$

4. $Cu + 2AgNO_3 \longrightarrow 2Ag + Cu(NO_3)_2$

5. $2Na + 2H_2O \longrightarrow H_2 + 2NaOH$

◉ 雙置換

最常見且簡單的情形是（酸與鹼的）中和。酸有「酸根」與氫（離子），鹼有鹼根與氫氧基，中和之後，氫（離子）與氫氧基結合成水；例如：

1. $NaOH + HCl \longrightarrow NaCl + H_2O$

2. $2CH_3COOH + Ca(OH)_2 \longrightarrow 2H_2O + Ca(CH_3COO)_2$

3. $CuO + H_2SO_4 \longrightarrow H_2O + CuSO_4$（因為：「金屬氧化物是鹼酐」）

其次是兩個鹽分子的雙置換，尤其是溶液中的反應而伴隨著（氣體的釋出或者）固體物的沉澱：

4. $(NH_4)_2SO_4 + BaCl_2 \longrightarrow 2NH_4Cl + BaSO_4\downarrow$

5. $K_2SO_4 + BaCl_2 \longrightarrow 2KCl + BaSO_4\downarrow$

6. $Na_2SO_4 + BaCl_2 \longrightarrow BaSO_4\downarrow + 2NaCl$

7. $NaCl + AgNO_3 \longrightarrow AgCl + NaNO_3$

如果你記得上面說過對於碳酸的解釋，那麼如下的反應也可以列為這一類！

8. $CaCO_3 + H_2SO_4$（稀）$\longrightarrow H_2O + CO_2 + CaSO_4$

9. $2NaHCO_3 + H_2SO_4 \longrightarrow 2CO_2 + Na_2SO_4 + 2H_2O$

10. $K_2CO_3 + HCl \longrightarrow CO_2 + KCl + H_2O$

11. $NaHCO_3 + HCl \longrightarrow CO_2 + NaCl + H_2O$

12. $Na_2CO_3 + 2HCl \longrightarrow 2NaCl + CO_2 + H_2O$

如下反應當然也是雙置換，（只要想成 $H_2SO_4 = H^+ + HSO_4^-$，）

13. $NaCl + H_2SO_4$（濃）$\longrightarrow HCl + NaHSO_4$

如下反應，也可以看成是一種置換，原子價沒有改變！（只要想成：「氨氣、水與二氧化碳」，形成碳酸銨的溶液！）

14. $NH_3 + CO_2 + NaCl + H_2O \longrightarrow NaHCO_3 + NH_4Cl$

◉ 氧化還原

以上大部分的雙置換（或者更多重的置換?）大都沒有改變原子價，如果改變原子價，那就叫做氧化還原反應。這時候方程式的平衡通常比較有趣！

先說電解的例子：

1. $2CuSO_4 + 2H_2O$（電解）$\longrightarrow 2Cu + 2H_2SO_4 + O_2$

2. $2NaCl + H_2O$（電解）$\longrightarrow 2H_2 + 2NaOH + Cl_2$

其次，考慮像氯這種具有許多種不同的原子價同時出現的情形：

1. $Cl_2 + H_2O \longrightarrow HCl + HClO$

2. $2NaOH + Cl_2 \longrightarrow NaCl + NaClO + H_2O$

3. $3NaClO$（加熱）$\longrightarrow NaClO_3 + 2NaCl$

4. $2HgCl_2 + 2SnCl_2 \longrightarrow 2Hg + 2SnCl_4$

還有錳 Mn，與鐵 Fe，也經常出現：

1. $MnO_2 + 4HCl \longrightarrow MnCl_2 + 2H_2O + Cl_2$

2. $10FeSO_4 + 2KMnO_4 + 8H_2SO_4 \longrightarrow K_2SO_4 + 2MnSO_4 + 5Fe_2(SO_4)_3 + 8H_2O$

3. $2NaCl + 3H_2SO_4 + MnO_2 \longrightarrow 2NaHSO_4 + MnSO_4 + Cl_2 + 2H_2O$

【註】在有機化學中氧化數原子價的觀念不太有用[10]：

$$2C_4H_{10} + 13O_2 \longrightarrow 8CO_2 + 10H_2O$$

[10] 當然我們可以說：丁烷中的碳與氫都被氧化了。

◉沉澱與逸散

我們開始讀化學的時候，遇到「雙置換」，常常有這一類小疑問：例如第 28 頁雙置換的第 8 項，為何不是逆向的：

$$H_2O + CO_2 + CaSO_4 \longrightarrow CaCO_3 + H_2SO_4?$$

如果我們是在一個封閉的體積內，有空氣，有溶液。放置得夠久，整個狀況就將是平衡的：在外表上，沒有變化了。事實上，平衡必然是「動態的」，因此，正逆兩種反應都有！然而幾乎是「互相抵消」。在通常的實驗環境中，我們只看到正向的反應（例 8）而已。這是因為：一方面，產生的氣體 CO_2 大概是馬上從液面逸散到周遭的空氣中，而另一方面，產生的固體 $CaSO_4$ 大概是馬上沉澱。沉澱的意思是這物質的溶解度很小，一下子，在水溶液中，馬上就超出其**溶解度**。溶解度指的是在那種狀態（溫度，壓力）下，那種物質可以允許的溶解於水中的濃度。當然這些都是有定量的解釋，可是我們此地只提出一個很簡單的定性的小表，當作你的化學常識！那麼，反應中，如果在溶液中產生了不溶性（即溶解度很小）的固體，我們就不會看到逆向的反應了。

◉可溶性簡表

- 所有的硝酸鹽、氯酸鹽與醋酸鹽都可溶於水。
- 所有的氯化物（＝鹽酸的鹽）、溴化物與碘化物都可溶，除了銀、鉛、汞的。
- 所有的硫酸鹽都可溶，除了銀、鉛、汞與鈣鋇的。
- 所有的碳酸鹽、矽酸鹽、磷酸鹽都不可溶，除了銀、鉛、汞與鈣鋇的。
- 所有的硫化物（＝氫硫酸的鹽）都不可溶，除了鈉、鉀、銨、鈣與鋇的。
- 所有金屬的氫氧化物都不可溶，除了鈉、鉀、銨、鈣與鋇的。
- 所有金屬的氧化物都不可溶，除了鈉、鉀與鈣的。

CH6 | 週期表

化學家早就注意到有一些元素的化學性質很相像，他們就把這些元素歸類為一族。如何個相似？為何會相似？這裡面有很多的化學與物理，都牽涉到「週期表」。最成功的週期表，應該歸功於 Mendeleev (1834 – 1907)；在他的週期表中：

1. 某些位置留下空白，意思是這個元素尚未被發現，而他對這個尚未發現的元素，做下預測，都符合後來的驗證；
2. 有些元素他認為原子量有問題，就大膽自行排列；

結果非常美滿：這個週期表的排列順序都與（後來）Moseley 公式的原子序相符！

◉ Do, Re, Mi

週期表有一個很簡單的解說：把所有的化學元素用原子量由小到大的順序來排列編號，那麼它們的化學性質會週期性地出現，週期為 7。也就是說：這些元素差不多可以看成音樂上的 Do, Re, Mi, Fa, Sol, La, Si，接下去還是一樣 Do, Re, Mi, …，只是高了一個八度⓫，或者我們乾脆這樣譬喻：每個化學元素就依序占據了鋼琴的一個白鍵⓬的位置。

顯然有更方便的寫法：如果我們總共有 45 個元素，我們就在紙上畫個 7 行 7 列的表格。把編號 1 的元素寫在最左上的那一格，編號 2 的元素寫在這一格的右側，編號 3 的元素再寫在其右側，依此類推，一直到編號 7；已經到了這第一列的最右端了，編號 8 的元素，就寫到下方的第二列的最左一格，按此要領，寫到第 6 列最右格時，是編號 42 的元素，編號 43 的元素，就寫在第 7 列最左一格，繼續再往右寫兩格，就是編號 45 的了。

縱行叫做族，族碼用羅馬數字 I, …, VII；橫列叫做週期，週期碼用阿拉伯數字 1, …, 7。這樣子每個格子都可以用兩個碼來指名。例如說，剛剛提到的「編號 45」，它的格子位置是 7III。

我希望你拿一張白紙實地畫出整個表格。格子不可太小！然後在格子內用鉛筆寫上元素的編號。（從 1 到 45。）又在此週期表的框外左側，加註週期碼，在上方加註族碼。

⓫　「八度」= octave，這與羅馬人的八月 october，字根相同。

⓬　不要半音黑鍵。

◉ 短型週期表

實際上，上述樸素的講法是錯誤的！所以你必須用橡皮擦，擦掉你本來（用鉛筆）寫的編號！

* 第一個糟糕的是：必須在第 VII 族的右側多加一行。這是第 VIII 族。現在的週期表變成是 8 行 7 列。

* 其次，第一列（也就是第一週期），只要最左的與最右的這兩格❸，介乎其中的 6 格（1II 到 1VII,）都不要。

	I	II	III	IV	V	VI	VII	VIII
(1)	1							2
(2)	3	4	5	6	7	8	9	10
(3)	11	12	13	14	15	16	17	18
(4)								♣
(5)								♣
(6)			♡					♣
(7)			◇					

* 如果你把編號 1 到 18 重新填寫進去，情況就像上圖一樣。

  你必須背原子序 18 以內（亦即前三個週期）的化學元素：

  氫 H，氦 He；

  鋰 Li，鈹 Be，硼 B，碳 C，氮 N，氧 O，氟 F（，氖 Ne）；

  鈉 Na，鎂 Mg，鋁 Al，矽 Si，磷 P，硫 S，氯 Cl（，氬 Ar）；

❸　因此第一週期叫做超短週期。

- 從第四週期以下的每一列，都畫一條虛橫線加以分割。

 （如上圖。）這些週期就變成有 16 格了。因此叫做長週期。

 那麼如何指明格子的位置呢? 我們把虛線之上的半列給以附碼 a，虛線之下的半列給以附碼 b。

- 上圖第 VIII 行，長週期的上半列（即 $4_a, 5_a, 6_a$）的位置，都寫了記號 ♣。週期表中，在這些位置，單一個格子內要放上三個化學元素! 如下（元素前面是其原子序）:

 鐵小族: 26 鐵 Fe，27 鈷 Co，28 鎳 Ni

 釕小族: 44 釕 Ru，45 銠 Rh，46 鈀 Pd

 鉑小族: 76 鋨 Os，77 銥 Ir，78 鉑 Pt

- 上圖中，在 6_aIII (♡) 與 7_aIII (◊) 處，都要放上 15 個化學元素，它們分別叫做鑭系稀土小族（原子序 58～71），與錒系稀土小族（原子序 89～103）。

- 你現在就可以把序號都填寫進去了。一格多號的♡，◊，♣，當然不用填。

	I	II	III	IV	V	VI	VII	VIII
(1)	1							2
(2)	3	4	5	6	7	8	9	10
(3)	11	12	13	14	15	16	17	18
(4)	19	20	21	22	23	24	25	♣
	29	30	31	32	33	34	35	36
(5)	37	38	39	40	41	42	43	♣
	47	48	49	50	51	52	53	54
(6)	55	56	♡	72	73	74	75	♣
	79	80	81	82	83	84	85	86
(7)	87	88	◊					

- 真正的關鍵是: 原來一個縱行是一族的說法是錯的! 每個縱行都應該分辨 a, b，於是得到 16 族，亦即:

$$I_a, II_a, \cdots, VIII_a, I_b, II_b, \cdots, VIII_b$$

問題是：前面（三個週期）的 18 個元素，算 a 族還是 b 族？

簡單的答案是：

前兩個 (I, II) 屬於 a，後面的六個 (III–VIII) 屬於 b。

（你看到圖中，a 的在格子左側，而 b 的在格子右側。）

· 更精簡的說法是：就記 I_a = I, II_a = II，不寫附碼 a；記 III_b = III, IV_b = IV, …, VII_b = VII（也不寫附碼 b）；但是獨獨把 VIII_b 改用記號 O = 零表示。

其他的附碼，出現在 III_a, IV_a, …, VII_a, VIII_a, I_b, II_b 中的，都保留。（只有 VIII_a 習慣上省記為 VIII。）這 8 族有一個統稱，叫做過渡（轉移）金屬。其他的 8 族，是典型（價鍵）族。

◉ 長型週期表

所以把轉移金屬夾在當中，應該是更好的表現方式。

I	II	III_A	IV_A	V_A	VI_A	VII_A	♣	♣	♣	I_B	II_B	III	IV	V	VI	VII	O
1																	2
3	4											5	6	7	8	9	10
11	12	III_A	IV_A	V_A	VI_A	VII_A	♣	♣	♣	I_B	II_B	13	14	15	16	17	18
19	20	21	22	23	24	25	26	27	28	29	30	31	32	33	34	35	36
37	38	39	40	41	42	43	44	45	46	47	48	49	50	51	52	53	54
55	56	♡	72	73	74	75	76	77	78	79	80	81	82	83	84	85	86
87	88	◇															

註：♡ = 57 … 71；◇ = 89 … 103

◉ 各個週期的元素個數

你記得曾經學過這個公式：

$$1 = 1^2;\ 1 + 3 = 2^2;\ 1 + 3 + 5 = 3^2;\ 1 + 3 + 5 + 7 = 4^2$$

乘以 2，得到：

$$2, 8, 18, 32, (50, \cdots)$$

在化學元素週期表中，各週期的元素個數是

$$2, 8, 8, 18, 18, 32, (32)$$

第 4 第 5 兩個週期是長週期，用短型週期表沒有辦法，只好採用那個畫條虛橫線的辦法；若採用長型週期表，恰好足以應付一直到第五週期的 54 個元素。而對於第 6 第 7 那兩個超長❹週期我們讓鑭系與錒系稀土金屬，整堆擠在同一格，也沒有真正的不便。

◉ 背週期表?

我建議:

· 除非要靠這個搶獎金，否則: 兩堆稀土金屬，都不用背。

· 你必須背到第 4 週期，（第 36 號元素!）理由是: 長週期才會出現過渡金屬。

· 另外，典型價鍵元素，必須一族一族背:

I 鹼金屬	: 鋰 Li，鈉 Na，鉀 K
II 鹼土金屬	: 鈹 Be，鎂 Mg，鈣 Ca，鍶 Sr，鋇 Ba
III 土金屬	: 硼 B，鋁 Al，鎵 Ga，銦 In
IV 碳族	: 碳 C，矽 Si，鍺 Ge，錫 Sn，鉛 Pb
V 氮族	: 氮 N，磷 P，砷 As，銻 Sb，鉍 Bi
VI 氧族	: 氧 O，硫 S，硒 Se，碲 Te
VII 鹵素	: 氟 F，氯 Cl，溴 Br，碘 I
O 鈍氣	: 氦 He，氖 Ne，氬 Ar，氪 Kr

· 轉移金屬中，已提過第八族的三個副族，常見的兩族也應該記得:

| IB 金族 | : 銅 Cu，銀 Ag，金 Au |
| IIB 汞族 | : 鋅 Zn，鎘 Cd，汞 Hg |

❹　把第 7 週期填完，需要有第 118 號元素，即人工合成的 Ununoctium (Uuo)。

【註】週期表的理論是根據量子力學，這在 1930 時已經確立不移。從此以後，週期表的族別編排之變動，純粹只是人為規約的改換，並非理論上有新的見解。上述的八個（縱行聯繫的）典型族，（編碼 I、II、…、到 VII，然後是零，其解釋是很明確的）念化學時必須熟悉。其他的元素，都是過渡金屬，基本上都是橫列聯繫。編碼（從左到右是 IIIB、…、VIIB、VIII，再到 IB、IIB）的化學解釋，功能不顯著。族碼的 A 或 B，只是用來跟典型元素的族碼做區辨而已。（所以我們這裡就讓典型族的編碼省略掉族碼 A）

CH7 | 原子核

◉ 小年表

・1896 年 Röntgen 發現 X 光; 得到 (1901 年) 首屆 Nobel 物理獎。

・1897 年 J. J. Thomson 發現陰極射線即電子; 確定了電子的質量 (只有氫原子的 $\frac{1}{1840}$), 以及電量; 他得到 1906 年 Nobel 物理獎。

・1897 年 Becquerel 發現 (鈾的) 放射性; (與 Curie 夫婦, 合得 1903 年 Nobel 物理獎。)

・1898 年 Curie 夫婦發現鐳 (radium) 與釙 (polonium) 的放射性。

・愛國者 Marie Sklodovska-Curie 以祖國來命名此新元素。

◉ Rutherford

Rutherford (1871–1937) 在劍橋大學 (1898–1900 年間), 發現了放射線有三種, (稱之為 α、β 與 γ 射線。) 他提出了 Rutherford (-長岡 Nagaoka) 的原子模型。他在得到 1908 年 Nobel 化學獎時, 說: 我怎麼一夕之間懂得化學了呢。

他的博士後研究員, Niels Bohr, 於 1913 年, 用量子論闡明了氫原子的構造, 因而獲得 1922 年 Nobel 物理獎。

他的學生 Moseley 在 1913 年由 X 光光譜學實驗, 確定了**原子序** (atomic number)。(原本鐵定會得到 Nobel 物理獎的, 但歐戰爆發後, Moseley 被送去 Dardanelles 海峽做砲灰。) 另一學生 Chadwick 於 1932 年發現中子, 得到 1935 年的 Nobel 獎。

◉ 原子核

原子還是有構造的! 它有一個原子核, 核外則有一些電子。原子核都是由一些**質子** (proton) 與**中子** (neutron) 組成的; 我們把中子和質子合稱**核子** (nucleon), 這是一個理由。

中子不帶電, 而質子帶了與電子一樣多的電量, 只是正負相反。一個疑問是: 那麼幾個質子, 在原子核那麼短小的距離內, 同性相斥, 怎麼能夠聚在一起? 答

案是：在原子核內，核子之間的交涉作用主要的就是所謂的強作用力❶。顧名思義那是比電力強，其實是強太多太多了。而且對這種「強交涉作用」來說，中子和質子完全沒有區別！這是統稱為核子的另一個理由。那麼中子和質子的個數總和，其實就是「核子數」，記做 A，也叫做**質量數**。

於是要表達一個原子核，我們就寫此元素的記號，然後在左肩上寫它的質量數 A，在左腳寫原子序，也就是質子數 Z。

◉同位素

採用原子量的單位 amu. 的話，中子和質子的質量（原子量）都幾幾乎是 1，而電子的質量只大約 0.0005+，所以任何一個元素的原子量都非常接近於 A。這是一個整數！其實 Prout 的想法是很對的：就質量來說，我們可以忽略掉電子，所以中子 = 質子 = 氫原子。

氯原子 Cl，原子序 $Z = 17$，原子量差不多 35.5；糟糕，那麼其原子核含有 17 個質子與 18.5 個中子？不是！

有的氯原子，$(^{35}_{17}\text{Cl})$ 原子核含有 17 個質子與 18 個中子；

有的氯原子，$(^{37}_{17}\text{Cl})$ 原子核含有 17 個質子與 20 個中子；

兩種原子（核），有相同的質子個數，質量數不同，則互相叫做**同位素**(isotopes)❻。

實際上，天然的氯原子，大概有 $\frac{1}{4}$ 是前者，有 $\frac{3}{4}$ 是後者，所以，平均起來，原子量差不多 35.5。只寫 Cl，是混指兩者的平均。

氫的原子核只是一個質子而已，這是唯一的例外！氦的是 2 個質子與 2 個中子；通常中子的個數等於或大於質子的個數。

○━━ 習題 11

下列元素的原子核中，各有幾個質子？幾個中子？

C，N，O，F，S，Na，Si，Ar，鋯 Zr，銠 Rh，鉍 Bi，銀 Ag。

❶ 但是：強作用的作用範圍非常非常的短小，在核外，幾乎毫無作用！而電力是無遠弗屆的！

❻ 冠首詞 iso- 意思是「相同的」。topos 的意思是「位置」。在週期表上站在相同的位置。

◉ 重水

氫，除了「正常的氫」$(Z=1, A=1)$ 之外，另有兩種同位素：氘 $(A=2)$，deuterium，華語讀做刀；氚 $(A=3)$，tritium，華語讀做川；用這樣子的「重氫」，與氧化合，就得到「重水」(heavy water)。

○── 習題 12

「氫與氘的區別」，和「鈾 235 與鈾 238 的區別」，哪個大？

◉ 化學反應與核子反應

所以原子不是不可分裂的！Dalton 是錯的！但是，Dalton 幾乎簡直是對的！在化學反應中，電子會改變它的運動狀態，但是原子核是不變的！

如果原子核有改變，那不叫**化學反應** (chemical reaction)，該叫做**核子反應** (nuclear reaction)。例如：下述的核反應方程式

$$\ce{^{238}_{92}U} + \ce{^{1}_{0}n} \longrightarrow \ce{^{239}_{92}U} \longrightarrow \ce{^{239}_{93}Np} + \beta$$
$$\downarrow$$
$$\ce{^{239}_{94}Pu} + \beta$$

【註】α 射線是氦原子核 $\ce{^{4}_{2}He}$，（必要時應該標出兩個正電！）β 射線是從原子核射出的電子 $\ce{^{0}_{-1}n}$。（此地用 n 表示「原子序為零的元素」，亦即中子。）電子的「質子數」$Z=-1$。

◉ 原子核的天然崩壞四系

這分別稱做：釷系，錼系，鈾系與錒系。（其實每一系都有幾個「分支」，我們只講主要的一支。）

- 釷系：$\ce{^{232}Th} \longrightarrow \ce{^{228}Ra} \longrightarrow \ce{^{228}Ac} \longrightarrow \ce{^{228}Th} \longrightarrow \ce{^{224}Ra} \longrightarrow \ce{^{220}Rn}$
  $\longrightarrow \ce{^{216}Po} \longrightarrow \ce{^{212}Pb} \longrightarrow \ce{^{212}Bi} \longrightarrow \ce{^{212}Po} \longrightarrow \ce{^{208}Pb}$

- 錼系：

$\ce{^{241}Am} \longrightarrow \ce{^{237}Np} \longrightarrow \ce{^{233}Pa} \longrightarrow \ce{^{233}U} \longrightarrow \ce{^{229}Th} \longrightarrow \ce{^{225}Ra} \longrightarrow \ce{^{225}Ac}$
$\longrightarrow \ce{^{221}Fr} \longrightarrow \ce{^{217}At} \longrightarrow \ce{^{213}Bi} \longrightarrow \ce{^{213}Po} \longrightarrow \ce{^{209}Pb} \longrightarrow \ce{^{209}Bi}$

・鈾系：

$$^{238}\text{U} \longrightarrow {}^{234}\text{Th} \longrightarrow {}^{234}\text{Pa} \longrightarrow {}^{234}\text{U} \longrightarrow {}^{230}\text{Th} \longrightarrow {}^{226}\text{Ra} \longrightarrow {}^{222}\text{Rn} \longrightarrow {}^{218}\text{Po}$$
$$\longrightarrow {}^{214}\text{Pb} \longrightarrow {}^{214}\text{Bi} \longrightarrow {}^{214}\text{Po} \longrightarrow {}^{210}\text{Pb} \longrightarrow {}^{210}\text{Bi} \longrightarrow {}^{210}\text{Po} \longrightarrow {}^{206}\text{Pb}$$

・錒系：$^{235}\text{U} \longrightarrow {}^{231}\text{Th} \longrightarrow {}^{231}\text{Pa} \longrightarrow {}^{227}\text{Ac} \longrightarrow {}^{227}\text{Th} \longrightarrow {}^{223}\text{Ra}$
$$\longrightarrow {}^{219}\text{Rn} \longrightarrow {}^{215}\text{Po} \longrightarrow {}^{211}\text{Pb} \longrightarrow {}^{211}\text{Bi} \longrightarrow {}^{211}\text{Po} \longrightarrow {}^{207}\text{Pb}$$

以上的核反應方程式都是省略的寫法：都沒有符合「方程式箭頭兩側，質量電量都相等」的要求。以下兩道習題，就是要你把核反應方程式平衡！

習題 13

請填寫核崩壞的反應式：

1. （鈾系）

$$^{238}_{92}\text{U} \longrightarrow {}^{234}_{90}\text{Th} + \underline{\hspace{2cm}}$$
$$\downarrow$$
$$\underline{\hspace{2cm}} + \quad \beta$$
$$\downarrow$$
$$\underline{\hspace{2cm}} + \quad \beta$$
$$\downarrow$$
$$\underline{\hspace{2cm}} + \quad \alpha$$
$$\downarrow$$
$$\underline{\hspace{2cm}} + \quad \alpha$$
$$\downarrow$$
$$\underline{\hspace{2cm}} + \quad \alpha$$

2. （錒系）

$$^{235}_{92}\text{U} \longrightarrow {}^{231}_{90}\text{Th} + \underline{\hspace{2cm}}$$
$$\downarrow$$
$$\underline{\hspace{2cm}} + \quad \beta$$
$$\downarrow$$
$$\underline{\hspace{2cm}} + \quad \alpha$$
$$\downarrow$$
$$\underline{\hspace{2cm}} + \quad \beta$$
$$\downarrow$$
$$\underline{\hspace{2cm}} + \quad \alpha$$

例題 6

我們聽過「γ 射線」之名，為何這些核反應方程式沒有見過?

解

γ 射線就是能量更強的（不可見）光線，相當於能量。

（這些核反應方程式沒有考慮能量問題!）產生 γ 射線時，看不出核種的變化。

◉ 質能等價

Einstein 的相對論有一個極重要的推論: 物質（的質量）m 與能量 ε 是等價的! 公式是

$$\varepsilon = m \times c^2。$$

其中 c 是真空中的光速，即是

$$c = 2.997925 \times 10^8 \approx 3 \times 10^8 \text{ 公尺} \times \text{秒}^{-1}。$$

 例題 7

1 個質子（的質量）相當於多少能量?

解

此地只要粗估! 因為 6×10^{23} 個質子有 10^{-3} 公斤，等價於能量

$$10^{-3} \times (3 \times 10^8)^2 = 9 \times 10^{13} \text{ 焦}。$$

因此 1 個質子（的質量）相當於能量（差不多）1.5×10^{-10} 焦。

更精確的說法是: 1 個**原子量單位** amu.（的質量）= 能量 931.43 Mev（百萬電子伏特）。

◉ 氫彈

上述公式的一個最重要的應用是氫彈❶的原理。這個原理也就是太陽能來源的理論之一。

---

❶　鈾原子也用到同樣的公式。

我們採用原子量單位，而且就認為：

$$H_2 + 2\,_0^1n \longrightarrow He$$

中子的原子量是 1.008982，氫原子是 1.008142 而 He 是 4.003860，因此，右側的式量減去左側的：

$$4.003860 - 2 \times (1.008982 + 1.008142) = -0.030388 \text{ amu.}$$

從左側變成右側的融合反應中，**質量虧損**了！這個虧損的質量，換算成能量，就是在融合的過程中會釋放出來的能量。（是以輻射的方式顯現出來！當然這就是太陽能的根源。）反過來說，要從右側變成左側，也就需要這個能量。

CH8 原子內的電子

◉ Newton 球體原理

大家都聽過 Copernicus-Galileo 以及 Kepler 的故事，可歌可泣，震撼宇宙。接著，Newton 就用他發明的微積分，以及萬有引力的定律，完全解釋了 Kepler 定律。

這裡有個要點：太陽是一個大（火）球體，行星也是一個球體，可是在做這些力學的計算時，只要兩個球體的質量分布得對稱均勻，我們可以把兩個球體分別改為（位在球心的）質點來看。

這個原理可以類推於下面這件事。我們知道（除了氫以外）：原子核是由不只一個的核子組成的。可是討論化學反應的時候，我們永遠可以不煩惱這件事，而把原子核看成一個質點。化學反應牽涉到的能量（的出入）太低了！完全影響不到核內的構造。

◉ Kepler 軌道

對於一個質點（行星）受到另外一個質點（太陽）的引力作用之下的運動，Kepler 創建了偉大的學說，他的第一定律是說：行星的軌道是個橢圓。因此，需要用兩個量來描述它，例如說，我們可以用半長徑與離心率來描述這個橢圓。離心率主要描述的是形狀：離心率＝0 就表示正圓，離心率越大就越「橢」，等到離心率＝1 就不是橢圓了。半長徑則是描述尺度：行星最靠近太陽時，叫做「近日點」，最遠離太陽時，叫做「遠日點」，而近日與遠日的兩個距離的折衷，就是半長徑。（對於正圓，半長徑就是半徑。）

我們這裡必須講一點關於「能量」的思考。首先，我們可以採取「以太陽為靜止」的觀點（於是太陽這邊，能量就當作零），變成只要思考那個（行星）質點的運動。那麼這個質點的速度就決定了它的動能❶。另外，它也具有位能。我們是以「行星離太陽無窮遠」的時候❶，規定位能為零。一般地，位能與兩者的距

❶ 公式是：$\frac{1}{2}mv^2$，m 是此質點的質量，v 是其速度。

❶ 這個情況是：兩者各自自由，毫無交涉。

離成反比，但是位能為負值！這是因為兩者之間是吸引力不是排斥力。對於橢圓形的軌道，行星距離太陽，時近時遠，位能就跟著變化，絕對值跟著變大變小（不過位能本身是負的），那麼動能也跟著變大變小，不過是正的！而總能量是不變的，且永遠為負！只有在正圓軌道的情況，（其實就是等速率圓周運動，）位能與動能沒有變化！此時，位能的絕對值是動能的兩倍！於是總能量的絕對值恰好是動能，只不過總能量是負的！（恰是位能的一半！）這個總能量（或者位能），絕對值如前所說，是與半徑反比的。這個絕對值，就如同前節末了所說的「融合能」（或者質量虧損）一樣：這是行星與太陽，從原本是個別獨立自由的狀況，融合成一個互相吸引的系統時，釋放出的能量。因此，這也是：「如果神想要把太陽與此行星分開，祂必須繳付的能量」。

◉ 多體問題與微擾

想一想：金星的運轉，我們用 Kepler 定律就可以精準算出來嗎？答案是 No。因為「萬有」引力，地球，（木星，火星，太陽一家，）對於金星也有引力。太複雜了！Newton 也算不出來。你聽過發現海王星的故事嗎？是因為觀測天王星的運轉與根據 Kepler 定律算出來的軌道，有**相當大的**誤差，於是猜測它受到附近一顆（尚未發現的）行星的引力的干擾了！從而（1846 年）算出海王星！

科學的思考總是要分辨主要與次要。Newton 之後，太陽系的各行星軌道之計算，都是用微擾的想法：每個行星，我們都當作只受到太陽的引力作用，因此適用 Kepler 定律。然後我們再加進別的行星的引力之影響。實際上行星與太陽的質量，相比懸殊，所以地球對於金星的引力，與太陽對於金星的引力，相比之下也是很微小；這種微擾的想法很正確。

◉ Bohr 的軌道

氫原子的構造問題，就是氫原子核（質子）與電子依照 Coulomb 的引力定律相交涉時，應該如何運動？Bohr 把它類推為 Kepler 的問題！也就是說，把氫原子核看成太陽，把電子看成行星。但是他把 Planck 的量子論用上來，結果變成了一個大革命！如果沒有量子論，那麼電子的總能量，除了說「必定是負的」以外，完全沒有限制，負多少都是可能的！但是用上量子論，他發現電子的軌道，（長）半徑就有一個最小值 a，（這叫做 Bohr 半徑，）而且，所有可被允許的半徑，都一

定是此半徑的 n^2 倍，其中 n 是自然數。

如果我們把半徑 a 的圓軌道的總能量記做 $\varepsilon_1 < 0$，那麼長半徑 $n^2 a$ 時軌道的總能量就是 $\varepsilon_n = \dfrac{\varepsilon_1}{n^2} > \varepsilon_1$。大小號並無錯誤，因為都是負的。Bohr 就完全解釋了氫原子的光譜線的神祕公式。一個質子與一個電子，從原本無窮遠的距離，而結合成氫原子，一定會釋放出能量 $|\varepsilon_n| = -\varepsilon_n = \dfrac{|\varepsilon_1|}{n^2}$。如果 $n = 1$，那麼這是最穩定的氫原子狀態了，因為（「電子所處的軌道」）能量最低。如果 $n > 1$，那麼很快就會變化，因為「電子可以跳到能量較低的軌道」，亦即能量為 $\varepsilon_m\,(1 \le m < n)$ 者，這個「能量差」

$$\varepsilon_n - \varepsilon_m = |\varepsilon_1| \times (\frac{1}{m^2} - \frac{1}{n^2})$$

就變成光能，以頻率

$$\nu = \frac{\varepsilon_n - \varepsilon_m}{h} = \frac{|\varepsilon_1|}{h} \times (\frac{1}{m^2} - \frac{1}{n^2})$$

而輻射出去!

 例題 8

氫原子的光譜線（能量最強的，亦即）最大的頻率 ν，是怎樣的一對 (n, m)?

解

當然是 $n = 2,\ m = 1$。

◉ 吸收光譜

假設氫原子原來的能量是 ε_m。如果我們以頻率 ν 的光照射它，有沒有可能它吸收了這個光能，而變成另外一種狀態？

先決條件是：有個自然數 $n > m$，使得上述公式成立。

◉ 天經地義

從能量較高的狀態，掉到能量較低的狀態，是不費力氣的!（不假外求!）它只要輻射出頻率 $\nu = \dfrac{\varepsilon_n - \varepsilon_m}{h}$ 的光能。但是要從能量較低的狀態，躍昇到能量較高

的狀態，必須從外界求得能量，而且能量必須**恰好**是 $\varepsilon_n - \varepsilon_m$。（此地 ε_m 是現在狀態的能量，必須 $n > m$。）

◉ 電子的狀態

以上所述的 Bohr 關於氫原子的構造之解說，歷史上只是往量子力學走的半途而已。

另一方面如前所述，氫原子的量子論是兩體問題，氦原子的呢，就有兩個電子與一個原子核，變成三個質點互相作用的問題了！微擾論的想法是，設有一個原子核，質子數 Z，核子數 A，在核外，就有許多個電子。我們先只拿一個電子來討論，完全忽略掉別的電子。這個簡化過的系統就叫做量子力學的 Kepler 系統。

我們同樣地可以採取「以原子核為靜止」的觀點，因而本來應該說是「核與電子合起來談的系統」的狀態，卻說成「電子的狀態」。

對你們，量子力學是太深奧了！所以我將做這樣子的譬喻:

- 每一個原子核，（質子數 Z，核子數 A，）就在它的勢力範圍，開設一個旅館；住宿的旅客相當於電子；所以**預期的旅客總數**是 Z。（應該標在營業執照上！）
- 提供旅客住宿的房間相當於「狀態」；房間的編號是 $(n\ell ms)$，每個標籤術語叫做量子數。
- 第一個編號 n，（$n = 1, 2, 3, \cdots,$）代表了房間所在的樓層❷⓪，術語是主量子數，俗稱「殼層」shell。
- 第二個編號 ℓ，（$\ell = 0, 1, \cdots, n-1,$）代表了房間在該階樓層中的分區，術語是角動量量子數，俗稱「軌域」orbital。

  $\ell = 0, 1, 2, 3$，分別稱為 s, p, d, f 軌域。實際上我們經常把 (n, ℓ) 合併起來講，就稱作軌域，或者**次殼** (subshell)，例如說:「軌域 3d」指的是 $(n = 3, \ell = 2)$。
- 第三個編號是 $m, m = -\ell, -\ell+1, \cdots, -1, 0, 1, 2, \cdots, \ell$。它代表這分區中的第幾戶❷①，術語叫磁量子數。

❷⓪　有無窮多個樓層！雖然沒有用到幾個。

❷①　很特別！有負的號碼，一共有 $2 \times \ell + 1$ 戶。

· 第四個編號是 s，代表該戶的「左或右」房間❷。

所以第 n 階樓層第 ℓ 分區，共有房間數

$$2 \times (2 \times \ell + 1);$$

第 n 階樓層共有房間數

$$2n^2 = 2 \times (1 + 3 + 5 + \cdots + (2n-1)) = 2 \times n^2.$$

◎ 電子的狀態布置

對於一個元素，它的原子核已經開辦了一個旅館，於是就開始安插進住的旅客（電子）。

· Pauli 原則是：一個旅客住一個房間！

· 進來的旅客要找盡量便宜的房間住。這裡，每個房間的價格相當於該狀態的能量。

· 關於房間的價格貴賤，我們只能夠做個簡單的譬喻：

房間價格主要與「樓層」n 有關，其次與「分區」ℓ 有關。與「哪一戶」沒有關係❷。

◎ 軌域能量的軌序價值

在 $(Z = 1)$ 氫原子的情形，單一的這個電子的狀態能量完全由主量子數 n 決定。但是當 $Z > 1$ 個電子互相有交涉時，就變得很複雜了。粗糙地說，能量的高低，就由殼層軌域的軌序價值❷$\zeta(n, \ell)$ 之高低決定。

---

❷ 術語叫電子的（正或負的）自旋。

❷ 也許可以補充一句：如果這一分區還有空戶，那麼房客盡量不要與別人同戶。這個很容易譬喻的規則，叫做 Hund 規則。

❷ 這裡的軌序價值絲毫沒有與能量正比的意思。只表示高低順序！

$$\zeta(n, \ell) = 10 \times n + 7 \times \ell$$

軌域	軌序價值	狀態數	累積的狀態數
$1s$	10	2	2
$2s$	20	2	4
$2p$	27	6	10
$3s$	30	2	12
$3p$	37	6	18
$4s$	40	2	20
$*3d$	44	10	30
$4p$	47	6	36
$5s$	50	2	38
$*4d$	54	10	48
$5p$	57	6	54
$6s$	60	2	56
$\heartsuit 4f$	62	14	70
$5d$	64	2	80
$6p$	67	6	86
$7s$	70	2	88
$\diamond 5f$	71	14	102
$6d$	74	10	112

【註】軌域的代號是 $s:\ell=0, p:\ell=1, d:\ell=2, f:\ell=3$。上述「軌序價值」的涵義
　　是：ℓ 越大，則電子受到別的電子的靜電排斥就越大，這就增加了能量。

在上表中，橫線是代表了要跨越到高一階的殼層。因此，到此為止累積的狀態數
Z，就表示是此「第 n 週期」最後的那個（鈍氣）元素的原子序。（亦即：2, 10,
18, 36, 54, 86。）

◎ 過渡金屬

　　橫線下方都是寫 ns，累積到此為止的狀態數 Z 都是鈍氣元素的原子序再加
2，必然是鹼土族的原子序。如果 $n \geq 4$，那麼，下一欄都有註記！

　　註記了 $*$ 的都是軌域 $(n-1)d$。

　　一處是 $*3d$，其前累積的狀態數是 $Z=20$，那是鈣 Ca 的原子序。20 個電子，
占據了這些軌域：

$$1s\ (2), 2s\ (2), 2p\ (6), 3s\ (2), 3p\ (6), 4s\ (2)。$$

最外殼層是 $n = 4$。接下來，從原子序 $Z = 21$ 的鈧 Sc 到原子序 $Z = 30$ 的鋅 Zn，這十個元素都是屬於所謂的過渡金屬，它們的 Z 個電子，除了占據上述這些軌域之外，剩下 $(Z - 20)$ 個電子，是占據軌域 $3d$，這不是最外殼層 4，而是稍內殼層 3。這是因為 $\zeta(4s) < \zeta(3d)$，所以，鉀 K 與鈣 Ca，留著 $3d$ 軌域沒填，就先去填充最外殼層的軌域 $4s$。在鹼金屬與鹼土金屬之後的這些過渡金屬才會「回過頭來」填充 $3d$ 軌域。

另外一處註記的 $* 4d$，其前累積的狀態數是 $Z = 38$，那是鍶 Sr 的原子序。38 個電子，占據了這些軌域：

$1s$ (2), $2s$ (2), $2p$ (6), $3s$ (2), $3p$ (6), $4s$ (2), $3d$ (10), $4p$ (6), $5s$ (2)。

最外殼層是 $n = 5$。接下來，從原子序 $Z = 39$ 的釔 Y 到原子序 $Z = 48$ 的鎘 Cd，這十個元素都是屬於所謂的過渡金屬，它們的 Z 個電子，除了占據上述這些軌域之外，剩下 $(Z - 38)$ 個電子，是占據軌域 $4d$，這不是最外殼層 5，而是稍內殼層 4。這同樣是「回過頭來」填充內殼層 d 軌域的現象。

所以這兩列（各 10 個）過渡金屬元素的原子，最外殼層都是兩個（s 軌域的）電子，而稍內殼層的 d 軌域，電子數就由 1 個到滿額 10 個。

有一處註記 $\heartsuit 4f$。其前累積的狀態數是 $Z = 56$，那是鋇 Ba 的原子序。56 個電子，占據了這些軌域：

$1s$ (2);　$2s$ (2), $2p$ (6);　$3s$ (2), $3p$ (6);

$4s$ (2), $3d$ (10), $4p$ (6);　$5s$ (2), $4d$ (10), $5p$ (6);　$6s$ (2)

它是在第六週期了，因為 $\zeta(6s) < \zeta(4f) < \zeta(5p)$，最後的兩個電子，留著軌域 $4f$（這是「內而再內」的第 4 殼層！）沒有占據，就先搶占這個軌域了。

所以，週期表中，鋇 Ba（原子序 56）之右是鑭系稀土，15 個元素擠在一格。（電子充滿了軌域 $4f$ 之後，才開始占據軌域 $5d$。因此，從 $Z = 57$ 到 $Z = 80$，都算是過渡金屬。）

再看註記 $\diamond 5f$ 處。其前累積的狀態數是 $Z = 88$，那是鐳 Ra 的原子序。週期表中，它的右方一格則是錒系稀土，道理也是一樣！因為 $\zeta(7s) < \zeta(5f) < \zeta(6d)$。

◉小結

對於一個化學元素，我們考慮它的電子的最高能量軌域，這只有如下四種可能。(n 表示元素在週期表中所屬的週期。)

- (ns)：元素是鹼金屬或鹼土金屬，處於長週期表最左側 I, II 族。
- (np)：元素處於長週期表右側，屬 III 到 VII 族，或者最右的鈍氣第零族。
- $((n-2)f)$：元素是鑭系稀土 ($n=6$) 或錒系稀土 ($n=7$)，處於長週期表鹼土金屬之右。
- $((n-1)d)$：元素是非稀土的過渡金屬類，處於長週期表 p 類元素之左側。

s 類與 p 類，合稱典型價鍵類。其最高能量軌域就在最外殼層。

d 類與 f 類，合稱過渡金屬。其最高能量軌域不在最外殼層。

d 類最高能量軌域 $(n-1)d$ 是在「內」殼層。

f 類（稀土類）最高能量軌域 $(n-2)f$ 是在「內內」殼層。

CH9 化學鍵

◉ 鈍氣

1895 年，日清訂立**馬關條約**；Röntgen 發現 X 光；Ramsay 在皇家協會演講了㉕他與 Rayleigh 勛爵的新發現 Ar 氬。在五年內，鈍氣一族就全員到齊了！

○── 例題 9

最後一個被發現的鈍氣為何？

當然是氡 Rn，因為它是「鐳射氣」，必須先找到鐳，才可能發現氡。

氬在空氣中將近 1%，其實不太稀有。遲遲未發現㉖當然和其化學的惰性有關。發現的時候，人們不相信這種氣體的分子就是原子。

◉ 價電子與八隅體

鈍氣的意思是絕不參與化學結合，當然沒有化合物㉗。我們由上一節的敘述，大概就可以得到這樣的解說：

一個原子有化學反應時，只有這原子的「價電子」參加反應！而一個原子的那麼多個電子中，只有最外殼層的電子才是「價電子」，才會參與反應。這句話有些問題，不過，對於 s 類與 p 類元素，大概成立。於是我們推想：鈍氣不參與化學結合的理由應該是「它的價電子全部恰好圓滿了」。

這就是「八隅體說」的要義：價電子以 8 個為圓滿穩定㉘，除非它們是在第一殼層，其時圓滿的價電子數應該是 2。

◉ 正負原子價

以八隅體說容易解釋正負原子價。有些元素（如鹼金屬或鹼土金屬），容易丟棄（全部的）價電子（來得到穩定的「八隅體」），變成陽離子；有些元素（如鹵

㉕ 聽眾擠爆，人數創紀錄。這個發現的要點只是計算空氣的密度！

㉖ 如果它早一點被發現，Mendeleev 一定大傷腦筋了。要擺在表上何處？

㉗ L. Pauling 由量子化學的思考，早就預言鈍氣化合物的存在。1962 年果然找到了。

㉘ 這八個就好像正立方體的八個角頂一樣！因此叫做八隅體學說。

素），容易獲得電子，（來得到穩定的「八隅體」，）變成陰離子。因此鹼金屬、鹼土金屬、土金屬，分別是 +1、 +2、 +3 價；而氮（磷）族、氧（硫）族、鹵素，分別是 −3、 −2、 −1 價。用這種觀點，氫的原子價可以是 +1，也可以是 −1。

◉ 電子共用

　　像 H_2, Cl_2, O_2, N_2，這些雙原子分子，當然不是形成正負離子！沒有電子的轉讓；實際上是一對電子共用！

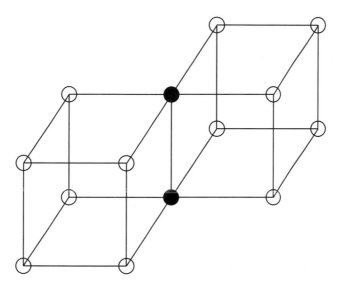

兩個立方體 = 兩個氯原子；各有 7 個電子；共同的一邊有兩個共用的電子。（塗黑圈者。）兩個都成了圓滿八隅體。

◉ 共價鍵

　　如果要給氧分子一個八隅體的形象，顯然可以用「兩個立方體共一面」，也就是「共用四個電子」來解說。不過，有很多情形，無法形象地解說。必須用更高級的量子力學、高級的數學，來解釋。

　　此地我們做一點點粗淺的說明。我們以氯化溴 Br−Cl 為例，說明化學鍵與結合能的意義。讀起來很煩，其實不難，當然你也可以跳過不讀！我們先提醒一下，這個分子也可以表現為 Br : Cl。換句話說：一根鍵就代表一對共用電子。

　　溴原子有一個原子核以及核外電子；這 35 個電子中，占有軌域

$$1s \ (2), \ 2s \ (2), \ 2p \ (6), \ 3s \ (2), \ 3p \ (6); \ 4s \ (2), \ 3d \ (10), \ 4p \ (5)$$

切記：這裡電子的軌域或狀態的標籤都是相對於溴原子核而言的。我們也知道：如果原子序加一，改溴為氪 Kr 就會多一個電子去占據軌域 $4p$ 的最後一個狀態，我們叫那個狀態為 $(4p_x-)$。

氯原子情況也差不多，它的核外 17 個電子，占有軌域

$$1s \ (2), \ 2s \ (2), \ 2p \ (6), \ 3s \ (2), \ 3p \ (5)$$

再強調一遍：這裡的標籤是相對於氯原子核而言的。如果原子序加一，改氯為氬 Ar，就會多一個電子去占據軌域 $3p$ 的最後一個狀態，我們叫那個狀態為 $(3p_x+)$。

◉ 結合能

我們將把一個溴原子單獨存在時的能量記做 $\varepsilon(Br)$，同樣地，把一個氯原子單獨存在[29]時的能量記做 $\varepsilon(Cl)$，然後把這個結合起來的分子氯化溴 BrCl 的能量記做 $\varepsilon(BrCl)$。所謂的「結合能」就是

$$\varepsilon(Br) + \varepsilon(Cl) - \varepsilon(BrCl)$$

結合之後的能量一定比兩個獨立游離時的能量低，才可能結合。結合的時候釋出這個結合能。所以，要打掉鍵結就需要供應這個能量！

現在我們把溴原子核，連同 34 個電子合起來看成一個體系，我們可以叫它正一價「溴離子」Br^+，這 34 個電子中，占有軌域

$$1s \ (2), \ 2s \ (2), \ 2p \ (6), \ 3s \ (2), \ 3p \ (6); \ 4s \ (2), \ 3d \ (10), \ 4p \ (4)$$

那四個 $4p$ 狀態的電子占據了 $(4p_y+), (4p_y-), (4p_z+), (4p_z-)$；只差兩個狀態 $(4p_x+), (4p_x-)$ 沒有占據，否則就是完滿的氪的電子狀態了。

同樣地，我們把氯原子核，連同 16 個電子合起來看成一個體系，我們可以叫它正一價「氯離子」Cl^+，這 16 個電子中，占有軌域

$$1s \ (2), \ 2s \ (2), \ 2p \ (6), \ 3s \ (2), \ 3p \ (4);$$

❷ 指最低能量的狀態 (ground state)。

那四個 $3p$ 狀態的電子占據了 $(3p_y+)$, $(3p_y-)$, $(3p_z+)$, $(3p_z-)$；只差兩個狀態 $(3p_x+)$, $(3p_x-)$ 沒有占據，否則就是完滿的氪的電子狀態了。

當溴原子與氯原子結合成分子氯化溴 BrCl 的時候，概念上我們可以把這個分子看成由三個部分組成：

「溴離子」Br^+，「氯離子」Cl^+，與兩個電子 $e_{1,2} = \{e_1, e_2\}$

兩個原子鍵結的狀況就是：溴原子核與氯原子核會適當地接近，兩個電子 $e_{1,2}$ 在兩核之間運動，而且：

這兩個電子對於溴原子核來說，差不多是占據了兩個狀態 $(4p_x+)$, $(4p_x-)$

這兩個電子對於氯原子核來說，差不多是占據了兩個狀態 $(3p_x+)$, $(3p_x-)$

（i）Br^+，與 $e_{1,2}$ 合起來看，運動狀況就差不多是個氪原子，但中心是溴原子核，電量打了折扣 $\frac{35}{36}$。

（ii）Cl^+，與 $e_{1,2}$ 合起來看，運動狀況就差不多是個氬原子，但中心是氯原子核，電量打了折扣 $\frac{17}{18}$。

要計算能量的時候，我們用記號 $\varepsilon(U, V)$ 來表示 U 這個部分與 V 這個部分交涉的能量；因此總能量 $\varepsilon(BrCl)$ 是 6 項加起來：

$\varepsilon(Br^+, Br^+)$; $\varepsilon(Br^+, e_{1,2})$; $\varepsilon(Br^+, Cl^+)$; $\varepsilon(Cl^+, e_{1,2})$; $\varepsilon(Cl^+, Cl^+)$; $\varepsilon(e_{1,2}, e_{1,2})$。

現在看 $\varepsilon(Br^+, Br^+) + \varepsilon(Br^+, e_{1,2})$。上述的（i），意思是說：

$$\varepsilon(Br^+, Br^+) + \varepsilon(Br^+, e_{1,2}) + \varepsilon(e_{1,2}, e_{1,2}) \approx \frac{35}{36} \times \varepsilon(Kr)$$

同樣地上述的（ii），意思是說：

$$\varepsilon(Cl^+, Cl^+) + \varepsilon(Cl^+, e_{1,2}) + \varepsilon(e_{1,2}, e_{1,2}) \approx \frac{17}{18} \times \varepsilon(Ar)$$

結合能就差不多是

$$\varepsilon(Br) + \varepsilon(Cl) - \frac{35}{36} \times \varepsilon(Kr) - \frac{17}{18} \times \varepsilon(Ar) + [\varepsilon(e_{1,2}, e_{1,2}) - \varepsilon(Br^+, Cl^+)]$$

【註】$\varepsilon(e_{1,2}, e_{1,2})$ 是成鍵的這對電子的交涉能量，因為同性相斥，這是正的。它與距離倒數的平均成正比。

$\varepsilon(Br^+, Cl^+)$ 則是「溴離子」與「氯離子」這對正「離子」之間的交涉能量，仍然是正的。距離倒數的平均應該差不多就是兩個核平均位置的距離的倒數。於是方括號應該是正的。

◉ 離子鍵

前面說到有些元素（如鹼金屬），容易丟棄電子，變成陽離子；有些元素（如鹵素），容易獲得電子，變成陰離子；於是，如果氣體分子的氯化鈉，其結合等於電子的接受和給予；這就是我們對於離子鍵的形象。但是由上述的共價鍵的說法，我們可以對離子鍵的形象，做一些修正！我們可以認為：氯化氫 HCl 的分子，也是以共價鍵結合，雖然那一對電子，也許稍稍偏向氯原子核，而有一些離子性；我們應該認為：成鍵的價電子是無時無刻地運動的，而它經常比較靠近氯；換句話說：共價鍵的電子共有，常常是共有到什麼程度的問題！

◉ 離子結晶

通常的食鹽（氯化鈉 NaCl）結晶，是離子結晶：鈉離子 Na^+ 與氯離子 Cl^- 在空間中，立體地等距離地相交錯；（切記：電子是沒有身分證的！並不能說誰送給誰。）所以這並不是許多個獨立存在的「氯化鈉 NaCl 分子」的集合。

◉ 金屬晶體中的鍵

在金屬的晶體中，各個原子（其實是以陽離子的形式）很規矩地排列，而所有的「價電子」，全部是一個集團！（這就是自由電子集團。）電子沒有身分證！並不能說「我來自那個金屬原子」，所有這些電子，是屬於全部的晶體中的金屬陽離子所共有，金屬晶體中的各個原子，並非以離子鍵或共價鍵與另外哪「一個」原子「鍵結」，它鍵結的對象是整個晶體！這樣子的鍵，叫做「金屬鍵」。

◉ 氫鍵

氫是最重要且最特別的：它只有一個電子而核也只是單一個質子，（因此最輕，慣性最小，任何作用力對它的影響都大得多！）所以氫原子與別的（如碳）原

子共用一對電子時，（微帶陽性！因為電子經常比較靠近碳！）氫原子核（＝「氫離子」＝質子）將受到附近帶強力負電的原子核的吸引，於是形成所謂的「氫鍵」。（當然這鍵的結合力是很弱的！）

◎ 離子化順序

鹼金屬的化性相當強，因為它的原子很容易（或者說，「很樂意」）把它的價電子送走，成為一價陽離子。同樣地，鹵素化性相當強，因為它的原子很容易（或者說，「很樂意」）搶金屬元素的電子來，成為一價陰離子。成為陽離子的傾向可以排順序，同樣是鹼金屬，越重（越大）就越容易丟掉價電子。而成為陰離子的傾向也可以排順序，只是顛倒了！同樣是鹵素，越重（越大）就越不容易搶電子：

$$K > Ca > Na > Mg > Al > Zn > Fe > Ni > Sn > Pb > (H) > Cu > Hg > Ag > Pt > Au$$

舉例來說：

- 在空氣中，K, Ca, Na 都迅速氧化；Mg～Cu 都可以徐徐氧化；Hg～Au 則簡直不氧化。
- 與水作用：K～Na 相當激烈，產生氫氣；Mg～Fe 則須與高溫的水才看得出作用；Ni 以下，則簡直無作用。
- 與酸作用：H 以下，差不多不作用。Cu～Ag 可與強酸作用；但 Au, Pt 則須與王水才有作用！

【註】+1 價：亞銅，亞金，銀，亞汞；+2 價：銅，汞；+3 價：金；這四個其實「化性」很弱！

◎ 中和與縮合

通常說：「金屬氧化物溶於水，生成鹼」，「非金屬氧化物溶於水，生成酸」；「酸與鹼中和生成鹽與水」。

$$Ca(OH)_2 + H_2CO_3 \longrightarrow CaCO_3 + 2H-OH$$

在有機化學中，有許多的**縮合**作用，意思差不多都是「把氫氧基與氫，結合成水」，「原本分別與兩者結合者，就此結合了」：

$$X-OH + H-Y \longrightarrow X-Y + H-OH$$

◎ 有機

碳化合物的特別處在於：正負價的說法極不方便！有機碳化物，特徵是不需要幾種元素，就產生千變萬化的分子！主角是碳：碳的共價鍵是 4，每個碳原子為心，向正四面體的角隅，立體地伸出；那麼，延伸再延伸，就可以得到「高分子」、巨分子，而涉及生命現象。

◎ 烷基

最簡單的甲烷是 CH_4。那麼甲（烷）基就是$-CH_3$，碳的 4 鍵已經用掉三鍵，只剩一鍵！（而 CH_4 就是$-CH_3$ 與 H 之結合。）那乙烷就是$-CH_3$ 與$-CH_3$ 之結合！換句話說：CH_4 中的一個 H，用$-CH_3$ 去代替！得到 C_2H_6；那麼可以一直替代下去，得到 C_nH_{2n+2}（第 n 烷）；只要 $n \geq 4$，就有種種不同的替代方式，這些就是同一個分子式的（立體）幾何異構物。例如正丁烷與異丁烷，請參看 section18 與 section19 的圖對照。通常寫

$$CH_3-CH_2-CH_2-\cdots-CH_2-CH_3$$

是指「正」第 n 烷。而正第 n 烷基就只寫$-CH_nH_{2n+1}$

寫在紙上是平面的，事實上必須是立體的！（所以有立體幾何的異構物！）

而第 n 烷基就是：$-C_nH_{2n+1}$。

【註：「不飽和」化物】

如果有個相鄰的碳之鍵結，改用雙鍵，就得到「烯」，第 n 烯分子式是 C_nH_{2n}。（$n > 1$。）如果有個相鄰的碳之鍵結，改用三鍵，就得到「炔」，第 n 炔分子式是 C_nH_{2n-2}。（$n > 1$。）如此得到「不飽和」有機物。當然我們可以設法「加氫」來把「不飽和」變成「飽和」。

◎ 環狀物

鏈狀延伸有可能「回到原點」，那就成了環狀鏈。其中最著名的就是苯 C_6H_6。這是芳香族的出發點！

第2篇 英文法小介

緒說

◉提醒

$\boxed{\text{PH}}$ = Pauling-Hayward：分子的建構。（本書的最後，有原文及其漢譯。）文法上的略寫，請你先參讀 P.118 那一頁的「通例」5～9。這樣會很方便。

0.1 階層結構

英文和漢文當然有許多相同的地方！最顯然的就是階層結構：文章、段落、句子、字。每一篇文章，除了標題之外，通常分成幾個**段落**；每一段落都是由一連串的**句子** (sentence) 組合而成。而每一句子由一連串的幾個字組合而成，而字可以說是**文法上的最小單位**！

0.2.1 間隔

英文句的兩字之間，或者只是空格，或者是標點符號；一個段落的尾巴通常就留空白，就成了段落的間隔。

0.2.2 句尾標記

通常的句子，即是所謂**敘述句**，都必須以句點結束。
除外：疑問句用問號結尾，驚嘆句用驚嘆號結尾。（這些地方英文是與現行的漢文完全一樣：因為後者學自前者！）但是，在 $\boxed{\text{PH}}$ 中，全部都是敘述句。

0.3.1 字與字母

以上所說的階層結構，英文和漢文差不多；但是，「字」以下，就差很多！英文的一個字，是由一連串的拉丁字母（通常）無間隔地銜接而成；例如 architecture 這個字，用了 12 個字母；（r, c, t, e，各用了兩次，a, h, i, u，各只用一次；）但這是要講究順序的！（術語是：「排列」，非「組合」！）

拉丁字母只有 26 個！就可以造出非常多的字。（我就看過，有人（**發明 =**）**使用**一個字 generatingfunctionology！）英文屬印歐語系，因此與德文、法文、希臘文、拉丁文都有關聯！這些語文都使用拼音字母；英文使用的字母其實應該叫做拉丁字母！（據說現在的德國也不通行德文字母，而讓拉丁字母占了上風！）

0.3.2 大寫

標題的所有字母可以都用大寫，或者每字都以大寫開頭。英文句的第一個字，要把開頭字母大寫！另外，如**人名**、**地名**、**月分名**等等，也一樣！

另外，主格單身自稱的我，寫成（大寫的）I。除此之外，英文字中的拉丁字母，都是小寫！

0.4 拼音字

英文和漢文不同：發音、文字與文法都不同！

我們不談發音。但請特別注意 book, go, zoo 的子音，華語沒有，但是臺語有！英文字由「字母拼成」，而漢文的字，由一筆一筆的「筆畫湊成」；這樣說，兩者有一點點像！不過，漢字的筆畫是平面的（「二維的」）！而由拉丁字母排列出一個英文字，是「線性的」（「一維的」）！因此，漢字是視覺的訊息，英文字是聽覺的訊息！

相對地說，英文字的拼讀法很沒有規則！（換句話說，規則太多！）德文、法文，都是「看字就可以讀出」的，英文就稍稍有問題了！漢文的一個字就是一個**音節**，但是大部分的英文字有好多音節。例如：molecules = mo-le-cu-les，分成四個音節。

0.5.1 湊字法

我們已提到有人杜撰一個長達 23 個字母的英文字！其實它是完全合法的杜撰。它是一段一段銜接的！先分成三段：generating-function-(o)-logy
而第一段其實是兩小段銜接的：generat(e)-ing。（當然，generate 又是幾段合成的！）

【註】漢文也有一大半的字是來自「形聲」拼字，例如「江」，左半是「水」的**意符**；右半是「工」（ang，ㄤ）的**音符**；這樣當然有些拼音的功能，但是又較英文複雜太多！

以下，在我們的解說當中，將相當用心於這個「字的湊成」!（「字源學」）因為這將是事半功倍的學習項目!

0.5.2 文法上的字形變化

湊字法之中，最重要的當然是文法上必須的變形! 這都出現在字尾；例如說：molecule =（化學）分子；許多個分子，就要用**多數形**，就要加上**附尾語** -s。

0.5.3 音變

ax = 斧，多數形為 axes；因為：**這樣子才好發音!**

0.5.4 字源學

許多英文字，源自印歐語系（德文，法文，希臘文，拉丁文）中的某一個**字根**，加上**附尾語**或者**附首語**而成!

（例如第 96 號元素 Cm = Curium，是紀念 Curie 而來；附尾語 -ium 的意思是金屬元屬。）

0.5.5 兩字連拼

當然也可以是由幾個字根聯結而成! 那麼有時要在其間加上**短接線**；例如把 centimeter 拼成 centi-meter，有時是一種提醒。

英文經常也允許「兩字連拼」，與「多個字根聯結」的情形差不多。（如果這是「杜撰的」，原則上要加短接線。）

0.6 字與句之間：片語和子句

例如：centimeter，漢譯是：糎 = 厘米；漢字中這種「兩字連拼」非常少見! 通常還是寫成兩個漢字! 所以兩個字其實是一個文法單位! 在現代的華語，「字是句中最小的文法單位」並不完全對! 實際上，英文的一個字 penguin = 企鵝，因而這時候兩個漢字才是一個「最小的文法單位」（文法的「原子」）!

我將把漢文中的「最小的文法單位」叫做**字詞**。而在一句英文中，也有類似的現象：經常要把好幾個字結合成一個單位，文法上這種單位叫做片語，或者有時是子句。

逐字逐句分析

以下我們把 PH 的第一篇，每一句都編號！（32♣ 代表第 3 段落的第 2 句！而標題＝0♣。後面的譯句就用 32◇ 來對應！）

0♣ A Crystal of Graphite and Its Structure

0◇ 石墨的晶體及其構造

【解】crystal n ＝ 晶體； graphite n ＝ 石墨； structure n ＝ 構造； and c ＝ 以及； its pn ＝ 它的

1.0 詞類或詞性

印歐語系的語文，與漢文有一個大不同：強調詞性（或「詞類」）！英文的字詞有八種詞類： n ＝ 名詞， pn ＝ 代名詞， v ＝ 動詞， a ＝ 形容詞， ad ＝ 副詞， p ＝ 介系詞， c ＝ 連接詞， int 感嘆詞。

在字典（或我們的註解）中，通常會指出每一字的詞類。當然 PH 這本書都是平鋪直敘，不會用到感嘆詞！

1.1 名詞

此標題中，crystal、graphite、structure 都是名詞。有一種東西叫做 crystal ＝ 晶體，有一種東西叫做 graphite ＝ 石墨，所以這兩個英文字（兩個漢文「字詞」）是事物的名稱，當然是名詞；structure ＝ 構造，也是名詞，雖然比較抽象！

1.2 形容詞修飾名詞

當我們說「石墨的晶體」時，前面的三個字「石墨的」就對後面的兩個字「晶體」（單一個字詞）做了修飾！文法上這是**形容詞**。這個形容詞和被它修飾的名詞合起來是一個**名詞片語**。

（在漢文中「俊男」的「俊」字是形容詞，「男」字是名詞，而「俊男」是名詞片語。）

同樣地「構造」的形容詞是「它的」＝ its，合起來的是名詞片語「its structure」＝ 它的構造；文章的標題通常就是名詞。

1.2.1 冠詞

a(an) 是非常重要的英文字，文法上叫做**不定冠詞**，相對的就是**定冠詞** the；這兩個冠詞是非常特別的形容詞。絕對是漢文所無的！最生硬的翻譯是「a(an)＝一個，一種」，「the＝這個，這種」；「不定」是在強調：它是眾中之一；「定」則是說：雖是眾中之一，但已經被明確化了！本例句中的 a，最好不譯。

1.3　連接詞

and c ＝以及；被它連結的兩個詞，詞類必然相同。

1.4.1　人稱代名詞

任何語文都一定有**人稱代名詞**，這就是「我，你，他」，依次稱做：「第一人稱」，「第二人稱」，「第三人稱」；此地的「它＝it」，代表的是「（石墨的）晶體」這個名詞（片語）；文法上叫做（第三人稱，中性）代名詞！

1.4.2　人稱代名詞的所有格

但是，講「它的構造」，這兩個漢字「它的」（一個字詞，英文只是一字 its，）文法上是**所有格**。例如：「我的」書、「你的」好朋友、「它的」構造，這都是人稱代名詞的所有格；文法上的功能是形容詞！

1.5　介系詞 of

在現代漢文中，「的」是最常用的一個字。所有的形容詞幾乎都（可以）用「的」結尾；所有的代名詞所有格都（必須）用「的」結尾；例如：「我的（朋友）」；我們也可以把「石墨的（晶體）」，「字典的（封面）」，都看成是名詞的所有格，就如同「我的（朋友）」是代名詞的所有格。

我們經常有：

（英文中，）β of α ＝（漢文中，）α 的 β

of 是英文中最常用的**介系詞**，但是並無相當的漢字！它差不多是「的」，可是必須顛倒「詞的順序」！因為：

of graphite　　　　　　　＝石墨**的**

a crystal of graphite　　　＝石墨**的 晶體**

文法上，名詞 graphite 叫做（介系詞）of 的**受詞**；介系詞在前而受詞在後，合成一個（介領）片語；此地這個片語是形容詞片語。

11♣ Graphite is a shiny black mineral.

11◇ 石墨是一種閃耀的黑色礦物。

【解】is ＝ 是；shiny ⓐ ＝ 閃亮的；black ⓐ ＝ 黑色的；mineral ⓝ ＝ 礦物

graphite、mineral 是名詞；is 是動詞；a、shiny、black 是形容詞，詞類的辨識很容易！

【注意】譯文中的「一種」兩字，可以改為「種」一字，更好。

1.6 質料名詞與冠詞

通常的單數名詞都要有冠詞；但是，石墨 ＝ graphite 是質料名詞，就不加冠詞了！可是 mineral ＝ 礦物，明明也是一種物質，卻要加 a。

質料名詞強調的是「質料」，不是形態，所以 mineral 不算質料名詞；但是，水 ＝ water，金屬 ＝ metal，玻璃 ＝ glass，這些都是質料名詞，其前不加冠詞。但是，一杯水 ＝ a glass of water。

2.1.1 主部與述部

（原則上）英文的每一句話都必須有**主部**與**述部**；此地，主部（＝ 主詞）就是單一個字詞「graphite（石墨）」；其後全部是述部。

「石墨」又是名詞又是主詞？我們這樣來譬喻：假設在軍隊裡，張三是某一連的上尉連長，那麼「上尉」是張三的軍階，連長是其（在此連之）職位；「名詞」是 graphite 的詞類，相當於 graphite 的軍階，而「主詞」是 graphite 的（文法）功能，相當於 graphite 的職位。

2.1.2 動詞

述部的根本部分就是動詞 is（是）。對於漢語系的學生，這有點困擾：「並無動作吧！為何叫動詞？」「動詞」其實是「無可奈何，只好如此」的譯文！英文的 verb，有些是「動作的動詞」，有些是「狀態敘述的動詞」！

2.1.3 名詞補充詞

如此就很清楚：下面的「句子」，有主詞又有動詞，但顯然不成句！「Graphite is. = 石墨是。」

因為我們讀了也不知道其意思為何！改成「Graphite is a mineral.」才知道意思為何！因此述部中的名詞「礦物」，功能上叫做**補充詞**。

三個形容詞 a, shiny, black，功能上都是**修飾詞**，都在修飾（形容）mineral 這個名詞！我們應該把被修飾的名詞與修飾它的形容詞，全部合起來看，於是 a shiny black mineral 就是此句的補充詞片語。片語是指「由幾個字詞合成的」一個文法上的單位。

同樣地，「She is a teacher. = 她是個老師」，其中的 a teacher 也是名詞補充詞。

2.1.4 形容詞補充詞

那麼「She is beautiful. = 她美麗」，「beautiful = 美麗的」是形容詞，因為它是在修飾（形容）**代名詞**「she = 她」；文法上，能夠修飾（形容）名詞（或者其代理人的「代名詞」）的就是形容詞。

在句中，它的功能是補充詞，所以這是形容詞補充詞。

2.1.5 動詞 be = 是

這一句「她美麗」，可以看出漢文與英文的大大不同！「她美麗」，「她仁慈」，在英文裡，美麗 = beautiful，仁慈 = kind，都是形容詞，兩句應該是 She is beautiful. She is kind. 每句都須要有動詞！兩句的動詞都是「is = 是」。

beautiful、kind 都是形容詞補充詞。但是在漢文裡，通常都不用寫出動詞「是」。如果寫「她是美麗」，或「她是仁慈」，語氣是不一樣的！（或者是強調，或者是諷刺，等等。）

漢文裡，補充詞若是名詞，這個動詞「是」，通常要寫出，補充詞若是形容詞，通常都不用寫出！（所以「漢語人」寫英文，會忘掉：「每句都必有動詞」！）

2.1.6 副詞

「She is very beautiful. = 她很美麗」，「very = 很」是副詞，因為它是在修飾**形**

容詞「beautiful = 美麗的」；「very beautiful」合成一個形容詞片語，功能上是補充詞。

12♣ It is also called plumbago and black lead.

12◇ 它也被稱為「黑鉛」，與「黑色的鉛」。

【解】also $\boxed{ad}$ = 也；call $\boxed{v}$ = 稱之為；plumbago $\boxed{n}$ = 黑鉛；black $\boxed{a}$ = 黑的；lead $\boxed{n}$ = 鉛；also 修飾 is，（能夠修飾動詞的一定是副詞，）因而 is also 是一個動詞片語；black 修飾 lead，因而 black lead 是一個名詞片語；它和前面的名詞 plumbago，用連接詞 and 來連結，故地位平等！

2.2.1 被動語氣

漢文與英文同樣有兩種語氣：主動與被動。

主動：We call it plumbago. = 我們稱它「黑鉛」。

被動：It is called plumbago. = 它被稱為「黑鉛」。

前者的主詞是 we，動詞是「call = 稱之為」；這個動詞有受詞（動作的對象）it，這是第三人稱中性單數的受格；注意到此時受詞須要有受詞的補充詞（名詞）plumbago。

後者就把前者的受詞變為主詞，動詞也改為被動語氣的「is called = 被稱為」，它同樣須要主詞的補充詞（名詞）plumbago。

2.2.2 完整的被動語氣

例如：

It is called plumbago **by us**. = 它被**我們**稱為「黑鉛」。

這裡的 by = **被**（什麼人，）是介系詞。

3.0 人稱代名詞

歐文的討厭是：名詞有「性」「數」「格」之分！

連帶的，代名詞也有「性」「數」「格」之分！（不止是人稱之分而已。）

我們強調：比起其他的歐文來說，英文是麻煩最少的！

（主格）	I we	you you	he they	she they	it they
（受格）	me us	you you	him them	her them	it them
（所有格）	my our	your your	his their	her their	its their

3.1 第三人稱的性

現在的華文，把「第三人稱」依照性別，細分成：他（男性），她（女性），它（中性或無性）三個字，這當然是受歐文的影響！這只是書寫上的區分，真正的漢語，其實沒有區別！（臺語就是：我 gua，你 li，伊 yi。）

3.2 人稱代名詞的數

數分成「單數」與「多數」；臺語是：我 guan，你 lin，伊 yin；華文則是加上「們」來表示多數。

【註】其實臺語更有趣！用 lan 表示包含你我的「咱們」！

3.3.1 人稱代名詞的格

主格的人稱代名詞是：

I = 我；you = 你；he = 他，she = 她，it = 它；

we = 我們；you = 你們；they = 他們，她們，它們；

【註】我統計過，在 PH 中，I, he, she，絕未出現！

　　　you 出現四次；最有用的是 it，其次是 we。

3.3.2 人稱代名詞的受格

我們已經解釋過受詞，作為受詞的代名詞就是處於**受格**。例如她打他 = She hits him. 不是 She hits he. 因為他的主格是 he，而受格是 him。

3.3.3 人稱代名詞的所有格

我們已說過這些字，文法上有形容詞的功能。

my = 我的，your = 你的，his = 他的，her = 她的，its = 它的；

our＝我們的，your＝你們的，their＝他（她，它）們的。

13♣ The name black lead came into use because graphite, like the soft metal lead, leaves a gray streak when it is rubbed over paper.

13◇ 使用這個名字「黑鉛」，乃是因為石墨像軟的金屬鉛一般，當它在紙上劃過時，會留下一條灰黑色的條痕。

【解】name ⓝ＝名稱；into ⓟ＝進入；use ⓝ＝使用；because ⓒ＝因為；

like ⓟ＝像…一樣；soft ⓐ＝軟的；metal ⓝ＝金屬；

leave ⓥ＝留下〔遺忘、離開〕；gray＝grey ⓐ＝灰色的；streak ⓝ＝條痕；

when ⓒ＝當；rub ⓥ＝擦、磨；over ⓟ＝在…之上；paper ⓝ＝紙

4.0 動詞的人稱，數，與時式

英文動詞與性別無關！但是與「人稱」與「數」，還有「時間」，都有關係！由於「時間性」，動詞有種種**時式**；這是與漢文極不相同的！

4.1.1 be 的變形

我們提過最有用的動詞是「is＝是」。實際上，這是第三人稱單數現在式的「是」；它之重要，是因為 it is 太常出現了！（在科學書上確實如此！）若是日常的英語，則 I am, you are，也一樣重要！文法上講「是」，不能用 is, are, am，必須用一個統稱，這是其**原形**；所以，英文「是」的原形是 be。而它的「變形」，則是：

（現在式：）I am, you are, he (, she, it) is; (we, you,) they are;

（過去式：）I was, you were, he (, she, it) was; (we, you,) they were.

4.1.2 第三人稱單數現在式

以上講最有用（也當然是最不規則）的動詞 be，別的動詞就規則些！最基本的規律是：

動詞第三人稱單數現在式，要從原形變形加 s。例如說：來＝come，

I come, you come, he comes; we come, you come, they come.

4.1.3 過去式

還是看「來＝come」這個動詞的例子：

它的**過去式**則是 I came，（和人稱與數，性，都無關！）把 come 變形為 came。英文關於過去式的主要規則就是：所有守規矩的動詞，只要從原形附以 ed，就變成過去式！而過去式無「人稱」與「數」的分辨！

4.2 不規則

所以，come 當然是**不規則動詞**！查字典時，如果遇到不規則動詞，通常字典會講出此動詞的**過去式與過去分詞**！

漢文極不相同：沒有這種字形上的變化！（其實就是沒有「時式」。）但我們一再強調：比起其他的歐文來說，英文是麻煩最少的！

5.1 複雜句

13♣ 這句話有 23 個字，相當複雜！其實此句中，有三個「子句」：

(ⅰ) "the name black lead came into use"

(ⅱ) "graphite, like the soft metal lead, leaves a gray streak"

(ⅲ) "it is rubbed over paper"

「子句」的意思是「差不多是個句子」。

(ⅰ)這個名字「黑鉛」變得通用。

(ⅱ)石墨，像軟的金屬鉛一般，會留下一條灰黑色的條痕。

(ⅲ)它在紙上劃過。

要點是：「如果刪掉別的字，改用大寫字母開始，並且用句點結尾，它就自己單獨成為一句！」（所以子句本身有主詞與述詞！）

一句中含有兩個以上的子句，而它們的文法地位不平等，就叫做**複雜句**。

先看(ⅲ)：主詞＝it，（代名詞，代表 graphite，）述詞＝is rubbed，此地我們又看到「英文慣用被動語態」的例子！石墨 (it)「被」（拿來）劃過紙上！（不同的語言，就是不同的文化，不同的概念！歐語族的人是認為：石墨是「被」拿來劃，不是「石墨（有意志）自己去劃」！）

5.2 規則的音變

rubbed 是 rub（畫，擦）的過去分詞! 這是規則的音變!
規則是:「語尾加上 ed」,但是要考慮發音! rub 的母音 u 是短促音,而以 b 結尾,
（這是入聲字! 臺語有! 但漢語官話沒有!）那麼英文的規則是:「先把 b 重複寫再
加上語尾 ed」。同樣地,he goes 的 -es,也是規則的音變。

5.3 不及物動詞

英文的動詞分成**及物動詞**與**不及物動詞**兩種。

張三「打」李四,這個動作「打」,有「挨打」的對象（所及之物）,叫及物
動詞; 那個所及之物叫做這及物動詞的**受詞**; 反之,張三站起來,這個動作「站」,
叫**不及物動詞**。張三是學生,動詞「是」＝is 並非及物動詞! 而「學生」並非受
詞,而是補充詞!

graphite leaves a streak 動詞（第三人稱單數現在式）leaves（＝留下）是及物
動詞,留下的 streak 就是它的受詞。

真糟糕! 英文動詞的這個分辨,是相當麻煩的事! 石墨劃擦過紙上,明明
paper 就是所及之物,那麼 rub 應該是及物動詞吧? 英文卻判定 rub 是不及物動詞!
於是只好用:

(is rubbed) over paper ＝（被拿來劃）過紙上
介系詞 over 是 ＝「在…之上」,paper 是它的**受詞**。

5.4 受詞

所以及物動詞有受詞,介系詞也有受詞! 但是不及物動詞沒有受詞! 受詞就是
居於受格（的地位）!

5.5 獨立片語

現在看子句(ii)。它的中間有一個片語:

like the soft metal lead ＝「如同軟的金屬鉛一樣」

它被逗點分隔出來,因此叫做**獨立片語**。文法上它完全可以被刪掉!
在此,「like ＝ 如同」是介系詞,其受詞是 the soft metal lead,當然 the（定冠詞）,
soft（形容詞）,只是修飾 metal。

5.6 同位詞

至於 lead，它就是所指的 metal，這樣子 lead 叫做 metal 的同位詞。

【註】例如說：「我楊維哲不肯投降」，這一句中，楊維哲就是「我」的同位詞。

子句(ii)中，如果刪掉這個獨立片語，則子句(ii)變成了：

graphite leaves a gray streak = 石墨留下一條灰黑色的條痕

當然 leave 在此是及物動詞! 受詞是 (a gray) streak。

5.7 不及物動詞加介系詞

現在看子句(i)。這裡的主詞片語是：

the name black lead =「黑鉛」這個名稱

精簡的主詞是 name，the 是修飾它的定冠詞，而 black lead 是其同位詞。

精簡的述詞是動詞 came，是動詞 come 的過去式。

一開始學英文，很快就學到：「來」叫 come，「去」叫 go。

兩個都是不及物動詞!「去臺中」，不是 go Taichung，而是 go to Taichung。

換句話說，漢文的「去」差不多就是英文的 go to。在漢文看來，「臺中」是「去」的受詞，而英文中，Taichung 是 (go) to 的受詞；許多情形下，都是「不及物動詞加介系詞」差不多就是「及物動詞」，當然這也是學英文時要留意處!

into（ = 入，進入）是介系詞，其受詞是（抽象名詞!）use = 使用；came 在此當然不是動作的動詞，它的意思是「狀態的到達」；came into use 意思是「開始見到被使用」。

5.8.1 子句的主從

例句中有三個「子句」，子句(i)是文法上的**主要子句**，利用**連接詞** because 而連接到子句(ii)，子句(ii)與子句(i)的地位並不相對等! 它是次要的，從屬的! 是文法上的**從屬子句**，從屬於子句(i)。

但是奴才也有奴才的奴才，（即奴才平方，）奴才^2! 文法上，子句(ii)有它的從屬子句，即是子句(iii)；從子句(ii)，利用連接詞 when 而連接到子句(iii)；一句中有兩個子句而且地位並不相對等，有「主要」與「從屬」之分時，就叫做**複雜句**，所以這個例句還是雙重的複雜!

5.8.2 集合句

　　一句中有幾個子句而且地位完全對等，沒有「主從之分」時，就叫做**集合句**，其子句之間的連接詞通常是：and = 以及，but = 但是。

5.8.3 顛倒位置

　　漢文與英文的另一個不同就是**語序**。

漢文的習慣是說：　因為(ii)　所以(i)　　│當(iii)時，　(ii)
英文中倒是常見：　(i),　　　because (ii)│(ii),　　　when (iii)

14♣ It is the principal constituent of the "lead" of lead pencils.

14◊ 它是鉛筆的「鉛」（心）的主要成分。

　　【解】 principal ⓐ = 主要的；constituent ⓝ = 組成物；pencil ⓝ = 鉛筆

　　　　lead 是名詞，但是在 lead pencils 中，是直接轉化做形容詞用！

　　　　這一句話很短而且並無難解之處。我們再看到最常用的介系詞 of，（「一層再一層」！）什麼的什麼的什麼；

　　【註】 當然我們知道：鉛筆的「鉛」其實不是鉛而是石墨，所以加上**引號**。

21♣ Graphite is sometimes found as well-developed crystals with the form of a hexagonal prism, as shown at the top of the drawing on the facing page.

21◊ 有時候，我們會發現石墨形成一種完善地發展成具有六角柱形式的結晶，就像對面頁的圖的上端一樣。

　　【解】 sometimes = ⓐ𝐝 有時候，某些時候；〔some = 某些；times = 時候〕

　　　　found 是不規則動詞 find 的（過去式與）過去分詞；此地是被動語氣！

　　　　well-developed ⓐ = 發展得很好的；〔well = ⓐ𝐝 好；develop = ⓥ 發展；當然這裡用過去分詞，（被動的意味！）因此是形容詞。〕

　　【注意】 這兩個字都是兩字拼成一字！但是後者是用短線來間隔，而前者無間隔！

　　　　〔也注意：well 是副詞而 good 是形容詞。〕

　　　　用「發展得很好的」，是因為有些結晶物的結晶形式並不明顯！

　　　　as ⓟ = 以；〔well-developed crystals 就是它的受詞。〕

　　　　with ⓟ = 以、用；其受詞的主要部分就是 the form（= 這樣子的形式）。

form 〔n〕= 形式； with the form of 以…之形；

介系詞 of 的受詞是 a hexagonal prism （= 六角的稜柱）；

於是 the form of a hexagonal prism = 六角的稜鏡的形式。

hexagonal 〔a〕= 六角形的；（之後的的是 of，須倒裝！）prism =〔n〕稜鏡、稜形；

不規則動詞 show, showed, shown = 顯現；

at 〔p〕= 在…處； top 〔n〕= 頂部〔由形容詞轉用〕；

drawing 〔n〕= 圖畫；〔draw 〔v〕= 畫（線）。〕

on 〔p〕= 在…上； facing page = 對面頁

6.0 關係代名詞 as

在這例句的最後一部分，也就是逗點之後，從 as 以下，可以認為是一個從屬子句！其（被動語氣）動詞是 is shown = 被顯示；（但是「is」被省略了。）主詞是 as，這是連接詞轉成關係代名詞。

at 是介系詞，意思是（時間或空間的）「在」，其受詞為 the top；介系詞 of 的受詞是 the drawing；介系詞 on 的受詞是 the facing page。

6.1 現在分詞

名詞 page 是書本的「頁」，修飾它的是 the, facing。

〔PH〕的書分成 57 篇，都是左頁「文」，右頁「圖」。（非常方便的布置！）文中講到的圖 (drawing)，都是畫在右邊鄰頁！（= facing page = 對面頁；）名詞 face 是「臉」，「面」；也可以作為動詞，意思是**面對**！

動詞大都可以變形為形容詞，叫做分詞，這有兩種：現在分詞與過去分詞。規則的過去分詞是加上「附尾語」-ed；而現在分詞則是加上「附尾語」-ing。

6.2 音變

但是，face 的最末是**默音**的 -e，所以，就規定：先殺去 -e，再加上 -ing，就得到 facing = 面對的。

6.3 動名詞

那麼，drawing 呢? 原本的動詞是 draw = 圖畫，現在要用名詞「（畫的）圖」，就成為**動名詞**，動名詞是動詞原形加上附尾語 -ing 而成，與現在分詞一樣! 只是在文法上的地位是名詞，不是形容詞。

22♣ A graphite crystal can be easily cleaved with a razor blade into thin plates.

22◊ 用剃刀刀片可以很容易地把石墨結晶切成薄片。

【解】cleave $\boxed{v}$ = 割裂〔cleavage $\boxed{n}$ = 劈開〕; easily $\boxed{ad}$ = 容易地; razor $\boxed{n}$ = 剃刀;

blade $\boxed{n}$ = 葉片，刀片; thin $\boxed{a}$ = 薄的; plate $\boxed{n}$ = 板

主詞 a crystal 用（由名詞轉用的形容詞）graphite 來修飾。

a blade 也是用（由名詞轉用的形容詞）razor 來修飾。

介系詞 into 是狀態上的「進入」，「變成」; 已出現於 13♣; 介系詞 with（ =「借助於」，「用」），已出現於 21♣; 這裡兩個介領片語「into thin plates」，「with a razor blade」，功能上都是副詞!

7.1 副詞

easily = 容易地，這是由形容詞 easy（ = 容易的）形變而得:
副詞 = 形容詞加上附尾語 -ly。

7.2 音變

加上附尾語 -ly 之前，要先把結尾的 -y，改為 -i，再加上 -ly。cleave 要加上附尾語 -ed 之前，要先把結尾的默音 -e 刪去。be cleaved 又是被動語氣; cleaved 是 cleave 的過去分詞。

7.3 助動詞

can 是「助動詞」，表示:「能夠（做）」，「可以（做到）」。它的後面，就接「做」那個動詞的**原形**，在此是 be cleaved。

31♣ Graphite is a variety of carbon.

31◊ 石墨是碳的種種形式之一。

【解】variety ⓝ＝變化（形式）〔vary ⓥ＝改變、變化〕

32♣ Examination with X-rays has shown that the crystal consists of layers of carbon atoms, with the hexagonal structure shown at the bottom of the drawing.

32◇X 光的探測顯現出，這個結晶是由碳原子，以如圖下方所示的六角形結構，一層一層地組成。

【解】examination ⓝ＝考察，〔examine ⓥ＝考試〕；ray ⓝ＝射線；X-ray＝X 光；consist of ⓥ＝由…組成；layer ⓝ＝層；carbon ⓝ＝碳〔ⓐ＝碳的〕；atom ⓝ＝原子；hexagonal ⓐ＝六角形的〔hexagon ⓝ＝六角形〕；structure ⓝ＝構造；bottom ⓐ＝底的〔ⓝ＝底部〕〔top ⓐ＝頂的〕

【字根】hex-＝六；-gon＝角形。

【主詞】這句話的精簡主詞是 examination，而用片語 with X-rays 來形容! 請注意英文的語法是把這個介領片語放在被修飾者的後面!

7.4　完成式

　　這句話的主要動詞是 has shown＝（已）顯現了。文法上這是**現在完成式**。英文**完成式**的句式是：助動詞 have 加上動詞的過去分詞。

（此地助動詞 have 要用（第三人稱單數現在式的）has，而不規則動詞 show 的過去分詞是 shown，已見於 21♣。）

（要瞭解英文族的文化!）現在完成式的意思是什麼?

這裡談到：「利用 X 光，來做科學的探測，確定了石墨結晶的構造」，這當然是（在這句子）**之前**的事，但為何不是**過去式**?

如果一句話，它的時點是**明確**的某年，（或者某月，或者某日，或者某時，）而且這是說話當時的過去，那麼就要用**過去式**!

但是現在這一句話，提到這些「探究」，時點上是**不明確的**! 這一句話所要表達的恰好是強調「現在」的狀況：has shown＝「已可確認」、「已經顯現」。

8.1　關係代名詞 that

　　這一句話是一個複雜句。

主要子句的精簡主詞與述詞是：

$$\text{Examination has shown}$$

動詞 show 是及物動詞，因此應該有受詞，亦即「顯現了什麼」。顯現的是（科學的知識），即是 that 以下的全部子句。這當然是一個附屬子句。在英文裡，這個子句就用一個代名詞 that 來代表；這個字 that 是一個**關係代名詞**。

◎附屬子句

其主詞是 the crystal，述詞是（第三人稱單數現在式的）consists；動詞 consist 是不及物動詞，通常它接上介系詞 of，而變成及物動詞片語 consist of... = 由…構成。

此地的受詞是名詞片語 layers of carbon atoms；名詞 layers 由介領片語修飾！

另外，逗號以下又是一個獨立的形容詞片語，這是由介系詞 with 領導的！（同樣是在修飾 layers。）with 的受詞是名詞 structure，修飾 structure 的有在它之前的形容詞 hexagonal，及緊接在其後的分詞片語。

【註】這裡的 shown 和前面 21♣ 一樣，（接在 is 之後！）語氣上是被動的；但是在主要子句中的 shown 是接在 has 之後，語氣上是主動的！

33♣ Each atom in the layer has three near neighbors, to which it is strongly bonded.

33◊ 在同一層中的每個碳原子有三個鄰居，它與它們很強力地鍵結在一起。

【解】near $\boxed{a}$ = 近的〔far = 遠的〕；neighbor $\boxed{n}$ = 鄰居；strong $\boxed{a}$ = 強的〔weak = 弱的〕；bond $\boxed{n}$ = 鍵；$\boxed{v}$ 鍵結〔is bonded (to) = 被鍵結（到）〕

8.2 each

each $\boxed{a}$ = 每一個〔可以轉用做 $\boxed{pn}$〕。

◎主要子句

精簡主詞是 atom，它由**緊接在前的** each 以及緊接在其後的介領片語修飾；精簡述詞是 has，精簡受詞為 neighbors。

8.3 關係代名詞 which

這句話是複雜句，從屬子句在逗號之後，逗號的用意是「稍微疏離」，「就是省略掉也不會影響到整句話」。

這個從屬子句的主詞是 it，（這是代名詞，代表了 (each) atom，）而述詞是 is bonded，顯然又是被動語氣！

介系詞 to 需要受詞，此地的受詞，文法上是 which，代表 three near neighbors，所以是代名詞，（而且是受格！雖然它的主格，形狀上無區別！）還是叫做**關係代名詞**。

關係代名詞的這種文法結構是漢文所無的！初學時的英語，不太用得到，但是在科學敘述文中就經常出現了！遇到時，必須反覆閱讀，徹底明瞭文法上的轉折替代關係。

34♣ The bond length (distance between centers of adjacent atoms) is 1.42Å, and the layers are 3.4 Å apart.

34◊ 鍵長（兩個相鄰的原子中心的距離）為 1.42Å，而層間距離為 3.4Å。

【解】length ⓝ = 長度；distance ⓝ = 距離；between ⓟ =（相互）之間；center ⓝ = 中心；adjacent ⓐ = 相鄰的；Å = 10^{-10} 公尺〔紀念瑞典物理學家 Ångstron(1814–1874)〕；apart ⓐ = 隔開的〔are...apart 相距如此（長度）〕

【註】此句中括弧的意思，在文法上是**旁白**，表示「可以省略掉」；括弧內是一個名詞片語，用來定義其前的 bond length；名詞片語是 distance 用其後的介領片語修飾。

【註】3.4Å 是度量，直接就可以轉做副詞用，去修飾形容詞 apart。

8.4 集合句

本句是兩個同等地位的子句用連接詞 and 連接。

35♣ Each layer may be described as a giant planar molecule, and the graphite crystal may be described as a stack of these molecules.

35◊ 每一層可以說是一個巨大的平面分子，而石墨結晶體，乃是這些分子之層疊。

【解】describe ⓥ = 描寫〔may be described as = 可以描寫為；〕giant ⓝ = 巨人〔ⓐ = 巨大的〕；planar ⓐ = 平面的〔plane ⓝ = 平面〕；molecule ⓝ = 化學分子；stack ⓝ = 堆疊〔a stack of... =（堆疊而成的）一堆 …〕

8.5 助動詞 may

這一句又是兩個同等地位的子句用連接詞 and 連接；兩個子句都用相同的述詞 may be described as；這裡用了助動詞 may =「可以」，它和助動詞 can =「能夠」差不多，其後接動詞的原形。（此地是被動語氣。）

8.6 指示代名詞

漢文與英文一樣有**近指**與**遠指**的代名詞與形容詞：this = 此（＝這個）；that = 彼（＝那個）；〔多數形改為 these, those。〕

36♣ The cleavage into hexagonal plates is easily achieved because it involves only the separation of the planar molecules from one another, without breaking any strong interatomic bonds.

36◊ 我們之所以很容易地把它削成六角形的片層，乃是因為這個切削只牽涉到平面型分子之間的分離，不會破壞任何一個原子間的強力鍵結。

【解】cleavage ⓝ = 削解〔ⓥ = cleave 的名詞化〕；achieve ⓥ = 達成；involve ⓥ = 牽涉到；only ⓐⓓ = 僅只〔one ⓐ = 一個的〕；separation ⓝ = 分隔開；break ⓥ = 破壞；without ⓟ = 不以、不用〔with ⓟ = 以、用〕；any ⓐ = 任何一個；interatomic ⓐ = 原子與原子之間的〔inter-（之間）〕

◉ 主要子句

主詞是 the cleavage，動詞是 is achieved；連接詞是 because = 因為。（主從兩個子句的順序與漢文不同！見 13♣。）

◉ 附屬子句

主詞是 it，及物動詞是 involves，受詞是 the separation。在最後，以逗點隔開的孤立片語，功能上是副詞，它以介系詞 without 領導受詞（動名詞）breaking；動詞 break 是及物的！此地的 breaking 有受詞 bonds。

any, strong, interatomic，這三個形容詞都修飾 bonds。（注意這個順序！）

【註】形容詞 strong 修飾名詞 bonds；而在 33♣ 中，副詞 strongly 修飾形容詞 bonded。

8.7　one

作為數字：one＝一，two＝二，three＝三；但是，one 其實常用做**不定代名詞**。（反之，this, that，是「定的，明確的」代名詞。）

one another＝互相（之間）。

8.8　介系詞 from

from＝「從」、「自從」、「由」。（此地是 the separation of A from B＝（把）A 由 B 分隔開）

原文第二篇的解析

【註】我們把 PH 的第二篇，分成甲乙丙丁四段。每段每句依序編號。

　　　（這個方式與剛剛第一篇的解析稍稍不同，但是這樣做，與我們後面的解析方式一致。）

標題：Electrons and Atomic Nuclei

【譯標題】電子和原子核

【解】electron n = 電子〔electric a = 電的〕

【註】物理學中的粒子，慣用 -on 來結尾! 後面還有 proton = 質子；neutron = 中子；nucleon = 核子；photon = 光子；atomic a = 原子的〔n atom〕；nucleus n = 核〔pl = nuclei，註 因為是外來語，所以不是加 s〕

【甲】The simplest atom is the hydrogen atom. It consists of a nucleus, called the proton, and an electron. The proton is much heavier than the electron; its mass is 1,836 times the electron mass. The proton has one unit of positive electric charge and the electron has one unit of negative electric charge.

【譯甲】最簡單的原子是氫，它是由一個稱為質子的核和一個電子所組成。質子比電子重很多；它的質量是電子的 1,836 倍。質子帶有一單位的正電荷，電子帶有一單位的負電荷。

【甲 1】simple a = 簡單的；hydrogen n = 氫〔hydro- 水的，-gen 生成；註 日譯：水素 = 水之生成者〕

8.9.1 最高級

　　形容詞 simple = 簡單的；而 simpler = 更簡單的；simplest = 最簡單的；加上 -er，是**比較級**，加上 -est，是**最高級**；但是當然要考慮**音變**，已經有默音 e 結尾，就不要再有 e 了。後面的 larger，也一樣。用最高級去形容的名詞，通常用定冠詞 the。

【甲 2】proton n = 質子；註 過去分詞 called 是形容詞!（具有被動的意味!）此地用逗號獨立出來。

【甲 3】heavy a = 重的〔heavier = 更重的；to be much heavier than = …遠較…為重〕；mass n = 質量〔a = 大眾的〕；times n = 倍數

8.9.2 比較

　y 結尾，當然要考慮音變。「比…更重的」= heavier **than**...。

【註】這是集合句! 不用連接詞，而用分號分隔。

【甲 4】unit n = 單位〔unite v = 結合為一； the United States = 合眾國 = U.S.〕；positive a = 正的〔negative = 負的〕；electric a = 電的； charge n = 荷；electric charge = 電荷

【乙】Every atom has one nucleus, which has most of the mass of the atom and has a positive electric charge of Z units. Z is called the atomic number. In an electrically neutral atom there are Z electrons in motion about the nucleus.

【譯乙】每一個原子都有一個核，它占了原子的大部分質量，而且這個核帶有 Z 單位的正電荷，Z 稱為原子序。在一個呈中性的原子中，就有 Z 個單位的電子圍著核運動著。

【乙 1】**most** of the mass of... = …的**大部分質量**

【註】這是複雜句，利用關係代名詞 which 引出後面兩個平等的附屬子句。

【乙 2】atomic number n = 原子序

【乙 3】electrically neutral a = 呈電中性的； 註 因為 neutral 是形容詞，故修飾它的一定是副詞，加 -ly； electrons in motion n = 運動中的電子； about p = 繞著

【丙】The structures of atoms of hydrogen ($Z=1$), oxygen ($Z=8$), and uranium ($Z=92$), as they might be revealed by a gamma-ray snapshot, are shown in the drawing. (The nuclei and electrons are, relative to atoms, far smaller than indicated in the drawing; the nuclear diameters are only about a hundred-thousandth of the atomic diameters, and the electron is even smaller.)

【譯丙】想像用 γ 射線做快照，那麼氫原子 ($Z=1$)，氧原子 ($Z=8$)，鈾原子 ($Z=92$) 的結構，就會像圖中所畫的這個樣子。(原子核和電子比起原子來，遠比圖中為小，原子核的直徑差不多只有原子的直徑的十萬分之一而已，電子還要更小。)

【丙 1】oxygen n = 氧〔oxy-, 酸； -gen, 生成者； 註 日譯: 酸素 = 酸之生成者；化學之父 Lavoisier 拉瓦希如此認為〕； uranium n = 鈾

【註】這是複雜句，利用關係代名詞 as 引出附屬子句，而且是在逗號之間，主要子句的主部在逗號之前，述部在逗號之後！

主要子句的精簡主詞＝structure，主要子句的精簡述詞＝are shown；reveal $\boxed{v}$＝顯示〔慣用被動方式！〕；gamma-ray＝γ 射線；snapshot $\boxed{n}$＝快照〔snap $\boxed{v}$＝奪、搶；shot $\boxed{v}$＝射擊。〕

【註】希臘字母的頭三個是 α＝alpha, β＝beta, γ＝gamma；Rutherford 先發現了兩種射線，就稱之為 α 射線，β 射線，後來又發現了第三種射線，就稱之為 γ 射線；其實，β 射線就是電子的流，α 射線就是氦的原子核的流，γ 射線就是超強的光線！

9.0　might, could

這是助動詞 may, can 的過去形。英文的這種句式，是**虛擬的**意思！此句中所提的圖，並非真的快照！

【丙2】relative to...＝相對於、關於、和…相比；far smaller than...＝遠比…為小〔small $\boxed{a}$＝小的〕；indicated $\boxed{a}$＝所示的〔indicate $\boxed{v}$＝指明〕；diameter $\boxed{n}$＝直徑；about $\boxed{p}$＝大約在；a hundred-thousandth＝十萬分之一〔百仟＝十萬〕

【註】-th 是序數「第幾」，同時也是「分之一」；seventh＝第七；two seventh＝七分之二。

・even $\boxed{ad}$＝甚至於〔even smaller＝還要更小〕

【丁】Electrons in atoms move around; they do not remain at a constant distance from the nucleus. In the drawing of the hydrogen atom the electron is indicated at about the average distance from the nucleus, 0.80Å. The shading indicates roughly where the electron is likely to be. The hydrogen atom does not have a definite radius within which the electron remains, but its radius is conventionally taken to be 1.15Å. All other atoms except helium are larger.

【譯丁】電子在原子裡動來動去，和原子核並沒有保持固定的距離。在氫原子的圖裡面，電子與核的距離以平均距離 0.80Å 表示。整團雲影粗略地表示電子可能存在的範圍。氫原子並不具有一個確定的「半徑」，使電子維持在其內，但是通常認為它的半徑是 1.15Å。除了氦以外，其他原子的半徑都較之為大。

【丁1】move around ⓥ = 動來動去；remain ⓥ = 保持；constant ⓐ = 固定的〔at a constant distance = 以一固定距離〕

【丁2】average ⓐ = 平均的

【丁3】shading ⓝ = 陰影，遮蔽〔此處指描影深淺著色所得立體感的一團〕；roughly ⓐd = 粗略地〔indicate roughly ⓥ = 粗略地表示〕；likely ⓐd = 可能地〔likely to be = 可能存在的〕

9.1 關係代名詞 where

子句 where the electron is likely to be = 電子可能存在的**地方**。

【丁4】definite ⓐ = 確定的；radius ⓝ = 半徑；remain ⓥ = 停留〔remain within = 停留在⋯內〕；convention ⓝ = 規約，慣用法〔ⓐ = conventional；ⓐd = conventionally〕；is taken to be = 被認定為

【註】這句有兩個獨立子句，用 but 連接；前一子句，精簡主詞是 atom，動詞是 does not have；受詞是 radius；radius 之後是使用關係代名詞 which（指 radius）的附屬子句！文法上，which 是 remain within 的受詞。

9.2 助動詞 do

遇到否定句，例如：我不是小學生 = I am not a pupil. 我沒有見到她 = I have not seen her. 這只要把 = I am a pupil. I have seen her. 加上（副詞）not。但是，要否定 It has a radius，並非把 has 改為 has not，而是改為 does not have。

【丁5】except ⓟ = 除了⋯以外；helium ⓝ = 氦〔helio- = 太陽的〕

9.3 動詞的三要項

查字典時，也許你查不到 shows, showed, shown 這幾個字。因為它們都是動詞 show 的變形！如果你查到了，通常它也只是告訴你：請去查閱它的「本形」「show」。

每一個動詞，都有三要項：本形，過去式，過去分詞；一個規則的動詞，其過去式，過去分詞只是加上附尾 -ed。（也許要有些拼音的考慮！）但若是一個不規則的動詞，在字典中，通常就會註明其過去式，過去分詞。

動詞 be, have, do，當然是最最不規則！它們也有過去式，過去分詞。這三個助動詞我們也可稱之為代動詞。

其他另有四個助動詞，它們有過去式，但沒有過去分詞。這就是：

can (could), may (might), shall (should), will (would)。

9.4 時式變化與主控動詞

我們以動詞 show 為例，（取第三人稱單數，）說明其時式變化。時式變化也有三個考慮的面向：過去否？進行否？完成否？

首先問：過去否？

（簡單）現在式：it shows；（簡單）過去式：it showed；

其次問：進行否？若為「進行式」，則變成：

$$be + 動詞的現在分詞$$

現在進行式：it is showing；過去進行式：it was showing；此時，其「現在與過去」的時式變化，完全由「形式上的動詞」be 來主控！與 show 本身無關！

最後問：完成否？若為「完成式」，則變成：

$$have + 動詞的過去分詞；$$

現在完成式：it has shown；過去完成式：it had shown；

現在完成進行式：it has been showing；過去完成進行式：it had been showing；此時，其「現在與過去」的時式變化，完全由「形式上的動詞」have 來主控！與 show 本身（乃至於 be）無關！

太極生兩儀，再生四象，再生八卦！（$2^3 = 2 \times 2 \times 2 = 8$。）

最後，數學上說來，我們還可以在這些時式之上，罩上四個助動詞 can, may, shall, will 之一。那麼，時式變化，完全由這些助動詞控制！

我們知道：用 shall, will，可以顯現「未來式」。至於 could, might, should, would，經常用來表示「虛擬法」。

第3篇　英文片段閱讀測驗

 ## A Few Famous Chemists

 ### Lavoisier and Diamond

In the eighteenth century, the diamond was shown by Lavoisier to be practically pure carbon. The French chemist burned one in the presence of a distinguished audience by concentrating the sun's heat on it with a lens. He showed that the gas which was formed was pure carbon dioxide. This was a startling discovery which strengthened Lavoisier's theory of burning.

The diamond is weighed in *carats*, and one carat is equal to one-fifth of a gram. The largest diamond ever mined was the flawless Cullinan found in South Africa in 1905, and it was presented to King Edward VII. It weighed 3026 carats and was the size of a man's fist. In 1908, it was cut into 9 stones, the largest of which weighed 516 carats.

Dalton and Daltonism

Dalton, a son of a weaver, was basically self-taught in his researches. He began teaching at a Quaker school at the age of 12. He was the first to describe color-blindness as he himself was color-blind. He refused to be nominated for membership in the Royal Society, but he was still quietly elected without his knowledge. In 1832, when he received a doctor's degree from Oxford, the opportunity is seized to finally present him to King William IV. He had resisted such a presentation before because he would not wear court dress, as a true Quaker. The Oxford robes were quite alright for the King. The only trouble was that the Oxford robes were scarlet, and a Quaker could not wear scarlet. (Fortunately, the great scientist saw scarlet as gray.)

Dalton kept a careful daily records of weather for fifty-seven years altogether, to the day he died. (Yes, he could never find time for marriage.) However, the records, carefully preserved for a century, were destroyed during the World War II bombing of Manchester.

◉ Dalton's Atomism

· All matter consists of small indivisible particles called atoms.

· The atoms of the same element are all alike in size, shape, and weight, but differ from the atoms of other elements.

· Chemical changes take place between atoms.

Kekulé, Benzene and TNT

For many years after the discovery of benzene, the structural formula of the compound was unknown. In 1865, Kekulé, an eminent German chemist, who had been baffled by this problem and had pondered over it for years, solved it in a curious way. When, after a strenuous day in his laboratory, he had fallen asleep in a chair before his fireplace in Ghent, suddenly, he began to dream of snakes and atoms whirling round and round before him. The old benzene problem was haunting him. "All at once," he reports, "I saw one of the snakes get hold of its own tail, and the form whirled mockingly before my eyes. As if by a flash of lightning, I awoke and spent the rest of the night in working out the consequences of the hypothesis." He had solved the knotty problem and gave the benzene molecule a ring or hexagonal form.

The ring structure of benzene was the key to the composition of many organic compounds derived from benzene, and its discovery ushered in a new development of organic chemistry. In talking of this queer discovery, Kekulé, years later, remarked that "we must learn to dream."

◉ TNT

A hydrogen atom of benzene may be replaced by the amino radical, the methyl radical, or the nitro radical, respectively. It is then called amino-benzene (or aniline), methyl-benzene (or toluene), or nitro-benzene. If toluene is then made to react with the nitric acid, three more hydrogen of the original benzene may be replaced by three NO_2 groups to form the high explosive commonly referred to as TNT (*tri-nitro-toluene*). In making the substitution, the chemist must be sure to make them at the correct places in the molecule; otherwise he will get different compounds.

Hall and the Aluminum

One of the first of Wöhler's American students in Germany was Professor Jewitt of Oberlin College. He brought back the story of his teacher's isolation of that extremely light, silvery metal, aluminum. Jewitt was fond of talking to his class of this strange metal which no one had as yet been able to obtain cheaply in spite of its great abundance in minerals. One day, as he spoke of the fortune which awaited the man who would solve the problem of a simple method of aluminum extraction, one of his students nudged the ribs of his classmate, Charles Martin Hall. Chemistry had captivated Hall, and he was known to try all sorts of experiments in the hope of making a great discovery some day. Here was his chance. His answer to that nudge was, "I am going after that metal," and Hall went to work at once in his father's workshed.

On the morning of Feb. 23, 1886, eight months after his graduation from the College, he burst excitedly into the laboratory of Professor Jewitt and exclaimed, "I've got it!" He invented the electrolytic process of aluminum extraction when he was twenty-two. At his death, most of his fortune, more than three million dollars, was left to Oberlin.

參考翻譯：幾位著名的化學家

Lavoisier 與鑽石

在 18 世紀，Lavoisier 證實了鑽石實際上就是純碳。這位法國化學家在一群顯貴的觀眾面前，利用一個透鏡把太陽的熱聚焦到一顆鑽石上使其燃燒。他驗證了燃燒所形成的氣體就是純二氧化碳。這是個驚人的發現，並鞏固了 Lavoisier 的燃燒理論。

鑽石的秤重以克拉為單位，一克拉等於五分之一克。曾經開採出最大的鑽石為 1905 年在南非找到的完美 Cullinan 鑽石，其被獻給了愛德華七世。它重達 3026 克拉，有一個人的拳頭那麼大。在 1908 年，它被切割成 9 塊玉石，最大的那塊重 516 克拉。

Dalton 與色盲症

Dalton 為織工的兒子，他做研究時基本上都是自學的。他十二歲時就在貴格教派的學堂教書了。他是最先描述色盲的人，因為他本人就是色盲。他拒絕被提名為皇家學會的會員，但在他不知情的情況下還是被推舉了。在 1832 年，當他得到牛津大學（榮譽）博士學位時，其他人終於逮到機會將他引見給威廉四世。身為一個真正的貴格教徒，他曾拒絕過這種會面，因為他不願穿宮廷服裝。而對於國王來說，牛津的學袍當然很好。（代替官服也很合宜。）唯一的麻煩是，牛津的學袍是紅色的，而貴格教徒是不許穿紅色衣袍的。（幸好，這位偉大的科學家把紅色看成灰色。）

Dalton 一直保留了精細的氣象日誌，五十七年從不間斷，直到去世的那一天。（是的，他從來沒有時間結婚。）但是，他的氣象紀錄被小心地保存了一世紀後，在第二次世界大戰中的 Manchester 大轟炸時被催毀了。

◉ Dalton 的原子說

· 所有物質都是由小的不可分的粒子（原子）所構成。

· 同一個元素的原子，在大小、形狀與質量上都完全一樣，但是與別的元素的原子不同。

· 在原子之間會有化學變化。

Kekulé，苯與 TNT

發現苯之後的許多年間，這個化合物的構造式一直不為人知。在 1865 年，有個出類拔萃的德國化學家 Kekulé，他被這個難題困住而思考多年後，以一個奇妙的方式解開了它。在他的實驗室累了一天之後，他在 Ghent 居處壁爐前的椅子上睡著了。忽然間，他夢到了蛇與原子在他前面迴旋亂轉。苯的老問題又開始糾纏著他。他描述說：「忽然間，我看到有一條蛇咬住自己的尾巴，而這個景象在我眼前像是嘲笑我一般地亂轉。彷彿一道閃光讓我醒來了，剩下的整夜我就費心把這個假說的結論做出來。」他解決了這個難纏的問題，而賦給苯分子六角形環狀的形式❶。

苯的環狀結構對於許多由苯衍生的有機化合物之組成是個關鍵，而它的發現，開創了有機化學的新發展。多年以後，在談及這個古怪的發現時，Kekulé 說「我們必須學會如何做夢。」

◉ TNT

苯的一個氫原子可以分別被一個胺基，甲基，或者硝基所取代，而稱為胺基苯❷，甲基苯❸或者硝基苯。如果甲基苯被拿來與硝酸作用，原來的苯中的另三

❶　p. 85 原上左圖。

❷　p. 85 原上右圖。

❸　p. 85 原下左圖。

個氫可以被三個硝基 NO_2 取代，變成了通稱為 TNT（三硝基甲苯，*tri-nitro-toluene*）的易爆物❹。要做這個取代反應，化學家必須在正確的分子位置做取代，否則就會得到不同的化合物。

Hall 與鋁

（有機化學的大宗師）Wöhler 的美國（留德）學生之中的其中一個就是 Oberlin 學院的 Jewitt 教授。他帶回了他老師游離出的極輕、銀白色金屬元素鋁的故事。Jewitt 很喜歡跟他的學生談到這個神奇的金屬，這金屬在礦物中雖產量豐富，卻未有人能便宜地產得。有一天，他（又）談到有一大筆財富正等著看誰能解決用簡單的方法析離出鋁的難題，他班上的一個學生用手肘輕推了同學 Charles Martin Hall。Hall 對化學非常著迷，大家都知道他做了種種實驗，希望有一天能有一個大發現。而這就是他的機會。對於同學的舉動，他的回答是「我要捕獲這金屬」，而且馬上在他父親的工作棚內開始動工。

在 1886 年 2 月 23 日的早上，即他從學院畢業的八個月後，他興奮地衝到 Jewitt 教授的實驗室，大叫道：「我找到了！」他在 22 歲時，發明了析離鋁元素的電解法。在他過世後，他大部分的財產（大於三百萬美元的）都給了 Oberlin 學院。

❹　p. 85 原下右圖。

Terminology of Simple Chemicals

◉ Elements

Names of metallic elements usually end in *-ium*, as sodium, potassium, aluminium (now changed to aluminum), calcium. The metallic radical NH_4 is called ammonium.

The halogen elements all end in *-ine* : Fluorine, Chlorine, Bromine, Iodine, Astatine.

There are non-metals ending in *-gen* （＝「生成者」）: hydrogen, nitrogen, oxygen.

◉ Acids

The three strong acids are the hydrochloric acid, the sulfuric acid, and the nitric acid. The phosphoric acid and the carbonic acid are considered as weak. All acids produce the hydrogen ions in the water solution.

◉ Bases

Metal oxides and hydroxides are called bases, because they are substances which neutralize acids to form salt and water only :

$$acid + base \longrightarrow salt + water$$

◉ Binary salts

The suffix *-ide* represents a binary compound; that is, one made up of two "elements," as ammonium sulfide, $(NH_4)_2S$.

In writing formulas, the metallic element is written first. For example, FeS, ferrous sulfide, is not written as SFe.

For metallic elements with more than one valence, the suffix *-ic* refers to the higher valence, while the suffix *-ous* refers to the lower valence. Thus, ferrous chloride is $FeCl_2$, and ferric chloride is $FeCl_3$. Mercuric chloride is $HgCl_2$, while mercurous chloride is HgCl. Similarly, ferrous sulfate is $FeSO_4$, and ferric sulfate is $Fe_2(SO_4)_3$.

參考翻譯：簡單化合物的稱呼

◉ 元素

金屬元素之名通常以 *-ium* 結尾，例如鈉 sodium、鉀 potassium、鋁 aluminium（現在改為 aluminum，這是美國式的）、calcium 鈣。「金屬般的」根 NH_4 被稱為「銨」ammonium。

鹵素都以 *-ine* 結尾：氟 Fluorine，氯 Chlorine，溴 Bromine，碘 Iodine，砈 Asta-tine。

有些非金屬的結尾是 *-gen*（=「生成者」）：氫 hydrogen（= 水素），氮 nitrogen（= 窒素），氧 oxygen（= 酸素）。

◉ 酸

三個強酸為氫氯酸、硫酸與硝酸。磷酸與碳酸則被視為弱酸。所有的酸在水溶液中都產生氫離子。

◉ 鹼

金屬的氧化物與氫氧化物被稱為鹽基（= 鹼），因為它們這種物質會「中和」酸，得到鹽與水：

$$酸 + 鹼 \longrightarrow 鹽 + 水$$

◉ 雙元鹽

附尾詞 *-ide* 表示一種雙元化合物。亦即，由兩種「元素」組成的化合物，例如硫化銨 $(NH_4)_2S$。

在寫這種式子時，金屬元素寫在前。例如：FeS（硫化亞鐵）不會寫成 SFe。

對於不止一種原子價的金屬，結尾詞 *-ic* 指的是較高的價，而結尾詞 *-ous* 則指較低的價。於是 ferrous chloride 是氯化亞鐵 $FeCl_2$，而 ferric chloride 是氯化鐵 $FeCl_3$。Mercuric chloride 是氯化汞 $HgCl_2$，而 mercurous chloride 是氯化亞汞 HgCl。同樣地，ferrous sulfate 是硫酸亞鐵 $FeSO_4$，而 ferric sulfate 是硫酸鐵 $Fe_2(SO_4)_3$。

The Periodic Table

Today, we know that everything on earth and in the universe is made up of the chemical elements. We know pretty well what an element is, and our "Periodic Table of the Elements" looks somewhat different from that of the alchemists.

Besides its organizational value in allowing chemists to deal with groups of related elements, this table has stimulated research in atomic structure and helped explain the results.

Some elements obviously resemble one another. As early as 1829, a few chemists was arranging similar elements into "triads." The alkali metals, lithium Li, sodium Na, and potassium K are soft, light-weight, and violently reactive. Chlorine Cl, bromine Br, and iodine I all have sharp odors, form salts easily, and produce similar acids with hydrogen. The alkaline earth metals calcium Ca, strontium Sr, and barium Ba, look and react alike in many ways.

An English chemist J. Newlands listed the elements in order of increasing atomic weight in eight vertical rows and noticed that the properties of every eighth element seemed to be similar, like every eighth note in a musical scale. Newlands' "law of octaves" sent the London Chemical Society into gales of laughter in 1865, but in 1887, he was awarded the Davy Medal by the Royal Society, shared with the Russian D. Mendeleev, who was generally credited with the definitive Table announced in 1869.

Mendeleev made very precise predictions about the three blank spaces on his original chart. The successes within twenty years convinced most scientists of the validity of his system.

His eka-Boron was discovered in 1875, by a patriotic Frenchman, who named it gallium Ga. His eka-Aluminum was discovered by a Swedish chemist and named scandium Sc. Finally in 1886, his eka-Silicon was discovered by a patriotic German and named germanium Ge.

Then, there were also these patriotic Americans, who named the element Nb as columbium, Pm as illinium, Fr as virginium, and At as alabamine.

參考翻譯：週期表

　　我們現在知道地球上以及宇宙內的任何東西都是由化學元素構成的。我們相當清楚元素是什麼，而我們的元素週期表與鍊金術者的元素表看起來也有所不同。

　　這個週期表，除了可以讓化學家（同時）處理相關的元素這種組織性的價值之外，也刺激了對原子構造方面的研究，並幫忙解釋其成果。

　　某幾個元素顯然很相似。早在 1829 年，一些化學家就把相似的元素安排成「三人組」。鹼金屬的鋰 Li，鈉 Na 與鉀 K 都屬於軟、輕且高活性的元素。氯 Cl、溴 Br 與碘 I 都有刺鼻的氣味，容易形成鹽，也都會與氫結合，造出類似的酸。鹼土金屬的鈣 Ca、鍶 Sr 與鋇 Ba 的外表與反應在很多方面都很相似。

　　一個英國化學家 J.Newlands 把元素依照原子量遞增的順序列舉寫成八個縱行，而發現每到後面第八個元素似乎就有相似的性質，很像音階中的八度音階。Newlands 的這個八度音程定律在 1865 年讓倫敦化學學會全場大笑，但是在 1887 年，他卻被皇家學會授與 Davy 獎章，與俄國人 D.Mendeleev 共享，也就是一般認為促成 1869 年週期表最終版的那個人。

　　Mendeleev 對於他原始的週期表中的三個空格，給了非常精準的假說。他的假說在二十年內就成功被驗證，而讓絕大多數的科學家信服了他這個週期表的正確度。

　　他的「擬硼」在 1875 年被一個愛國的法國人發現，那個人就把此元素命名為鎵 Ga。〔Gaul 高盧，就是法國這塊土地的舊名。〕他的「擬鋁」被一個瑞典化學家發現，並命名為鈧 Sc。〔意思是 Scandinavia，北歐這三國所在的半島之名。〕最後在 1886 年，他的「擬矽」被一個愛國的德國人發現，命名為鍺 Ge。〔German 日耳曼，就是德意志的別稱。〕

　　其他值得一提的是，有幾個愛國的美國人，把元素 Nb 命名為 columbium〔紀念美國的 Columbia 大學〕，把元素 Pm 命名為 illinium〔紀念 Chicago 大學所在的 Illinois 州〕，把元素 Fr 命名為 virginium〔紀念美國的 Virginia 州〕以及把元素 At 命名為 alabamine〔紀念美國的 Alabama 州〕。〔幸虧都被否決掉！〕

A Few Kinds of Gases

 Oxygen

Many chemical elements are necessary for life, and it is foolish to say that one element is "more essential" than another. Yet oxygen is so basic to life that it deserves to be placed at the top of the list. Every moment from conception to death, man depends on this element; he cannot survive more than a few minutes without it.

Oxygen is colorless and odorless, with nothing to distinguish it from other atmospheric gases or from air itself. It can be distinguished by what it does, however. A lighted match will go out in a bottle of carbon dioxide or nitrogen; it will cause an explosive flash in hydrogen; it will burn more brightly in a bottle of oxygen.

At room temperature, water can hold 3 percent dissolved oxygen. The hotter the water, the lower the percent of dissolved oxygen it contains. Boiled water tastes "flat," because the dissolved oxygen has been driven off. Fish are usually more active in cold water, since it holds more oxygen. Artificially raising the temperature and reducing the oxygen in natural waters (thermal pollution) may make fish sluggish or even kill them.

Carbon-dioxide

Life, as we know it today, would be impossible without this small percentage of carbon dioxide. Without it plants could not manufacture starch by photosynthesis, and our food supply would vanish. Since coal was formed in prehistoric days by the destructive distillation of plants, even this great source of power would never have been formed were it not for the presence of carbon dioxide in the air. However, a much larger concentration of it in the atmosphere would be fatal.

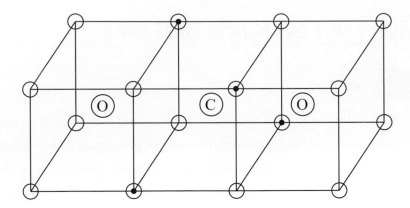

Note : The Lewis octet model of the molecule is shown above. Carbon has 4 valence-electrons, while oxygen has 6 valence-electrons.

Photosynthesis takes place only in plant parts that contain *chlorophyl*, a green coloring matter which acts as a catalyst. The equation for the formation of starch, the first visible product, is

$$6CO_2 + 5H_2O \longrightarrow 6O_2 + C_6H_{10}O_5 \text{（澱粉）}$$

Helium and Its Family

The zeroth family of the chemical elements, usually placed on the right-end column of the Periodic Table, is the inert gas family. The atomic numbers of the family are listed as

$$2, 2 + 8 = 10, 10 + 8 = 18, 18 + 18 = 36, 36 + 18 = 54, 54 + 32 = 86$$

The ending "*-ium*" is supposed to indicate that an element is a metal. The British feel so strongly about this that they call aluminum "alminium." Yet they named helium, which is certainly not a metal.

The name helium is derived from the Greek word *helios*, sun. This choice was quite correct, however. The sun is an enormous nuclear-fusion reactor, where hydrogen is continually transformed into helium:

$$4H \longrightarrow He + energy + 2 \text{ positron}$$

This is hardly a conventional chemical reaction, since at which the temperature occurs is 10 million degrees, and since one element is being transformed into another. In so far as human beings depend on the sun for life, they depend on this reaction.

Now that men can make their own nuclear energy, certain problems are involved in having the reaction occur on the earth's surface rather than 150 million kilos away.

參考翻譯：一些氣體

氧氣

對於生命來說，許多化學元素都是必要的，而且要說哪一個元素比別的「更為必要」就太愚蠢了。不過氧對於生命是如此地基本，乃至於它值得被列舉於頭位。從孕生到死亡，人在每一瞬間都仰賴於這個元素；人沒有它，便活不過幾分鐘。

氧氣是無色無味的，和空氣中的別種氣體，或者說和空氣自身，都沒有什麼能分辨的地方。不過，由它的作用就可以區別了。點燃了的火柴棒，在二氧化碳或者氮氣的瓶子中會熄掉；而在氫氣中會有爆炸性的閃燒；在氧氣瓶子中它會燒得更旺。

在室溫下，水中溶有 3% 的氧。水溫越高，其所含溶解的氧就越少。煮沸過的水平淡無味，因為溶解於其中的氧全都消散了。魚類通常在冷水中較有活力，就是因為冷水中有較多氧。因人為而升高了自然水系的溫度（熱汙染）、減少了含氧量，則會使得魚類懶庸庸無生氣甚至於殺死它們。

二氧化碳

就我們今日所知，生命若沒有這麼小分量的二氧化碳的話，是不可能存在的。沒有它，植物無法以光合作用製造澱粉，我們也就沒有食物供應了。而且，由於煤礦是在史前時期因植物的破壞蒸餾而產生，所以要是沒有空氣中的二氧化碳的話，就連這個重要的能源也製造不出來了。不過，在空氣中它的更高濃度是會致命的。

（上圖所示是二氧化碳分子的 Lewis 方式的八隅體結構圖。碳有四個價電子，氧有六個價電子。）

光合作用只在植物含有葉綠素的部分進行，這種帶著綠色的物質，其功能是

觸媒。第一個可以見到的產物，即澱粉，之生成方程式是：

$$6CO_2 + 5H_2O \longrightarrow 6O_2 + C_6H_{10}O_5 \text{（澱粉）}$$

【註】 *chlorophyl* = 葉綠素，$C_{55}H_{72}O_5N_4Mg$。

氦氣與它的同族

化學元素第零族，通常放在週期表的最右行者，就是惰性氣體族。此族（元素）的原子序列舉如下：

$$2, 2 + 8 = 10, 10 + 8 = 18, 18 + 18 = 36, 36 + 18 = 54, 54 + 32 = 86$$

「語尾詞」 "-ium" 是要指這個元素是個金屬。英國人對這一點很堅持，以至於他們堅稱鋁是 "alminium"。〔不該是美國式的 aluminum。〕不過他們取名為 helium 的氦氣，卻完全不是金屬。

helium 這個字源自希臘語 *helios*，也就是太陽。而這個選用是正確的。太陽是個巨大的核融合反應爐，於其處氫會持續被轉換成氦：

$$4H \longrightarrow He + 能量 + 2 正子$$

這當然不是普通的化學反應，因為其中的溫度高達攝氏千萬度，且從一種元素蛻變成另一種。就人類依賴太陽來生存而言，可以說人類就是依賴這個反應才得以活命。

人類現今能夠製造自己的核子能源，於是就牽扯上某些問題，關於這個核融合反應發生於地球表面，而非在一億五千萬公里之外（的太陽）。

The First Two Man-made Elements

The first synthetic element to be produced and identified was technetium, discovered by Emilio Segrè, in 1937. As an associate of Enrico Fermi, he had been working with radioactivity for several years before coming to U.S. in 1936. During the summer of that year, he had been in Berkeley to visit the 37-inch cyclotron. He took some pieces of samples made of molybdenum, which had been exposed to deuterons accelerated in the cyclotron. A deuteron, the nucleus of a deuterium or heavy hydrogen atom, has 1 proton and 1 neutron. Molybdenum has 42 protons in its nucleus. So he had very good reason to think that molybdenum bombarded by deuterons would make element 43, which has 43 protons in its nucleus. Then, he succeeded in finding a substance which he could prove chemically was not one of known elements, although it was very similar to rhenium and manganese, both of which are in the same vertical column as technetium in the Periodic Table.

The second synthetic element to be discovered was astatine with atomic number 85. The experiment was carried out in 1940 by a Berkeley group, of which Dr. Segrè is a member. A bigger cyclotron was then available, and they bombarded bismuth with alpha particles of sufficient energy to penetrate the nucleus. When an alpha particle enters the nucleus of a bismuth atom, with atomic number 83, you are left with an atom of astatine. Astatine is very similar to iodine which is in the Periodic Table vertically above it. In fact, before its discovery, it was tentatively named eka-iodine. Now iodine is volatile, and astatine is separated from its mixture with bismuth by vaporization.

參考翻譯: 頭兩個人造元素

　　頭一個被製造且驗證的人造元素是鎝❺，為 Emilio Segrè 於 1937 年發現。他是 Enrico Fermi 的夥伴，在 1936 年到達美國之前就已經研究放射線好幾年。那年的夏天，他到 Berkeley 參訪 37 吋的迴旋加速器。他取了一些鉬的樣本，那是接觸了加速器中加了速的氘核之產物。氘核即氘（也就是重氫）的原子核，有一個質子一個中子。鉬在其原子核中有 42 個質子。所以他有很好的理由相信，被氘轟

---

❺ 華語發音: 塔。命名的原由是 techn-，和 technical 同源，「人為的」。

擊的鉬會變成第 43 號元素，其核中有 43 個質子。他因此成功發現了一種物料，並在化學上證明這不是已知的一種元素，儘管它與錸與錳很相近，而這兩者都在週期表中與鎝屬於同一個縱族。

　　第二個被發現的人造元素是原子序 85 的砈。這個實驗是在 1940 年由包括 Segrè 博士在內的 Berkeley 團隊執行的。此時已有了更大的迴旋加速器，他們就以具有足夠能量穿透原子核的 α 粒子去撞擊鉍。當 α 粒子進入原子序 83 的鉍原子核時，就得到砈原子。砈與碘性質很相近，而碘在週期表中的位置正好在砈同縱行的上方。事實上，在真正被發現之前，它的暫定名稱就叫做「擬鉍」。碘容易揮發，而砈就是從它與鉍的混合物中，利用揮發而分離出來。

The Metals And The Planets

The ancient Greeks and Romans knew seven metals. They also knew seven "planets" (the five planets, plus the sun and the moon). Perhaps in an effort to simplify or unify the cosmos, the ancients related each planet to a specific metal.

This is why alchemical symbols for metals and astrological symbols for planets are identical :

English name	Chemical symbol	Latin name	Alchemical symbol
gold	Au	aurum	☉ (Sun)
silver	Ag	argentum	☽ (Moon)
copper	Cu	cuprum	♀ (Venus)
iron	Fe	ferrum	♂ (Mars)
mercury	Hg	hydragyrum	☿ (Mercury)
tin	Sn	stannum	♃ (Jupiter)
lead	Pb	plumbum	♄ (Saturn)

參考翻譯：金屬與七曜

古時的希臘人與羅馬人已經知道七種金屬，他們也知道「七曜」（五個行星，還有太陽與月亮），也許是為了簡化或者統一建構宇宙（觀），這些古人把每個星曜和一種金屬牽連起來。

這就是何以煉金術者的金屬記號與星相學者的星曜記號全同：

金屬	化學記號	拉丁名	煉金與星相標記
金	Au	aurum	☉ （太陽）
銀	Ag	argentum	☽ （月亮）
銅	Cu	cuprum	♀ （金星）
鐵	Fe	ferrum	♂ （火星）
汞	Hg	hydragyrum	☿ （水星）
錫	Sn	stannum	♃ （木星）
鉛	Pb	plumbum	♄ （土星）

Chemical Arithmetics

 Calculations Involving Compositions

1. How much silver is contained in 100 g of silver nitrate?

2. Calculate the simplest formula of a compound containing 7.7% hydrogen and 92.3% carbon.

3. An oxide of barium contains 81% barium and 19% oxygen. What is the formula of this compound?

4. An oxide of manganese contains 63.2% manganese and 36.8% oxygen. What is the formula of this compound?

5. Acetic acid contains 40% carbon, 6.67% hydrogen, and 53.3% oxygen. What is the formula of this compound?

6. A compound contains 1% hydrogen, 11.98% carbon, 47.96% oxygen, and 39.06% potassium. Calculate its formula.

7. Seventy grams of nitrogen completely united with hydrogen, forming 82.4% of ammonia. What is the simplest formula of ammonia?

8. Determine the empirical formulae of the following compounds:

   (a) containing 0.84 g carbon combined with 1.12 g oxygen only,

   (b) containing 22.3% magnesium, 33.0% chlorine and 44.7% oxygen,

   (c) containing 0.414 g sodium, 0.252 g nitrogen and 0.579 g oxygen only,

   (d) contains 0.36 g carbon and 3.19 g chlorine only.

9. What is the mass of 0.5 moles of hydrated cupric sulfate, $CuSO_4 \cdot 5H_2O$?

10. How many atoms are present in 0.02 moles of helium gas?

11. How many moles are present in 1.15 g of sodium metal?

12. How many molecules are present in 23 g of ethanol C_2H_5OH?

 Calculations Involving Volume of Gases

1. 500 cc of sulfur dioxide gas weigh 1.44 grams at standard conditions. Calculate the molecular weight of this gas.

2. A compound contains 94.1% sulfur and 5.9% hydrogen. 100 cc of this gas, at standard conditions, weighs 0.154 grams. Determine its true formula.

3. A compound is made up of 25.93% nitrogen and 74.07% oxygen. 0.097 grams of this gas occupies 20 cc at standard conditions. Determine its true formula.

4. Find the true formula of a compound containing 42% chlorine, 1.2% hydrogen and 56.8% oxygen. 250 cc of this vapor, at standard conditions, weigh 0.94 grams.

5. How many liters of carbon dioxide will be formed during the complete combustion of 7 liters of benzene, C_6H_6?

6. How much of carbon dioxide would be lost when excess sulphuric acid is added to 200 g of cupric carbonate?

$$CuCO_3 + H_2SO_4 \longrightarrow CuSO_4 + H_2O + CO_2 \uparrow$$

(And also how much is the volume when in the standard condition?)

7. What volume of oxygen, at room condition, would be used up for every gram of liquid octane burned by an engine?

$$C_8H_{18} + 12.5O_2 \longrightarrow 8CO_2 + 9H_2O$$

參考翻譯

Calculations Involving Compositions　涉及組成的計算，請參看 p.15 的【習題 5】。

Calculations Involving Volume of Gases　涉及氣體體積的計算，請參看 p.16 的【習題 6】。

Chemical Reactions

 ## The Four Types of Chemical Reactions

1. Direct combination (synthesis). When two or more elements or compounds combine directly to form a more complex substance, the process is called direct combination. Examples:

$$Hg + S \longrightarrow HgS$$
$$CaO + H_2O \longrightarrow Ca(OH)_2$$

2. Simple decomposition. When a compound is broken down directly into its elements or into simpler compounds, the process is called simple decomposition. Examples:

$$2KClO_3 \longrightarrow 2KCl + 3O_2$$
$$2NH_3 \longrightarrow N_2 + 3H_2$$

3. Simple replacement or substitution. When one element replaces another element in a compound, the process is called simple replacement. Examples:

$$Zn + 2HCl \longrightarrow ZnCl_2 + H_2$$
$$Fe + Cu(NO_3)_2 \longrightarrow Fe(NO_3)_2 + Cu$$

4. Double replacement or decomposition. When two elements or radicals in two compounds change places with each other, the process is called double replacement. Examples:

$$AgNO_3 + NaCl \longrightarrow AgCl + NaNO_3$$
$$BaCl_2 + Na_2SO_4 \longrightarrow BaSO_4 + 2NaCl$$

 ## A Brief Solubility Table

• All *nitrates, chlorates*, and *acetates* are soluble in water.

- All *chlorides, bromides*, and *iodides* are soluble except those of Ag, Pb, and Hg.

- All *sulfates* are soluble except Ag_2SO_4, $PbSO_4$, $HgSO_4$, $BaSO_4$, and $CaSO_4$.

- All *carbonates, silicates*, and *phosphates* are insoluble except those of Na, K, and NH_4.

- All *sulfides* are insoluble except those of Na, K, NH_4, Ca, and Ba.

- All *hydroxides* are insoluble except those of Na, K, NH_4, Ca, and Ba.

- All *oxides* are insoluble except those of Na, K, and Ca.

參考翻譯

The Four Types of Chemical Reactions 四種化學反應的類型，請參看 p. 27 的第一段。

A Brief Solubility Table 溶解度的簡表，請參看 p. 30 的最末段。

「假使沒課」(Just-Make) 的規則

楊維哲擬定

◎ 依序輪換

一切遊戲，最重要的原則，就是「依序輪換」。

· 本遊戲的參賽者有 4 人，（概念上是）圍圓桌而坐，就順時鐘或逆時鐘排序。（我比較喜歡後者。）依此輪流做一局的莊家。

· 每一局都有指定的花色作為王牌，順序是：♠，♡，◊，♣，ø。（ø 表示「無王」no-trump：該局另無王牌花色！）

· 因此，完整的比賽，（一「盤」，）必須 $4 \times 5 = 20$ 局。（當然中間可以休息！）（若 4 人要有種種的輪換序，那就要 6「盤」，共 $6 \times 20 = 120$ 局。）

◎ 記分紙

取一張 A4 的白紙，做出計分表：分為 $1 + 20\,(+1)$ 列，4 行。（如次頁一般，雖然最左一行是不必要的！）

最上（第 0）列，依照（桌邊位置的）順序，寫參賽者名字。以下 20 列，一列是一局，就在該局的莊家那一格，左側，寫該局的王牌。

◎ 局

每一局的過程是：發牌，賭墩，（打牌）定墩，計分。

1. 每局由莊家「發牌」，從（他）她的下一家發起。如橋牌般發完 52 張牌，每人 13 張。

2. 發完牌之後，各自盤算！（預估自己將取得幾墩！）經一兩分鐘後，仍由發牌者之下一家開始，依序宣告此「賭墩」數，而登記在計分表上該局該人那一格。（也可以由發牌者登記。）登記時，在此「賭墩數」之前先寫個負號！並且寫 –0 者，請在 0 之後加寫數碼 5，成為 –05。

【註】「零墩」之賭注，有兩種規約。起先，我硬性規定為 5。後來我把它改成：從 5 到 9，任何數目都可以寫。

3. 每局打牌，共要 13 墩。莊家為第一墩之「領牌者」。

　其後各墩之「領牌者」乃是前一墩之贏墩者。

4. 領牌者打出之牌，其花色就是該墩之「本（花）色」。其他三人，必須是手上已經沒有這花色牌，才可以出別的花色牌。

5. 四張牌中的「最尊牌」，贏得該墩；牌的尊卑，先看花色：王牌花色比該墩本花色為尊，同花色則依其大小定尊卑。(A, K, Q, J, 10, 9, …, 2.)

　確定贏墩之後，贏墩者必須將此墩四張牌，疊在一起，翻蓋起來，放在自己的桌邊，使人明白，你現在已經贏得幾墩。

6. 一局之 13 墩，全部定墩之後，就可以每人計分：若此人實際得墩數，與預定的賭墩數相等，just-make! 就在計分紙的該格，把負號改為正號！否則就（維持）是負的！

　所以，寫 –05，意思是：賭墩為零，但賭注是 5，不是 0。

7. 切記：每一局賭墩時，必須遵守順序，且公開宣告。寫了就不准更改！

　順序在後者，當然知道順序在前者的賭墩。反之則不然！

　莊家為最後寫下賭墩數的人！她或他受到一個限制：

　【不得「皆大歡喜」公理】這一局四人的賭墩數，總和不能為 13。

8. 一盤 20 局結束後就可計算總分。

人名				
(1)	♠			
(2)		♡		
(3)			◊	
(4)				♣
(5)	∅			
(6)		♠		
(7)			♥	
(8)				◊
(9)	♣			
(10)		∅		
(11)			♠	
(12)				♡
(13)	◊			
(14)		♣		

(15)			ø	
(16)				♠
(17)	♡			
(18)		◊		
(19)			♣	
(20)				ø
總分				

第4篇 測驗解答

 習題解答

○─ 習題1 p.10

我們假定：赤鐵礦是 $Fe_\alpha O_\beta$，而磁鐵礦是 $Fe_\gamma O_\delta$。照題目的意思，（元素的記號就代表原子量，）

$$(i)\ \alpha \times Fe : \beta \times O = 0.6996 : 0.3004$$
$$(ii)\ \gamma \times Fe : \delta \times O = 0.7236 : 0.2764$$

於是，兩式相除，得到：

$$\frac{\alpha \times \delta}{\beta \times \gamma} = 0.8896 \approx \frac{8}{9}$$

但是照題目的意思，$\alpha, \beta, \gamma, \delta$ 都是自然數，而且：$\beta \le 3, \gamma \le 3; \alpha \le 4, \delta \le 4$。結論是：$\beta = 3 = \gamma$；而：$\{\alpha, \delta\} = \{2, 4\}$。

事實上：赤鐵礦是 Fe_2O_3，而磁鐵礦是 Fe_3O_4。

如果氧的原子量 $= 16$；則鐵的原子量 $\triangleq \frac{3 \times 16 \times 0.6996}{2 \times 0.3004} = 55.89$；

或者：$\triangleq \frac{4 \times 16 \times 0.7236}{3 \times 0.2764} = 55.85$；折衷吧！

○─ 習題2 p.12

"mole" 的意思是：錢鼠 = 鼴。

○─ 習題3 p.12

電子帶負電，6.023×10^{23} 個電子的總電量是 -96500 庫倫；因此，一個電子的電量

為：

$$-\frac{96500}{6.023 \times 10^{23}} = -1.602 \times 10^{-19} \text{ 庫侖}$$

 習題 4　p. 12

 解

$22.4 \times (1 + \frac{19.5}{273}) = 24$。故容積為 24 公升。

習題 5　p. 15

解

1. $Ag \triangleq 108$，$N \triangleq 14$，$O \triangleq 16$；$NO_3 \triangleq 62$，$AgNO_3 \triangleq 170$

   因此：$100 \times \frac{108}{170} = 63.53g$

2. $\frac{7.7}{1} : \frac{92.3}{12} \approx 7.7 : 7.7 = 1 : 1$

   因此：實驗式為 CH. 分子大概是 C_2H_2（乙炔）或 C_6H_6（苯）

3. $Ba \triangleq 137.3$；$\frac{81}{137.3} : \frac{19}{16} \approx 0.59 : 1.19 \approx 1 : 2$，因此是：$BaO_2$

4. $Mn \triangleq 137.3$，而：$\frac{63.2}{137.3} : \frac{36.8}{16} \approx 11.5 : 23 = 1 : 2$，因此是：$MnO_2$

5. 將百分比都乘以 3 會比較好計算！

$$\frac{40}{12} : \frac{6.67}{1} : \frac{53.3}{16} \approx \frac{120}{12} : \frac{20}{1} : \frac{160}{16} \approx 1 : 2 : 1$$

   實驗式為：CH_2O. 分子式為 $C_2H_4O_2$，結構式為 CH_3COOH

6. $K \triangleq 39$，而：

$$\frac{1}{1} : \frac{11.98}{12} : \frac{47.96}{16} : \frac{39.06}{39} \approx 1 : 1 : 3 : 1，因此是：KHCO_3$$

7. $\frac{82.4}{14} : \frac{17.6}{1} \approx 5.885 : 17.6 = 1 : 3$，因此是：$NH_3$

8. (a) $\frac{0.84}{12} : \frac{1.12}{16} \approx 7 : 7 = 1 : 1$，因此是：$CO$

(b) $Mg \triangleq 24$; $Cl \triangleq 35.5$; $\dfrac{22.3}{24} : \dfrac{33}{35.5} : \dfrac{44.7}{16} \approx 1 : 1 : 3$，因此是：$MgClO_3$

(c) $Na \triangleq 23$; $\dfrac{0.414}{23} : \dfrac{0.252}{14} : \dfrac{0.579}{16} \approx 18 : 18 : 36$，因此是：$NaNO_2$

(d) $\dfrac{0.36}{12} : \dfrac{3.19}{35.5} \approx 3 : 8.99 \approx 1 : 3$，因此實驗式為：$CCl_3$

　　（分子式應該是 C_2Cl_6，即 $CCl_3 - CCl_3$）

9. $Cu \triangleq 63.6$; $SO_4 \triangleq 96$; $H_2O \triangleq 18$; $63.6 + 96 + 90 = 249.6$，因此質量是：125 g

10. $6.022 \times 10^{23} \times 0.02 \approx 1.2 \times 10^{22}$ 個

11. $\dfrac{1.15}{23} = 0.05$ mole

12. $C_2H_5OH \triangleq 46$，因此：$\dfrac{23}{46} \times 6.022 \times 10^{23} \approx 3 \times 10^{23}$ 個

習題6　p. 16

1. $1.44 \times \dfrac{22.4}{0.5} = 64.5$

2. $\dfrac{94.1}{32} : \dfrac{5.9}{1} \approx 2.94 : 5.9 \approx 1 : 2$，因此實驗式為 H_2S

　$0.154 \times \dfrac{22.4}{0.1} = 34.5$，分子就是 H_2S

3. $\dfrac{25.93}{14} : \dfrac{74.07}{16} \approx 1.852 : 4.629 \approx 2 : 5$，因此實驗式為 N_2O_5

4. $\dfrac{42}{35.5} : \dfrac{1.2}{1} : \dfrac{56.8}{16} \approx 1.183 : 1.2 : 3.55 \approx 1 : 1 : 3$，因此實驗式為 $HClO_3$

　$0.94 \times \dfrac{22.4}{0.25} = 84.2$，分子就是 $HClO_3$

5. 因為反應式為 $C_6H_6 + 6O_2 \longrightarrow 6CO_2 + 3H_2O$

　因此生成 CO_2：$7 \times 6 = 42$ 公升

6. $CuCO_3 \triangleq 63.5 + 12 + 48 = 123.5$；逸失 CO_2：$22.4 \times \dfrac{24.7}{123.5} = 4.48$ 公升

　其質量是 $44 \times 0.2 = 8.8$ g

7. $C_8H_{18} \triangleq 104$；室溫 19.5°C（1 大氣壓）時，1 mole 氣體的體積是：

　$22.4 \times \dfrac{292.5}{273} = 24$

　因此耗用 O_2：$12.5 \times 24 \times \dfrac{1}{104} = 2.88$ 公升

習題 7　p. 18

 解

在 p 116

 習題 8　p. 21–22

 解

p. 21： NH_4 的式量 $\triangleq 14 + 4 = 18$

p. 22：多原子所成的離子的式量是 $OH^- \triangleq 17$; $NO_3^- \triangleq 62$; $NO_2^- \triangleq 46$;
$ClO_3^- \triangleq 83.5$; $SO_4^{2-} \triangleq 96$; $SO_3^{2-} \triangleq 80$; $CO_3^{2-} \triangleq 60$; $PO_4^{3-} \triangleq 95$

 習題 9　p. 24

 解

5; 3; 6; 4; 7; 5; 3; 1

 習題 10　p. 25

 解

高錳酸鉀

 習題 11　p. 37

 解

元素	C	N	O	F	S	Na	Si	Ar	鋯 Zr	銠 Rh	鉍 Bi	銀 Ag
質子數	6	7	8	9	16	11	14	18	40	45	83	47
中子數	12	14	16	19	32	23	28	40	91	103	209	108

 習題 12　p. 38

 解

氫與氘，原子序即核內質子數 = 1；但原子量分別為 1,2 加倍！

鈾 235 與鈾 238，原子序及核內質子數 = 92；但原子量分別為 235,238，簡直沒區別，因此「氫與氘的區別」遠遠大過「鈾 235 與鈾 238 的區別」。

習題 13　p. 39

解

1.鈾系的崩壞:

$$_{92}^{238}\text{U} \longrightarrow {}_{90}^{234}\text{Th} \ + \ \alpha$$
$$\downarrow$$
$$_{91}^{234}\text{Pa} \ + \ \beta$$
$$\downarrow$$
$$_{92}^{234}\text{U} \ + \ \beta$$
$$\downarrow$$
$$_{90}^{230}\text{Th} \ + \ \alpha$$
$$\downarrow$$
$$_{88}^{226}\text{Ra} \ + \ \alpha$$
$$\downarrow$$
$$_{86}^{222}\text{Rn} \ + \ \alpha$$

2.錒系的崩壞:

$$_{92}^{235}\text{U} \longrightarrow {}_{90}^{231}\text{Th} \ + \ \alpha$$
$$\downarrow$$
$$_{91}^{231}\text{Pa} \ + \ \beta$$
$$\downarrow$$
$$_{89}^{227}\text{Ac} \ + \ \alpha$$
$$\downarrow$$
$$_{90}^{227}\text{Th} \ + \ \beta$$
$$\downarrow$$
$$_{88}^{223}\text{Ra} \ + \ \alpha$$

化學方程式的平衡

本章為 p. 18【習題 7】（化學方程式的平衡）之解說。你可以自己做，然後對照四頁後 (p. 116) 的答案。實在想不出來，再來看此地的說明。

· 照規約，所有的係數都必須是最簡單的（＝互質）自然數。但是如果我們能夠得到一個平衡的式子，係數都是正有理數，那麼我們只要乘以所有這些係數的分母的最小公倍數，就是所要求的答案了！

· 所以我們可以先對付一個關鍵的元素，任意給含它的一個化合物一個方便的自然數做係數。就此決定所有含此元素的分子的係數。

· 然後再對付第二個關鍵的元素！

1. 先看氫，我們可以設：$1 \times H_2S + \underline{\quad} O_2 \longrightarrow 1 \times H_2O + \underline{\quad} SO_2$

   於是看 S，就必然是：$1 \times H_2S + \underline{\quad} O_2 \longrightarrow 1 \times H_2O + 1 \times SO_2$

   那麼 O 沒有選擇：$1 \times H_2S + \dfrac{3}{2} \times O_2 \longrightarrow 1 \times H_2O + 1 \times SO_2$；乘以 2

2. 先看氫，我們可以設：$1 \times H_2S + \underline{\quad} O_2 \longrightarrow 1 \times H_2O + \underline{\quad} S\downarrow$

   於是看 S，就必然是：$1 \times H_2S + \underline{\quad} O_2 \longrightarrow 1 \times H_2O + 1 \times S\downarrow$

   那麼 O 沒有選擇：$1 \times H_2S + \dfrac{1}{2} \times O_2 \longrightarrow 1 \times H_2O + 1 \times S\downarrow$；乘以 2

3. 先看 Al，我們可以設：$2 \times Al + \underline{\quad} Fe_2O_3 \longrightarrow Al_2O_3 + \underline{\quad} Fe$

   再看 O，則得：$2 \times Al + Fe_2O_3 \longrightarrow Al_2O_3 + \underline{\quad} Fe$

   最後看 Fe，得：$2 \times Al + Fe_2O_3 \longrightarrow Al_2O_3 + 2 \times Fe$

4. 先看 C，取：$C_2H_5OH + \underline{\quad} O_2 \longrightarrow 2 \times CO_2 + \underline{\quad} H_2O$

   再看 H，則得：$C_2H_5OH + \underline{\quad} O_2 \longrightarrow 2 \times CO_2 + 3 \times H_2O$

   最後看 O，得：$C_2H_5OH + 3 \times O_2 \longrightarrow 2 \times CO_2 + 3 \times H_2O$

5. 先看 H，取：$2 \times NH_3 + \underline{\quad} O_2 \longrightarrow \underline{\quad} NO + 3 \times H_2O$

   再看 N，則得：$2 \times NH_3 + \underline{\quad} O_2 \longrightarrow 2 \times NO + 3 \times H_2O$

   最後看 O，得：$2 \times NH_3 + \dfrac{5}{2} \times O_2 \longrightarrow 2 \times NO + 3 \times H_2O$；乘以 2

6. 先看 H，取：$\underline{\quad} Cu + 2 \times HNO_3$（濃）$\longrightarrow \underline{\quad} Cu(NO_3)_2 + \underline{\quad} NO_2 + H_2O$

   再看 NO_3，這就強迫最後兩項的係數必須相等，否則湊不出 NO_3。所以得到：$\underline{\quad} Cu + 2 \times HNO_3$（濃）$\longrightarrow \underline{\quad} Cu(NO_3)_2 + NO_2 + H_2O$

而且必須是：$\underline{\quad}Cu + 2 \times HNO_3$（濃）$\longrightarrow \frac{1}{2} \times Cu(NO_3)_2 + NO_2 + H_2O$

看 Cu：$\frac{1}{2} \times Cu + 2 \times HNO_3$（濃）$\longrightarrow \frac{1}{2} \times Cu(NO_3)_2 + NO_2 + H_2O$；乘以 2

7. 注意看 K, Mn 的關係！

可以取：$2 \times KMnO_4 + \underline{\quad}H_2SO_4 + \underline{\quad}H_2C_2O_4$

$\longrightarrow K_2SO_4 + 2MnSO_4 + \underline{\quad}CO_2 + \underline{\quad}H_2O$

於是看 SO_4，得：$2 \times KMnO_4 + 3 \times H_2SO_4 + \underline{\quad}H_2C_2O_4$

$\longrightarrow K_2SO_4 + 2 \times MnSO_4 + \underline{\quad}CO_2 + \underline{\quad}H_2O$

現在看 C，設係數為：$2 \times KMnO_4 + 3 \times H_2SO_4 + x \times H_2C_2O_4$

$\longrightarrow K_2SO_4 + 2 \times MnSO_4 + 2x \times CO_2 + y \times H_2O$

比較 O，得到：$y = 8$，因而 $x = 5$。

8. K, Mn 一起看，可以設：

$KMnO_4 + \underline{\quad}HCl \longrightarrow KCl + MnCl_2 + \underline{\quad}H_2O + \underline{\quad}Cl_2$

再看 O，得到：$KMnO_4 + \underline{\quad}HCl \longrightarrow KCl + MnCl_2 + 4 \times H_2O + \underline{\quad}Cl_2$

回過頭來，決定了 H：$KMnO_4 + 8 \times HCl \longrightarrow KCl + MnCl_2 + 4 \times H_2O + \underline{\quad}Cl_2$

最後看 Cl：$KMnO_4 + 8 \times HCl \longrightarrow KCl + MnCl_2 + 4 \times H_2O + \frac{5}{2} \times Cl_2$；乘以 2

9. 我的辦法是看 NO_3。那麼右側的末兩項就被綁在一起了！可設：

$\underline{\quad}Cu + \underline{\quad}HNO_3 \longrightarrow \underline{\quad}Cu(NO_3)_2 + H_2O + NO_2$

其次比較 H，得到：

$\underline{\quad}Cu + 2 \times HNO_3 \longrightarrow \underline{\quad}Cu(NO_3)_2 + H_2O + NO_2$

回過頭來看 NO_3。那麼：

$\underline{\quad}Cu + 2 \times HNO_3 \longrightarrow \frac{1}{2} \times Cu(NO_3)_2 + H_2O + NO_2$

終究得到：$\frac{1}{2} \times Cu + 2 \times HNO_3 \longrightarrow \frac{1}{2} \times Cu(NO_3)_2 + H_2O + NO_2$；乘以 2

10. 先取定 HNO_3 的係數為 2，如此右側就決定了 NO 以及 H_2O 的係數了：

$\underline{\quad}Sb + 2 \times HNO_3 \longrightarrow \underline{\quad}Sb_2O_5 + 2 \times NO + H_2O$

現在看 O，於是定出：

$\underline{\quad}Sb + 2 \times HNO_3 \longrightarrow \frac{3}{5} \times Sb_2O_5 + 2 \times NO + H_2O$

最後看 Sb：$\frac{6}{5} \times Sb + 2 \times HNO_3 \longrightarrow \frac{3}{5} \times Sb_2O_5 + 2 \times NO + H_2O$；乘以 5

11.先看 Fe，取定：$Fe_2(SO_4)_3 + \underline{\quad} NaI \longrightarrow 2 \times FeSO_4 + \underline{\quad} Na_2SO_4 + \underline{\quad} I_2$

於是看 SO_4，決定了：$Fe_2(SO_4)_3 + \underline{\quad} NaI \longrightarrow 2 \times FeSO_4 + Na_2SO_4 + \underline{\quad} I_2$

再看 Na，得到：$Fe_2(SO_4)_3 + 2 \times NaI \longrightarrow 2 \times FeSO_4 + Na_2SO_4 + \underline{\quad} I_2$

答案是：$Fe_2(SO_4)_3 + 2 \times NaI \longrightarrow 2 \times FeSO_4 + Na_2SO_4 + I_2$。

12.選定左側的 NO_3 係數 $= 2$。則得：$2 \times HNO_3 \longrightarrow \underline{\quad} O_2 + 2 \times NO_2 + H_2O$

再看 O，得到：$2 \times HNO_3 \longrightarrow \frac{1}{2} \times O_2 + 2 \times NO_2 + H_2O$；乘以 2

13.若取左側的 HNO_3 係數 $= 1$，則右側也定了一項：

$\underline{\quad} I_2 + HNO_3 \longrightarrow \underline{\quad} HIO_3 + NO_2 + \underline{\quad} H_2O$

設定左側 I_2 的係數為未知數 x，看 I，則：

$x \times I_2 + HNO_3 \longrightarrow 2x \times HIO_3 + NO_2 + \underline{\quad} H_2O$

此時，右側的 H_2O，依照 H 的計算，其係數必須是：$\dfrac{1-2x}{2}$

$x \times I_2 + HNO_3 \longrightarrow 2x \times HIO_3 + NO_2 + \dfrac{1-2x}{2} \times H_2O$

比較 O，得到：$3 = 6x + 2 + \dfrac{1-2x}{2}$；$x = \dfrac{1}{10}$

答：$\dfrac{1}{10} \times I_2 + HNO_3 \longrightarrow \dfrac{2}{10} \times HIO_3 + NO_2 + \dfrac{2}{5} \times H_2O$；乘以 10

14.先看 S，取定：$\underline{\quad} I_2 + 2 \times Na_2S_2O_3 \longrightarrow Na_2S_4O_6 + \underline{\quad} NaI$

再看 Na，得：$\underline{\quad} I_2 + 2 \times Na_2S_2O_3 \longrightarrow Na_2S_4O_6 + 2 \times NaI$

再看 I，得：$I_2 + 2 \times Na_2S_2O_3 \longrightarrow Na_2S_4O_6 + 2 \times NaI$

驗看 O，沒錯！

15. （王水，前半）先取定左側的 HNO_3，係數為 1，則得：

$\underline{\quad} HCl + HNO_3 \longrightarrow \underline{\quad} H_2O + NO + \underline{\quad} Cl$

設左側 HCl 的係數為 x，比較 Cl，則得：

$x \times HCl + HNO_3 \longrightarrow \underline{\quad} H_2O + NO + x \times Cl$

設右側 H_2O 的係數為 y，得：

$x \times HCl + HNO_3 \longrightarrow y \times H_2O + NO + x \times Cl$

比較 H，得：$x + 1 = 2y$，比較 O，得：$3 = y + 1$，因此：$x = 3$，$y = 2$。亦即：

$3 \times HCl + HNO_3 \longrightarrow 2 \times H_2O + NO + 3 \times Cl$

後半當然是 $Au + 3 \times Cl \longrightarrow AuCl_3$

16.先取 C_6H_6 的係數 $= 1$，則對照 C, H，得：

$$C_6H_6 + \underline{\quad} O_2 \longrightarrow 6 \times CO_2 + 3 \times H_2O$$

於是看 O，得到：$C_6H_6 + \dfrac{15}{2} \times O_2 \longrightarrow 6 \times CO_2 + 3 \times H_2O$；乘以 2

17.當然注重右側的 H_2O，其 H 的來源就可決定了：

$$C_7H_{16} + \underline{\quad} O_2 \longrightarrow \underline{\quad} CO + \underline{\quad} CO_2 + 8 \times H_2O$$

現在設定係數為：

$$C_7H_{16} + z \times O_2 \longrightarrow x \times CO + y \times CO_2 + 8 \times H_2O$$

比較 O，得：$2z = x + 2y + 8$

比較 C，得：$7 = x + y$

這是一次不定方程式！事實上，完全燃燒的話就不會有一氧化碳，那就是：$x = 0$，於是：

$$C_7H_{16} + 11O_2 \longrightarrow 7 \times CO_2 + 8 \times H_2O$$

如果氧氣欠缺，當然可能有：

$$C_7H_{16} + 10 \times O_2 \longrightarrow 5 \times CO_2 + 2 \times CO + 8 \times H_2O$$

$$C_7H_{16} + 9 \times O_2 \longrightarrow 3 \times CO_2 + 4 \times CO + 8 \times H_2O$$

$$C_7H_{16} + 8 \times O_2 \longrightarrow CO_2 + 6 \times CO + 8 \times H_2O$$

$$C_7H_{16} + \dfrac{15}{2} \times O_2 \longrightarrow 7 \times CO + 8 \times H_2O$$

最後這一個當然要乘以 2：

$$2 \times C_7H_{16} + 15 \times O_2 \longrightarrow 14 \times CO + 16 \times H_2O$$

18.關鍵在右側的 KCl，決定了 K，Cl，因此我們選擇「最小公倍數」的 $3 \times 4 = 12$ 為其係數：

$$4 \times FeCl_3 + 3 \times K_4Fe(CN)_6 \longrightarrow \underline{\quad} Fe_4[Fe(CN)_6]_3 \downarrow + 12 \times KCl$$

得：$4 \times FeCl_3 + 3 \times K_4Fe(CN)_6 \longrightarrow Fe_4[Fe(CN)_6]_3 \downarrow + 12 \times KCl$

這個方法不好！那個 $Fe(CN)_6$ 應該看成一個東西！因此先設定：

$$\underline{\quad} FeCl_3 + 3 \times K_4Fe(CN)_6 \longrightarrow Fe_4[Fe(CN)_6]_3 \downarrow + \underline{\quad} KCl$$

然後比較 K，得：$\underline{\quad} FeCl_3 + 3 \times K_4Fe(CN)_6 \longrightarrow Fe_4(Fe(CN)_6)_3 \downarrow + 12 \times KCl$

再比較 Cl。

【習題 7】化學方程式的平衡解答 p. 18

1. $2H_2S + 3O_2 \longrightarrow 2H_2O + 2SO_2$（完全燃燒）

2. $2H_2S + O_2 \longrightarrow 2H_2O + 2S \downarrow$

3. $2Al + Fe_2O_3 \longrightarrow Al_2O_3 + 2Fe$

4. $C_2H_5OH + 3O_2 \longrightarrow 2CO_2 + 3H_2O$

5. $4NH_3 + 5O_2 \longrightarrow 4NO + 6H_2O$

6. $Cu + 4HNO_3$（濃）$\longrightarrow Cu(NO_3)_2 + 2NO_2 + 2H_2O$

7. $2KMnO_4 + 3H_2SO_4 + 5H_2C_2O_4$
$$\longrightarrow K_2SO_4 + 2MnSO_4 + 10CO_2 + 8H_2O$$

8. $2KMnO_4 + 16HCl \longrightarrow 2KCl + 2MnCl_2 + 8H_2O + 5Cl_2$

9. $Cu + 4HNO_3 \longrightarrow Cu(NO_3)_2 + 2H_2O + 2NO_2$

10. $6Sb + 10HNO_3 \longrightarrow 3Sb_2O_5 + 10NO + 5H_2O$

11. $Fe_2(SO_4)_3 + 2NaI \longrightarrow 2FeSO_4 + Na_2SO_4 + I_2$

12. $4HNO_3 \longrightarrow O_2 + 4NO_2 + 2H_2O$

13. $I_2 + 10HNO_3 \longrightarrow 2HIO_3 + 10NO_2 + 4H_2O$

14. $I_2 + 2Na_2S_2O_3 \longrightarrow Na_2S_4O_6 + 2NaI$

15. （王水）前半：$3HCl + HNO_3 \longrightarrow 2H_2O + NO + 3Cl$

   後半當然是：$Au + 3Cl \longrightarrow AuCl_3$

16. $2C_6H_6 + 15O_2 \longrightarrow 12CO_2 + 6H_2O$

17. 完全燃燒的話是：$C_7H_{16} + 11O_2 \longrightarrow 7CO_2 + 8H_2O$

   不完全燃燒的話，有幾種可能：

   $C_7H_{16} + 10O_2 \longrightarrow 5CO_2 + 2CO + 8H_2O$

   $C_7H_{16} + 9O_2 \longrightarrow 3CO_2 + 4CO + 8H_2O$

   $C_7H_{16} + 8O_2 \longrightarrow CO_2 + 6CO + 8H_2O$

   $2C_7H_{16} + 15O_2 \longrightarrow 14CO + 16H_2O$

18. $4FeCl_3 + 3K_4Fe(CN)_6 \longrightarrow Fe_4(Fe(CN)_6)_3 \downarrow + 12KCl$

   沉澱的鹽叫做普魯士藍❶(Prussian Blue)。

---

❶ 普魯士紅 (Prussian Red) 則是 Fe_2O_3。

第 5 篇　字彙與文法

1. 我們寫 Section n，表示第 n 篇文章。數碼 n 之後，框在【　】之中，是一個天干（甲乙丙丁戊己）再加一個數字，天干依序表示文章的段落，而正數表示在該段落中的第幾列，負數表示列的順序是顛倒計算的。（故【乙 3】表示第二段落的第三列，【乙 −3】表示第二段落的後面算來第三列。若不寫天干，而是寫【題】，這表示是標題列。

2. 在一個段落列之內，若出現了幾個不同的生字，則用 ● 來區隔。

3. 每個生字，簡短的解釋之後，常常接著講一些關連的生字，這只用分號區隔。

4. 沒有區隔任務的結尾標點，就省略。

5. 我們寫在方括號之內的，就是要提醒你注意的。這包括「反義詞」，以及「容易混淆」的類似生字。

6. 英文字的詞性，這樣標誌：$\boxed{\text{n}}$ = 名詞，$\boxed{\text{a}}$ = 形容詞，$\boxed{\text{ad}}$ = 副詞，$\boxed{\text{v}}$ = 動詞，$\boxed{\text{c}}$ = 連接詞，$\boxed{\text{p}}$ = 介系詞，$\boxed{\text{pn}}$ = 代名詞。

    當然也可以兼有幾種詞性，如：$\boxed{\text{n, a}}$ = 名詞兼形容詞，$\boxed{\text{a, ad}}$ = 形容詞兼副詞，$\boxed{\text{a, pn}}$ = 形容詞兼代名詞，$\boxed{\text{v, n}}$ = 動詞兼名詞。

7. 另外：$\boxed{\text{pl}}$ = 複數；$\boxed{\text{不}}$ = 不規則（動詞，或名詞）。

    若是不規則動詞，我們就接著寫其過去式與過去分詞。

    若是名詞，我們就接著寫其複數。

8. 動詞變形為形容詞，叫做**分詞**，我們採用一個特別的標誌 $\boxed{\text{fa}}$：

    現在分詞 (present participle) 都是加 -ing，通常沒有困擾；

    過去分詞 (past participle)，正常都是加 -ed，而具有被動的意味。

9. 我們用 $\boxed{\text{拉}}$ 強調拉丁字源，用 $\boxed{\text{希}}$ 強調希臘字源。

◎Section 1 石墨的晶體及其構造

【題】• crystal n = 結晶體；crystalline = a；crystalize v = 結晶

• graphite n = 石墨 • structure n = 構造

【甲 1】• shiny a = 閃亮的；shine v = 照耀；sunshine n = 陽光

• mineral n = 礦物；mine n = 礦，地雷

【註】與「mine = 我的東西」，異字同寫！

• plumbago n = 黑鉛；plumb n = 鉛錘

【甲 2】• lead n = 鉛；〔(讀音 led) 與「lead v = 引導」(讀音 li:d)，異字同寫！〕

• like p = 如同 • soft a = 軟的 • metal n = 金屬

【甲 3】• leave v = 留下，遺忘，離開 • gray = grey a = 灰色的

• streak n = 條痕 • rub v = 擦，磨；rubber n = 橡膠橡皮擦

• paper n = 紙 • principal a = 主要的；n = 校長。〔principle n = 原理〕

• constituent n = 組成物；constitute v = 組成；constitution n = 憲法

【乙 1】• well-developed a = 發展得很好的

【註】有些結晶物的結晶形式並不明顯！

• with the form of = 以…之形

【乙 2】• hexagonal a = 六角形的；hex- = 六；-gon = 角形 • prism n = 稜鏡，稜形

• top n, a = 頂部 • drawing n = 圖畫；draw v = 畫

【乙 3】• cleave v = 割裂；be cleaved = 被割裂；cleavage n = 劈開

• razor n = 剃刀 • blade n = 葉片，刀片 • thin a = 薄的 • plate n = 板

【丙 1】• a variety of = 種種變化 (形式) 之一；vary v = 改變，變化

• examination n = 考察，考試；examine = v • X-ray = X 光；ray n = 射線

• show v = 顯現；be shown v = 被顯現

【丙 2】• consist of v = 由…組成 • layer n = 層 • carbon n = 碳

• atom n = 原子 • structure n = 構造

【丙 3】• bottom n, a = 底部 • each 每一個 • near a = 近的；〔far = 遠的〕

• neighbor n = 鄰居

【丙 4】• strong a = 強的；〔weak = 弱的〕 • bond n = 鍵；be bonded to = 被鍵結到

　　　• length n = 長度　• distance n = 距離　• between p = 於…之間　• center n = 中心

【丙 5】• adjacent a = 相鄰的

　　　• Å = 10^{-10} 公尺

　　　【註】紀念瑞典物理學家 Ångstron (1814–1874)

　　　• be...apart v = 相距如此（長度）

【丙 6】• describe v = 描寫；be described as = 被描寫為，被說成

　　　• giant a = 巨大的　• planar a = 平面的；plane n = 平面

【丙 7】• stack n = 堆

【丙 8】• be achieved v = 達成　• involve v = 牽涉到

　　　• separation n = 分開；separate = v

【丙 9】• one another ad = 互相〔多於兩個時!〕• without p = 而不用

　　　• break v 〔不 broke, broken〕• any a = 任何一個

　　　• interatomic a = 原子（與原子之）間的；intra-atomic =（單一）原子（之）內的

◉ Section 2 電子和原子核

【題】• electron n = 電子；electric a = 電的

　　　【註】物理學中的粒子，慣用 -on 來結尾，如 neutron = 中子，proton = 質子，nucleon = 核子

　　　• atomic a = 原子的；atom = n　• nucleus n 〔不 nuclei〕= 核

【甲 1】• simple a = 簡單的；simpler = 更簡單的；simplest = 最簡單的

　　　• hydrogen n = 氫；hydro- 水的，-gen 生成

　　　【註】日譯: 水素 = 水之生成者

【甲 2】• proton n = 質子　• heavy a = 重的；heavier = 更重的；be much heavier than... = 遠較…為重

　　　• mass n = 質量；a = 大眾的

【甲 3】• times n = 倍數

　　　• unit n = 單位；unite v = 結合為一；the United States = 合眾國 = U.S.

　• positive a = 正的；〔negative = 負的〕• electric a = 電的

【甲 4】• charge n = 荷；electric charge = 電荷

【乙 1】• most of the mass of... = …的大部分質量

【乙 2】• is called v = 被稱做 • atomic number n = 原子序

【乙 3】• electrically neutral a = 呈電中性的

　　　　• electrons in motion n = 運動中的電子 • about p = 繞著

【丙 1】• oxygen n = 氧；oxy-，酸；-gen，生成者；

　　　　【註】日譯：「酸素」= 酸之生成者

　　　　【註】化學之父 Lavoisier 拉瓦希如此認為! 同理，nitrogen n = 「窒素」，

　　　hydrogen n = 「水素」；halogen n = 鹵素 = 「鹽之生成者」

　　　　• uranium n = 鈾

【丙 2】• reveal v = 顯示；〔英文習慣用被動方式〕

　　　　• gamma-ray n = γ 射線 • snapshot n = 快照

【丙 3】• relative to... = 相對於，關於，和…相比

　　　　• far smaller than... = 遠比…為小；small a = 小的

【丙 4】• indicated fa = 所示的 • diameter n = 直徑；〔radius = 半徑〕

　　　　• a hundred-thousandth = 十萬分之一；〔-th，是「第幾」，也是「分之一」〕

【丙 5】• even smaller a = 還要更小

【丁 1】• move around v = 動來動去 • remain v = 保持

　　　　• constant a = 固定的；at a constant distance = 以一固定距離

【丁 3】• average a = 平均 • shading n = 陰影，遮蔽〔此處指描影深淺著色所得

　　　立體感的一團〕• indicate roughly v = 粗略地表示

【丁 4】• be likely to be = 可能存在的

【丁 5】• definite a = 確定的 • within which = 在其內

【丁 6】• convention n = 規約，慣用法；conventional = a；convenience n = 方便

　　　　• except p = 除了…以外 • helium n = 氦；helio- 太陽的

◎ Section 3 電子殼層

【題】• shell n 殼

【甲1】• time exposure = 定間隔地序列照像；expose $\boxed{\text{v}}$ = 暴露；

exposition $\boxed{\text{n}}$ = 揭發，展覽；exposure $\boxed{\text{n}}$ = 曝光　• in general = 一般地說

• be concentrated into $\boxed{\text{v}}$ = 集中為

【甲2】• a series of = 一連串的；〔series = （數學中的）級數〕

• partially $\boxed{\text{ad}}$ = 部分地　• overlapping $\boxed{\text{fa}}$ = 重疊的

【甲3】• only $\boxed{\text{a}}$ = 唯一的；〔one = 一；通常 only 是 $\boxed{\text{ad}}$〕

【甲4】• innermost $\boxed{\text{a}}$ = 最內部的；inner = 內部的；most $\boxed{\text{ad}}$ = 最

【甲5】• be indicated $\boxed{\text{v}}$ = 被揭示為　• close $\boxed{\text{a}}$ = 接近的

【甲6】• outer $\boxed{\text{a}}$ = 外面的，外部的，〔與 inner 相對〕

【乙1】• distribute $\boxed{\text{v}}$ = 分配；be distributed among... = 被分配在…

【乙2】• distinguish A from B $\boxed{\text{v}}$ = 自 B 中，分辨出 A，「分辨 A 與 B」

【乙3】• average $\boxed{\text{n, a}}$ = 平均的

【乙4】• approximate $\boxed{\text{a}}$ = 近似的

• inverse $\boxed{\text{a}}$ = 逆，反；inversely proportional to = 反比於

【丙1】• table $\boxed{\text{n}}$ = 表　• symbol $\boxed{\text{n}}$ = 符號　• element $\boxed{\text{n}}$ = （化學）元素

【丙2】• be found $\boxed{\text{v}}$ = 見之於　• following $\boxed{\text{p}}$ = 於…之後

• initial $\boxed{\text{a}}$ = 開頭的　• letter $\boxed{\text{n}}$ = 字母，信件

【丙3】• other $\boxed{\text{a, pn}}$ = 別的

【丙4】• derive $\boxed{\text{v}}$ = 導出；be derived from = 起源於；〔derivative = 導（函）數〕

【丙8】• German = 德文（音譯: 日耳曼）

◎ Section 4 元素週期表

【題】• period $\boxed{\text{n}}$ = 週期；periodic = $\boxed{\text{a}}$

【甲1】• Russ $\boxed{\text{n, a}}$ = 俄羅斯（人）；Russian $\boxed{\text{n, a}}$ = 俄羅斯的，俄羅斯人

• chemist $\boxed{\text{n}}$ = 化學家；chemistry $\boxed{\text{n}}$ = 化學；chemical $\boxed{\text{a}}$ = 化學的；

alchemy $\boxed{\text{n}}$ = 鍊金術；〔physics = 物理學；physicist = 物理學家〕

• find $\boxed{\text{v}}$ 〔$\boxed{\text{不}}$ found, found〕= 發現

【甲2】• arrange $\boxed{\text{v}}$ = 排列，安排；arrangement = $\boxed{\text{n}}$

• in order of... = 依照…的順序　• atomic weight = 原子量

• rough a = 粗糙；　recurrence n = 重現

【甲 3】• similar a = 相似的

• property n = 性質；　physical property = 物性；　chemical property = 化性

【乙 1】• designate v = 指明；　design n = 腹案，v = 設計

【乙 2】• complete a = 完全的

【乙 3】• in the sequence of = 以…的序列　• near a = 接近的；　nearly ad = 幾乎

• the same as = 相同於

【乙 4】• reliable a = 可靠的，可依賴的；　reliably = ad；　rely on v = 依靠

【丙 1】• yellow a = 黃

【丙 2】• reactive a = 反應的，活潑的；　reactivity n = 反應力；　inactive 不反應的

• low a = 低的　• melt v = 融熔；　melting point n = 融熔點

【丙 3】• family n = 家庭〔引申為化學中的元素家庭，「族」，或「屬」〕

• group n = 群　• alkali 鹼；　alkaline 鹼的

【丙 4】• less a, ad = 較不，（較少的）

【丙 5】• alkaline earth = 鹼土；

【註】Indo-China「印度支那」是指：（泰國，）柬埔寨，寮國，與越南，介乎印度與支那之間者；同理，鹼土族（鈣鍶鋇）= II: alkaline earth，是指介乎 I: alkaline = 鹼族，與 III: earth = 土族之間者

【丙 6】• green a = 綠色的　• halogen n, a = 鹵素（的）〔= 鹽之生成者〕

【丙 7】• nonmetallic a = 非金屬的；　metal n = 金屬　• substance n = 質料

• combine with v = 與…結合　• form v = 形成，n = 形式

【丙 8】• salt n = 鹽；

【註】化學上必須做廣義的解釋，不一定是食鹽！

【丁 1】• argonon a = 氬族（的）；　argon n = 氬　• inert a = 惰性的

【丁 2】• noble a = 高貴的，貴族的　• little a, ad = 很少（簡直不）

• tendency n = 傾向

【丁 3】• be attributed to v = 歸之於

• special a = 特殊的〔special relativity 特殊相對論〕；　especial a = 特別的

【丁 4】• stability n = 穩定性

【戊 2】• evident a = 顯然的，易明的　• discussion n = 討論；discuss = v

　　　　• valence n = 原子價　• covalent a = 共價的　• radius n〔不 radii〕= 半徑

【戊 3】• packing fa = 綑紮的

◎ Section 5 氫分子

【題】• molecule n =（化學）分子

【甲 1】• be made of v = 由⋯合成

【乙 2】• hold v〔不 held, held〕= 握住

　　　　• jointly ad = 共同地；join v = 結合，連結；joint n = 接合處，關節

　　　　• constitute v = 構成；constitution n = 憲法

【丙 1】• representation n = 代表；representative a = 代表的，n = 議員；

　　　　represent v = 代表，表現，象徵

【丙 2】• the first a = 第一；the second = 第二；the third = 第三；the fourth = 第四；

　　　　the fifth = 第五；the sixth = 第六；the seventh = 第七

　　　　• dash n = 短線〔dot n = 點〕

【丙 4】• symbolize v = 象徵，為⋯之記號，表示；symbol n = 符號

【丙 5】• be described v = 被描述為；description n = 描寫

　　　　• pair n = 一對，配偶夫婦，v = 使成對；parity n = 同等，對等性

　　　　• share v = 分配有，共有，共享，n = 股份

【丙 6】• ball and stick = 球與桿

【丙 7】• soften v = 使軟化，〔過去分詞 = softened〕；soft a = 軟的

【丙 9】• effective a = 實施的，有效的　• size n = 大小，尺度

　　　　• liquid n, a = 液體（液態）

【丁 2】• in contact with = 相接觸　• observe v = 觀察；observation = n

【丁 3】• nonbonded a = 非鍵結的　• reasonably well = 相當好地

◎ Section 6 價

【題】• valence n = 價，原子價；value n = 價值

【甲 1】• measure n = 量度；〔動作本身叫 measurement〕

　　　　• form v = 形成，n = 形式，式；formula n = 公式，化學式

【乙 1】• innermost a = 最內部的；inner a = 內部的；most ad = 最

　　　　• occupy v = 占有，占據；occupation = n • by p = 被

【乙 2】• either...or... = 或這樣…或那樣…〔這片語形容了 one electron pair〕

【乙 4】• univalent a = 單原子價的；uni- = 壹的；bivalent a = 雙價的；

　　　　　【註】bi- = 貳的；tervalent a = 三價；ter-, tri- = 三的；quadrivalent a = 四
價的

【丁 1】• contain v = 含有，包含 • neon n = 氖〔= 霓虹燈（裡面的氣體！）〕

【丁 2】• fill v = 填充，充滿；full a = 充滿的 • hence ad = 所以

　　　　• note v = 注意〔notebook = 筆記簿〕

【丁 3】• conventional a = 傳統上的

　　　　• simple a = 簡單的；simplify v = 簡化；simplification = n

【丁 4】• represent v = 表現〔再強調一遍：英文慣常地用被動形式！ ...are not
represented in the drawing... = 在圖中並不（被）表現出〕

【戊 1】• fluorine n = 氟

【己 1】• set n = 套，組，〔數學用語:〕集合

【己 3】• common a = 普通的 • use v, n = 使用

　　　　• choice n = 選擇；choose = v；make a choice = 選擇

【己 4】• habit n = 習慣 • combine v = 組合，結合；combination = n

◉ Section 7 水分子的歷史

【題】• history n = 歷史〔story = 故事〕• water n = 水

【甲 1】• ancient a = 古時的 • philosophy n = 哲學，philo- 希 = 愛；

　　　　sophy 希 = 智；philosopher n = 哲學家

　　　　• alchemist n = 鍊金術者；〔化學 (chemistry) 由此而來〕

　　　　• scientist n = 科學家 • seventeenth a = 第十七的

【甲 2】• eighteenth a = 第十八的 • century n = 世紀〔cent 是「百」的字根〕

　　　　• consider...to be... v = 認為…是…

【甲 3】• assume $\boxed{v}$ = 假定，認定；be assumed to be = 被認為；assumption = $\boxed{n}$

• compose $\boxed{v}$ = 組成，構成；be composed of = consist of = 由…組成；

〔此地的受詞為 which，注意這種關係子句！〕composite $\boxed{a}$ = 混成的；

composer $\boxed{n}$ = 作曲者；composition $\boxed{n}$ = 作文，作曲，組織

• various $\boxed{a}$ = 種種不同的；variously = $\boxed{ad}$〔此地指：有種種不同地〕

【甲 4】• select $\boxed{v}$ = 選擇；selection = $\boxed{n}$ • earth $\boxed{n}$ = 地球，地，土

• air $\boxed{n}$ = 空氣，氣 • fire $\boxed{n}$ = 火

• ether $\boxed{n}$ =「氣」=「乙太」，乙醚 • acid $\boxed{n}$ = 酸〔alkali $\boxed{n}$ = 鹼〕

• iron $\boxed{n}$ = 鐵 • mercury $\boxed{n}$ = 水銀 • sulfur $\boxed{n}$ = 硫

【甲 5】• phlogiston $\boxed{n}$ = 燃素

【乙 1】• British $\boxed{a}$ = 英國的；〔Britian $\boxed{n}$ = 不列顛〕

【乙 3】• assign $\boxed{v}$ = 指派 • formula $\boxed{n}$ = 公式〔此地指化學式〕

【乙 5】• by 1860 = 到 1860 年時 • had accepted $\boxed{v}$ = 已經接受〔過去完成式〕

【乙 6】• valence-bond formula = 價鍵式

【丙 1】• shared-electron-pair = 共有電子對偶

• propose $\boxed{v}$ = 提議；proposal $\boxed{n}$ = 提的案；proposition $\boxed{n}$ = 命題

【丙 2】• large $\boxed{a}$ = 大的 • dielectric constant = 介電常數

【丙 3】• interpret $\boxed{v}$ = 解釋；interpreter $\boxed{n}$ = 翻譯者

• linear $\boxed{a}$ = 成一直線的；〔linear equation = 一次方程式〕

• bend $\boxed{v}$〔$\boxed{不}$ bent, bent〕= 弄彎；〔過去分詞 bent = 被弄彎的〕

【丙 4】• angle $\boxed{n}$ = 角 • estimate $\boxed{v}$ = 估計 • approximate $\boxed{a}$ = 大約

【丁 1】• analysis $\boxed{n}$ = 分析 • absorption $\boxed{n}$ = 吸收 • spectrum $\boxed{n}$ = 光譜

• vapor $\boxed{n}$ = 蒸氣

【丁 2】• average value $\boxed{n}$ = 平均值

◉Section 8 水分子和相似分子的鍵角

【化學數學的註解】

　　此篇提到四個非常重要的物理量；bond length = 鍵長；contact distance = 接觸距；packing radius = 綑紮半徑；covalent radius = 共價半徑。

　　PH 原書最後一頁有個小表。例如說某個化合物中有個氧原子與碳原子有一個共價鍵，Pauling 說：這根鍵，從 O 原子核到 C 原子核，分成兩段，O 這邊的一段，長度是表上給出的 0.66Å，C 這邊的一段，長度是表上給出的 0.77Å，於是相加得到鍵長 = 1.43Å。如果氧原子與碳原子是以兩鍵來結合，那麼就要縮短大約 0.21Å，於是鍵長為 1.22Å。如果是氮原子與碳原子以三鍵來結合，那麼就要縮短大約 0.34Å，那麼查表可知：氮碳三鍵之鍵長為：0.77 + 0.70 − 0.34 = 1.13Å。

　　如果兩個原子沒有鍵結，那麼兩者分別可以看成是一個剛球，其半徑就是緎縶半徑，PH 原書倒數第二頁有個小表。把兩個緎縶半徑加起來，就是兩個剛性球「硬碰硬」時的球心的距離，也就是接觸距。這是沒有鍵結時，兩個原子核的最短距離。例如氫與氫的接觸距應該是緎縶半徑的兩倍 2 × 1.15 = 2.3Å。小於這個，就會增加「排斥能」。這就需要更高深的考慮了，此地不談。

　　如果考慮 H_2Te 分子，則 H−Te 的共價鍵之長為 0.30 + 1.37 = 1.67Å，兩個鍵的夾角，理論上是 90°，於是（等腰直角三角形的斜邊長）這兩個氫原子（核）的距離是 $\sqrt{2} \times 1.67 = 2.36 > 2.3$Å，其他的同族氫化物，兩個氫的距離都小於此接觸距。必然增加「排斥能」。其影響之一就是增加兩個鍵的夾角。

【甲 1】 • observe v = 觀察；observation = n；observer n = 觀察家，觀察者

【甲 2】 • sulfide n = 硫化物；hydrogen sulfide n = 硫化氫 • selenide n = 硒化物
　　　　 • telluride n = 碲化物

【乙 1】 • think v〔不 thought, thought〕= 想；be thought v = 被認為
　　　　 • normal value n = 正常值

【乙 2】 • as found in... = 如發現於…者

【乙 3】 • as approximated in = 如差不多發現於…者

【丙 1】 • repulsion n = 拒斥，嫌惡，排斥力；repulsive = a；
　　　　 repulse v = 擊退，辯駁，拒絕

【丙 3】 • much less than = 遠小於 • contact distance n = 觸接距（緎縶半徑的和，section 5）；contact v, n = 接觸；contact lenses n = 隱形眼鏡〔contact 由 n 變 a〕

【丙 4】 • twice a, ad = 兩倍，兩次；two = 二 • overlap v = 重疊；overlapping = fa

【丙 5】• produce $\boxed{v}$ = 生產，產生

【丙 6】• increase $\boxed{v}$ = 增加；〔decrease $\boxed{v}$ = 減少〕

【丁 1】• effect $\boxed{n}$ = 結果，$\boxed{v}$ = 實現，產生；effective $\boxed{a}$ = 有效的

　　　　• of this sort = 這一類的；sort $\boxed{n}$ = 種；all sorts of = 種種的；a sort of = 一種

【戊 1】• related $\boxed{a}$ = 相關的〔如硫，硒，碲等同族的〕relation $\boxed{n}$ = 關係

【戊 2】• experiment $\boxed{v, n}$ = 實驗

【戊 3】• correspond $\boxed{v}$ = 對應，寫信；corresponding $\boxed{fa}$ = 對應的；

　　　　correspondence = $\boxed{n}$；respond $\boxed{v}$ = 回答，回應

◎ Section 9 鹵素分子

【甲 1】• fluorine, chlorine, bromine, iodine, astatine〔鹵素〕= 氟，氯，溴，碘，砈

【甲 2】• former $\boxed{n}$ = 形成者；form $\boxed{v}$ = 形成，$\boxed{n}$ = 形式。

　　　【註】有時，有異字同形的 "former" =「前者」，這是相對於 "latter" =「後者」

【甲 3】• *hals* $\boxed{希}$ =「鹽」• *genes* $\boxed{希}$ =「生成者」，「根源」〔gene = 基因〕

【乙 1】• di-atomic $\boxed{a}$ = 雙原子的〔di- 雙的〕

【丙 1】• electronic structure $\boxed{n}$ = 電子結構

【化學數學的註解】

　　此段提到的物理量需要參照前篇。此段給出鹵素氣體分子的鍵長，與它們的共價半徑（由 $\boxed{PH}$ 原書末附表）兩倍差不多。

　　但是此段又談到鹵素的晶體。晶體中的每個原子，有一個最接近的原子，「它們鍵結成一個分子」，所以還是差不多有剛剛提到的鍵長作為距離。

　　除此之外，每個原子，還有三個相當接近的原子，算算這三個距離，都很接近緬紮半徑的**兩倍**。此段有這四個鹵素的緬紮半徑（與 $\boxed{PH}$ 原書最末第二頁小表相同）。不過此段的原文有點晦澀不明，因為讀起來好像：緬紮半徑 = 接觸距。實際上對於同一種元素，「緬紮半徑乘以 2 = 接觸距」。原文用 "represent"，很難說他錯。（因為半徑可以「代表」直徑。）

【丁 1】• unstable $\boxed{a}$ = 不安定的；stable = 安定的

　　　　• nature $\boxed{n}$ = 自然，本性；natural = $\boxed{a}$

　　　　• amount $\boxed{n}$ =（總）數量；amount to $\boxed{v}$ = 共計達，等於

【丁 2】• property（section 4 甲 3）

【丁 3】• determine v = 決定，確定；determination = n

　　　　【註】determinant n =（數學）定準式 =「行列式」

◉ Section 10 硫分子

【甲 1】• be usually seen v = 常見為

【甲 2】• powder n = 粉末

【乙 1】• present a = 出席，出現的；v = 呈現

　　　　• solution n =（化學）溶液，解決，解（數）；solve v = 解決，溶解

　　　　• solvent n = 溶劑，使之溶解者

【乙 2】• carbon disulfide = 二硫化碳　• chloroform = 氯仿

　　　　• moderate a = 溫和的，折衷的

【乙 3】• temperature n = 溫度〔temper n = 性情，脾氣，v = 緩和，調和〕

【丙 1】• stagger v, n = 搖晃，交錯

　　　　• ring n = 環〔在數學上也如此叫〕，戒指，v = 鳴鐘

【丙 3】• crowd v, n = 擁擠（在一起），群眾

【丙 4】• heavy a = 重；light a = 輕

◉ Section 11 含有氮或磷原子的分子

【題】• contain v = 含有　• nitrogen n = 氮　• phosphorus n = 磷

【甲 1】• such as to（＋動詞原形）會…的這種　• permit v = 允許

【乙 1】• important a = 重要的；importance n = 重要性

【乙 2】• fertilizer n = 肥料；fertilize v = 使肥沃；fertile a = 肥沃多產的

【乙 5】• presume v = 假定，以為；presumable a = 可假定的；presumably = ad；
　　　　presumptive a = 推定的；presumption n = 假定

　　　　• explanation n = 說明；explain = v

【乙 7】• respective a = 相對應的；respectively ad = 對應地，分別地

【丙 1】• elementary a = 元素形式的〔化學上叫做「單體的」，亦即「非化合物形
　　　　式的」，通常（數學上）是指「基本的」，「初等的」〕；element n =（化學）
　　　　元素

【丙 2】• correspond to $\boxed{v}$ = 相應於（section 8 戊 4）

【丙 3】• connect to $\boxed{v}$ = 連通到　• triple $\boxed{a}$ = 三重的；　double = 兩重的

【丁 1】• condense $\boxed{v}$ = 凝結；〔con- 一共，一起的；　dense = 稠密〕

　　　　when condensed = when they are condensed from the vapor

　　　　= 當由（蒸氣）凝結時　• wax $\boxed{n}$ = 蠟；　$\boxed{v}$ = 上蠟；　waxy $\boxed{a}$ = 蠟狀的

【丁 2】• color $\boxed{n}$ = 顏色；　colorless $\boxed{a}$ = 無色的

【丁 3】• tetrahedron $\boxed{n}$ = 四面體；　tetrahedral $\boxed{a}$ = 四面體的；〔tetra- = 四〕

◉ Section 12 **正多面體、立方體**

【題】• regular $\boxed{a}$ = 正則，正常，合規的；　irregular = 不正常的；

　　　〔幾何上的「正」多邊形，「正」多面體，「正」字都用 regular〕

　　　• polyhedron $\boxed{n}$ = 多面體〔$\boxed{pl}$ polyhedra〕• cube = 正立方體

【甲 1】• those...which〔關係子句〕• corner $\boxed{n, a}$ = 角隅

　　　　• angle $\boxed{n}$ = 角；〔triangle = 三角形；　quadrangle = 四角形〕

【甲 2】• equivalent $\boxed{a}$ = 相等的，等價的；〔equi- = 相等的；　-valent = 價值〕

　　　　• edge $\boxed{n}$ = 稜線　• face $\boxed{n}$ = 面，臉，〔數〕界面

【甲 3】• polygon $\boxed{n}$ = 多角形〔poly = 多；　gon = 角；　polyhedron = 多面體〕；

　　　　polynomial = 多項式；　mononomial = 單項式

【甲 4】• tetrahedron $\boxed{n}$ = 四面體　• octahedron $\boxed{n}$ = 八面體；〔October =「八」月，

　　　　羅馬人的!〕• icosahedron $\boxed{n}$ = 二十面體

　　　　• pentagonal $\boxed{a}$ =（每面）五角形的；　penta- = 五；　-gon = 角形

【甲 5】• dodecahedron $\boxed{n}$ = 十二面體　• front $\boxed{a}$ = 前的　• back $\boxed{a}$ = 後的　• cover $\boxed{n}$

　　　　= 封頁

【甲 6】• architecture $\boxed{n}$ = 建築；　architecturer $\boxed{n}$ = 建築師

【甲 7】• illustrate $\boxed{v}$ =（舉例）解說；　illustration $\boxed{n}$ = 解說，插圖解說

　　　　• later $\boxed{a}$ = 後面的　• section $\boxed{n}$ =〔章節的〕節

【乙 1】• Greek $\boxed{a}$ = 希臘的；　Greece = $\boxed{n}$　• Pythagoras = 畢達哥拉斯；

　　　　Pythagorean = 畢達哥拉斯學派的　• *circa* $\boxed{拉}$ = 大約

【乙 2】• student $\boxed{n}$ = 學生；　study $\boxed{v}$ = 學習　• introduce $\boxed{v}$ = 介紹；　introduction = $\boxed{n}$

● them ＝ 它們〔代名詞受格! 是指這些正多面體〕

【乙 3】● cosmology ⓝ ＝ 宇宙學，宇宙論

● five elements〔可譯為「畢氏學派的五行」〕

【乙 5】● Plato ＝ 柏拉圖 ● member ⓝ ＝〔集之〕元素，成員 ● his school ＝ 其學派

【乙 6】● discuss ⓥ ＝ 討論；discussion ＝ ⓝ ● vigor ⓝ ＝ 精力；vigorous ⓐ ＝ 有力的

● with such...as to ⓥ ＝ 如此的…以至於 ● cause ⓥ ＝ 引至，使，令；ⓝ ＝ 原因，動機，目的

【丙 1】● familiar ⓐ ＝ 熟悉的，家常的；family ⓝ ＝ 家庭

【丙 3】● fourfold ⓐ ＝ 四階重的 ● axes ⓝ ＝ 軸〔單數：axis〕

● rotation ⓝ ＝ 旋轉；rotational ＝ ⓐ ● symmetry ⓝ ＝ 對稱；symmetrical ＝ ⓐ；rotational symmetry ＝ 旋轉對稱。〔正立方體，通過上下兩面的中心軸，旋轉 90°，結果對形狀完全沒變化! 這叫做旋轉對稱性。因為這樣子是可以旋轉 4 次才「回到原點」，所以叫做四階重的；這樣子的軸有三個：上下軸，前後軸，左右軸。〕

● threefold ⓐ ＝ 三階重的；〔這種對稱軸有四個，就是四條對角線〕

【丙 4】● twofold ⓐ ＝ 兩階重的〔這種對稱軸有六個，即：兩條對邊中點的連線〕

● figure ⓝ ＝ 圖形；figure out ⓥ ＝ 想出

【丙 5】● one-nth part of a revolution ＝ 一周角的 $\frac{1}{n}$；revolve ⓥ ＝ 迴轉；revolt ⓥ ＝ 造反；〔revolution ⓝ 有兩個意思! 是上述兩個動詞的名詞形! 此地是（前者）「旋轉一周」，通常是（後者）「革命」〕

【註】英文的「第幾」是用 first, second, third, fourth，然後就是 fifth, sixth, seventh, eighth, nineth, tenth, eleventh, ...。（最常用的「第一」「第二」「第三」，都是最不規則的! 全世界的語文都如此，目的就是要欺負人!）但是分數的 $\frac{1}{3}$，叫做 one third，$\frac{2}{3}$，叫做 two thirds，（即是「兩個『三分之一』」；必須加 s。）$\frac{1}{4}$，叫做 one fourth，依此類推。（但是根據「欺負人」的原則，最常用的「二分之一」叫做「一半」，one half，不叫做 one second。）於是 nth 就是「n 分之一」。

● rotation through an angle ⓝ ＝ 繞轉了一個角度

【丙 6】• about an axis＝繞一軸而（轉）• produce v ＝產生 • identical a ＝一模一樣的 • original a ＝原來的

【丁 1】• close a ＝接近的，親近的，密切的；closely＝ ad ；close v ＝關閉，終結，接近 • ally v ＝同盟，結親；be allied to...＝與…類似

　　• example n ＝例子 • discuss v ＝討論

◉ Section 13 四面體

【甲 2】• equi- 同，等；equation n ＝方程式；equal v, a ＝等於；equilateral a ＝等邊的

【乙 1】• already a, d ＝已經；〔ready a ＝準備好了的〕

　　• mention v, n ＝提及；〔Don't mention it 不要客氣〕

【乙 6】• constrain v ＝強迫，拘束；constraint＝ n

　　• occupy v ＝占據；occupation＝ n

【丙 1】• relation n ＝關係；related a ＝相關聯的

【丙 2】• permit v ＝允許； n ＝許可證；permissible a ＝許可的；permission n ＝允許 • evaluate v ＝估算，計算；evaluation n ＝評價，計算價值；value＝價值 • dimension n ＝尺寸，大小；dimensional＝ a

　　【註】直線，平面，立體 (dimension＝) 維數各為 1, 2, 3。

【丙 5】• ratio n ＝比例，比率

　　【註】rational number n ＝有理數，本意為「比數的」ratio-nal，非 ration-al＝「有理的」

【丁 1】• octatomic〔octo-atom-ic〕 a ＝八原子的 • be not known to exist v ＝未見存在

【丁 2】• presumably ad ＝想必 (section 11 乙 5)

【丁 3】• involve v ＝牽涉到

【丁 4】• strain n ＝緊張，費力

　　• consequent a ＝因之而起的；consequence n ＝後果，結果

　　• some degree＝某種程度的〔degree「溫度」，「角度」之「度」〕

　　• degree of instability＝不安定度；stable a ＝安定的，unstable＝不安定的

- likely $\boxed{a}$ = 可能的〔$\boxed{註}$ 此時 -ly 是轉變成形容詞！〕

- answer $\boxed{v, n}$ = 解答，回答

【丁 5】• hypothetical $\boxed{a}$ = 假想的，假說的；hypothesis $\boxed{n}$ = 假說

- diagonal $\boxed{n, a}$ = 對角；〔dia- 通過，-gon- 角〕

【丁 9】• as to produce = 以至於產生

◉ Section 14 甲烷分子

【甲 1】• hydrocarbon $\boxed{n}$ = 碳氫化物；hydro- = hydrogen = 氫

【甲 2】• compound $\boxed{n}$ = 化合物；$\boxed{a}$ = 複合的；〔compound interest = 複利〕

- constituent（section 1 甲 3）

【甲 3】• natural gas $\boxed{n}$ = 天然氣 • petroleum $\boxed{n}$ = 石油 • marsh $\boxed{n}$ = 沼澤，濕地

- stagnant pond = 死池；stagnant $\boxed{a}$ = 停滯的，不活潑的；pond $\boxed{n}$ = 池塘

【甲 4】• decompose $\boxed{v}$ = 分解，decomposition = $\boxed{n}$；compose $\boxed{v}$ = 構成；composition $\boxed{n}$ = 作文，作詩，作曲；composite $\boxed{a}$ = 複合的

- organic $\boxed{a}$ = 有機的；inorganic $\boxed{a}$ = 無機的；organ $\boxed{n}$ = 器官，機關，風琴；organize $\boxed{v}$ = 組織起來；organization = $\boxed{n}$；organizer $\boxed{n}$ = 組織者

- matter $\boxed{n}$ = 物質；$\boxed{v}$ = 有相干 • intestine $\boxed{n}$ = 腸；intestinal = $\boxed{a}$

【乙 1】• invent $\boxed{v}$ = 發明；invention = $\boxed{n}$；inventor $\boxed{n}$ = 發明者

【乙 4】• point out $\boxed{v}$ = 指出 • substance $\boxed{n}$ = 物質，實質

【乙 6】• direct toward $\boxed{v}$ = 指向

【丙 1】• spectrum $\boxed{n}$ = 光譜；（$\boxed{pl}$ = spectra，這是 Latin 語！）spectroscopic $\boxed{a}$ = 光譜（學）的；spectroscope $\boxed{n}$ = 光譜儀；microscope $\boxed{n}$ = 顯微鏡；telescope $\boxed{n}$ = 望遠鏡

【丙 3】• character $\boxed{n}$ = 個性，（小說戲劇中的）角色；characteristic $\boxed{a}$ =（具）特徵的；characterize $\boxed{v}$ = 刻劃，繪出特徵

◎ Section 15 鑽石的構造

【甲 1】• diamond n = 金剛石　• extreme a = 極端的；extremum n = 極端

　　【註】數學上，極大值 (maximum) 或極小值 (minimum) 也統稱 extremum = 極值

　　• variety（section 1 丙 1）

【甲 2】• cubic symmetry =「立方對稱性」

　　• whereas c = 而，卻，既然〔where + as〕

【甲 3】• hexagonal（section 1 乙 2）

【乙 1】• diffraction n = 繞射；〔光學：refraction = 折射〕

　　• discover v = 發現；discovery = n；〔dis- 不，打消；cover = 遮蓋〕

【乙 2】• determination n = 決定（section 9 丁 3）

　　• arrange v = 排列，整理；arrangemment = n

　　【註】range n = 行，列，順列，範圍，射程；v = 排列，分類，對準

　　• by use of = 藉助於

【乙 3】• technique n = 技術，技巧；technology n =（工藝）技術；

　　【註】Institute of Technology = 理工學院，如 M.I.T., Caltech

【乙 4】• during p = 在…之中，之期間内；durable a = 耐久的；duration n = 持續之期間；endure v = 忍耐；endurable a = 可忍受的

　　• include v = 計入，包含，包括；inclusion = n；inclusive a = 包含在内的；exclude v = 除外，排斥不計；exclusion = n；exclusive a = 排他的，不算的；conclude v = 終結，結論，推斷；conclusion = n；〔-clude 意為 close 關閉〕

【丙 2】• entire a = 整個的；entirely = ad；entirety = n

　　• obtain v = 得到，獲得；obtainable a = 可得到的；attain v = 達到，完成，獲得；attainable a = 可達成的；attainment n = 達成；attainments n = 才幹

　　• repeat v = 重複，重述　• in such a way as to = 以如此的方式，使

【丙 3】• volume n = 體積（容量，聲量大小），〔此處意指「範圍」〕

【己 1】• surround v = 包圍，環繞；surroundings n = 環境；〔sur- 在上的〕

◎ Section 16 鑽石晶體一景

【題】• view n = 光景，景色，視

【甲 1】• it appears to me = 它在我看起來；it might appear to a very small person = 「在一個想像中的小人看起來」；〔因此整個要用虛擬法：助動詞 may 用 might；後面的 will 也用 would。〕

【甲 2】• height n = 高度，身高；high a = 高

【甲 3】• to get this view = 要看到這景色

　　　• have to v = 必須

　　　【註】差不多可以看成助動詞 must

　　　• change v, n = 改變

【甲 4】• as well as c = 以及；〔those 是所有代名詞，代替 the properties = 這些性質〕

　　　〔Pauling 教授是量子化學的大師，量子力學說：在如此微小的世界，日常生活中的物理學都不適用！〕

【乙 1】• tunnel n = 隧道；〔關係代名詞 which 是 look down 的受詞，這個關係子句是形容詞，形容 tunnel。〕

　　　• extend v = 延伸；〔幾何：作延長線；〕extention = n • in the direction of = 循著…的方向

【丙 3】• alternate v = 相交錯 • orient v = 定方位，定坐向；orientation = n

【丁 1】• bond n = 鍵；bind v = 束縛

【丁 2】• require v = 需要；requirement = n • break（section 1 丙 9）

【丁 4】• molecules 〔石墨是把整面的碳原子當成單一個分子，因此有許多個分子；鑽石是整塊當成一個分子，故用單數 molecule。〕

【丁 5】• differing = different a = 不同的；differ v = 分辨，相異

　　　• strike v = 打擊；striking a = 吸引人的，打動人的，顯著的

◎ Section 17 乙烷分子

【甲 1】• illustrate v = 例解，圖解，例證，說明；illustration = n

　　　• further ad = 更進一步 • structural a = 構造上的

• principle $\boxed{n}$ = 原則，原理〔辨：principal $\boxed{a}$ = 主要的，$\boxed{n}$ = 校長〕

【甲 2】• mention $\boxed{v}$ = 提及（section 13 乙 1）• discussion $\boxed{n}$ = 討論（section 4 戊 2）

【甲 5】• experiment $\boxed{v, n}$ = 實驗；experimental $\boxed{a}$ = 實驗的；experience $\boxed{v, n}$ = 經驗

【甲 6】• to within... 〔to = 到達，within = 這個程度內〕

　　• uncertainty $\boxed{n}$ = 不確定性，不準確度；uncertain $\boxed{a}$ = 不確定的；certain $\boxed{a}$ = 確定　• within the experimental uncertainty = 在實驗的不準確度之內

【乙 1】• aspect $\boxed{n}$ = 方面，局面，方向，觀照

【乙 2】• restriction $\boxed{n}$ = 限制，拘束；restrict = $\boxed{v}$

　　• rotate $\boxed{v}$ = 旋轉；rotation = $\boxed{n}$（section 12 丙 3）

【乙 3】• used to $\boxed{v}$ =（過去式）慣於

　　• group〔數學上是「群」，化學上是「基」〕；methyl group 甲基 = CH_3-

【乙 4】• relative to（section 2 丙 3）；relative to one another = 互相；

　　（each other 是指兩者的互相，one another 是指更多個的互相）

【乙 5】• configuration $\boxed{n}$ = 構形，輪廓；

【乙 6】• staggered $\boxed{fa}$ = 交錯了的

【註：幾何】此地說：從兩個碳原子的連線方向上透視過去：（投影到垂直的平面上，）C_2H_6 這分子的八個原子成了平面上的 7 點；六個氫原子，在正六角形的頂點上，而兩個碳原子（重合為一，）就在正六角形的正中心點！實際上這應該是立體幾何，不是平面幾何！每個碳原子各自鍵結到三個氫原子。它們成正三角形；那個碳原子當然並不在三個氫原子的平面上！不過透視起來，這四個原子就變成在同一平面上；三個氫原子它們還是正三角形，而那個碳原子就在此正三角形中心！

這是（「一組」即）一個甲基；另外一個甲基，（四個原子）情形完全一樣！

但是，透視在同一平面時，兩個正三角形轉了 60°，這才叫做「交錯了的構形」，如果是透視起來，兩個正三角形完全重合，那就叫做「晦蝕了的構形」。

【丙 1】• minimum $\boxed{n, a}$ = 極小的；maximum $\boxed{n, a}$ = 極大的（section 15 甲 1）

　　• eclipsed $\boxed{a}$ = 晦蝕了的

◉ Section 18 正丁烷分子

【甲 2】• domestic $\boxed{a}$ = 家庭內（使用）的，本國的 • heat $\boxed{v}$ = 加熱，$\boxed{n}$ 熱（量）；hot $\boxed{a}$ = 熱的 • light $\boxed{v}$ = 發光，照明，$\boxed{n}$ = 光

【乙 1】• normal $\boxed{a}$ = 正常的；abnormal $\boxed{a}$ = 異常的

【乙 2】• prefix $\boxed{v, a}$ = 附首；suffix = 附尾；〔pre- 是「前的」，suf- 是 sub- 的變形〕• abbreviate $\boxed{v}$ = 簡寫；abbreviation = $\boxed{n}$；〔ab- 是 ad- 的變形；是「做成」的意思〕；brief $\boxed{a}$ = 簡短的，briefly = $\boxed{ad}$；brief $\boxed{v}$ = 摘要

【乙 4】• zigzag $\boxed{a}$ = 轉折的 • chain $\boxed{n}$ = 連鎖，一連串；〔chain reaction $\boxed{n}$ = 連鎖反應〕• position $\boxed{n}$ = 位置；$\boxed{v}$ = 置於

【乙 7】• present us $\boxed{v}$ = 給我們，披露（介紹）給我們 • surprise $\boxed{v, n}$ = 驚訝，意外，使感驚訝

◉ Section 19 異丁烷分子

【題】iso- 附首語，意思是「相同的」，在數理科學中經常出現。但是 isobutane 為何翻譯成「異丁烷」？因為 butane（丁烷）有兩種，所以要叫「正丁烷」「異丁烷」來分辨。從前考大學必須普通高中畢業，高職畢業考大學有一些限制，這些考生是以「同等（於高中畢業的）學歷」的身分來應考。用「同高中畢業」恰好表示不是「真正高中畢業」。iso-butane，意思是「相同於丁烷」的意思，所以叫「相同」恰好表示不是「（真）正的」丁烷。

【甲 1】• composition $\boxed{n}$ = 組成（section 14 甲 4）；compose = $\boxed{v}$（section 7 甲 3） • the same Ψ as Φ = 與 Φ 相同的 Ψ

【甲 3】• melt $\boxed{v}$ = 熔融 • Centigrade $\boxed{n}$ = 攝氏溫度；centi- = 百；grade $\boxed{n}$ = 度，等級，考試的評分分數；〔攝氏溫度計是用零度與一百度作為水的冰點與沸點，因此每一度叫 Centigrade。〕

【乙 1】• exist $\boxed{v}$ = 存在；existence = $\boxed{n}$

【乙 2】• isomerism $\boxed{n}$ = 同分異構；isomer $\boxed{n}$ = 同分異構物；〔iso- 附首語〕

【丙 4】• branch $\boxed{v, n}$ = 分支，分叉

【丁 1】• feature $\boxed{n}$ = 特色 • otherwise $\boxed{ad}$ = 除此之外就，否則 • essence $\boxed{n}$ = 本質，精粹；essential $\boxed{a}$ = 本質的；essentially = $\boxed{ad}$

◉ Section 20 環丙烷分子

【甲 1】• ordinary a = 通常的；exordinary n = 非常的　• condition n = 條件，處境
　　　• liquid n, a = 液體，液態

【甲 2】• atmosphere n = 空氣

【甲 3】• pressure n = 壓力；press v = 加壓；atmosphere pressure = 大氣壓力
　　　〔= 760 毫米水銀柱高〕

【乙 1】• inhale v = 吸入　• conscious a = 知覺到的；unconscious a = 失去知覺的
　　　• loss n = 喪失；lose = v 〔不 lost, lost〕• awareness n = 知覺到

【乙 2】• environment n = 環境，周遭　• anesthesia n = 麻醉；anesthetic = a
　　　• feel v = 覺得；feeling〔動名詞〕= 感情　• sense n =（五官的）感覺，常
　　　識；v = 感覺；sensation n = 感情；senseless a = 不省人事的，愚笨的

【乙 3】• agent n = 代理人，媒劑，代辦者，特務　• except for p = 除了
　　　• disadvantage n = 不利處；advantage n = 優點
　　　• mixture n = 混合物；mix v = 混合

【乙 4】• explode v = 爆炸；explosion = n　• ignite v = 點燃，發動；ignition = n
　　　• electrostatic a = 靜電的；statics n = 靜力學；electricity n = 電學；
　　　electron n = 電子　• spark n = 閃光，小火花

【乙 5】• patient n = 病人；a = 有忍耐心的，patience n = 耐心
　　　• accident n = 災禍，車禍　• of this sort = 這一類的
　　　• however ad = 不過，然而，不論如何
　　　• rare a = 稀罕的；rare-earth family = 稀土族（金屬）

【丙 1】• cyclo- = 環狀的；cycle v, n = 循環，周；cyclic a = 循環的；cyclotron n
　　　= 迴旋加速器；circle n = 圓

【丁 1】• be assumed as v = 被假定為　• be described as v = 被描寫為
　　　• bend v 〔不 bent, bent〕弄彎；〔bent = 被弄彎的。過去分詞〕

【丁 3】• it is interesting that = 有趣的是　• measured distance n = 量到的距離

【丁 5】• arc n = 弧〔arc-sine 反正弦〕

【丁 6】• in one sense = 在一種意味上；in some sense = 在某種意味上

　　　　• be considered to be ⟨v⟩ = 被考慮為就是

【戊 1】• in comparison with... = 與…相比較；compare ⟨v⟩ = 比較

【戊 2】• text ⟨n⟩ = 課文；textbook ⟨n⟩ = 課本

◉ Section 21 環戊烷分子

【乙 1】• astonish ⟨v⟩ = 驚訝

【乙 2】• lie ⟨n⟩ = 謊言；⟨v⟩ = 說謊（算是規則動詞：lied, lied）；lie ⟨v⟩ = 位於，躺
　　　　〔不 lay, lain, lying，不及物〕

　　　　【註】：其過去分詞 lain 其實不常用；I have lain down 應改為 I have been lying down。

　　　　【註】這個字差不多兩個不同的字，卻有相同的外形!

　　　　【註】糟糕的是另有一字：lay ⟨v⟩〔不 laid, laid〕= 擱，擺，安排，鋪設，生下（蛋）

【乙 3】• pentagon ⟨n⟩ = 五角形（section 12 甲 5）

【乙 4】• so close to...that = 如此地近於…以致（section 12 丁 1）

　　　　• little...would be required = 殆不需要；〔little = 少，意謂著「否定」，幾乎沒有；a little = 一點點，意謂著「肯定」，「有」；section 4 丁 2〕

　　　　（注意：would, had been，均為虛擬。）

【丙 1】• instead ⟨ad⟩ = 代之的是，意外的是　• distort ⟨v⟩ = 變形；distortion = ⟨n⟩

【丙 2】• place ⟨v⟩ = 置放；⟨n⟩ = 位置，地位

　　　　• out of the plane of = 在…的平面之外

【丁 1】• probable ⟨a⟩ = 可能的　• explain ⟨v⟩ = 解釋；explanation = ⟨n⟩

　　　　• permit（section 13 丙 2）• approximation ⟨n⟩ = 接近；approximate = ⟨v, a⟩

【戊 1】• somewhat ⟨ad⟩ = 有些許，某種程度上；somehow = 以某種方式地

【戊 4】• turn ⟨v⟩ = 轉彎，翻頁；⟨n⟩ = 輪到

◉ Section 22 環己烷分子

【題】• cyclohexane

【註】：cyclo- ＝ 環，hex- ＝ 六，-ane ＝ 烷

【甲 2】● six-membered a ＝「具有六元的」；member ＝ 集之元素，成員（section 12 乙 5）

【甲 3】● free a ＝ 自由的；（duty-free ＝ 免稅的；）freedom n ＝ 自由

    ● free from strain ＝ 沒有緊張的；strain（section 13 丁 4）＝ 緊張，費力；扭曲

【甲 6】● somewhat more ＝ 稍微更加；considerably more ＝ 遠更

【乙 1】● reason n ＝ 理由；reasonable a ＝ 合理的

【乙 2】● favorable a ＝ 有利的；favor n ＝ 惠利，好處；v ＝ 施惠，偏愛；favorite a ＝ 最喜愛的，偏好的；unfavorable a ＝ 不利的

    ● eclipsed a ＝ 晦蝕的（section 17 丙 1）

【乙 3】● energy n ＝ 能量

【乙 4】● content n ＝ 內含，內容

    ● per unit weight ＝ 每單位重量的；〔per ＝ 每，percent ＝ 每百 ＝ $\frac{1}{100}$ ＝ 1%〕

【乙 5】● fuel n ＝ 燃料

【乙 6】● rocket n ＝ 火箭 ● propulsion n ＝ 推進；propulsive a ＝ 推進的；repulsion n ＝ 拒斥；repulsive a ＝ 拒斥的 ● nitric acid n ＝ 硝酸 ● oxidant n ＝ 氧化劑〔-ant 或 -ent 是「者」，例如 student。〕

◉ Section 23 大碳氫環

【題】● ring（section 10 丙 1）n ＝ 環

【甲 1】● assume v ＝ 取得 ● configuration n ＝ 構形

【丙 2】● square n, a ＝ 正方形（的），平方

【丙 3】● hole n ＝ 空洞 ● permit v ＝ 允許（section 11 甲 1, 13 丙 2）

    ● thread v ＝ 穿線；n ＝ 線，脈

【丙 4】● structural feature n ＝ 構造上的特色 ● lead v 〔不 led, led〕＝ 引導（section 1 甲 2: 鉛）；leader ＝ 領導者；leadership ＝ 領導力 ● subject n ＝ 題材，主詞，主題

◉ Section 24 兩環套連的分子

【甲 1】 synthesize $\boxed{v}$ = 合成；synthesis $\boxed{n}$ = 綜合，合成；〔analysis = 分析〕

【甲 2】 • held together 抱持在一起

【甲 3】 • geometrical constraint = 幾何學的限制 • linked with one another = 互相串連的〔linked 是過去分詞〕• in the way that = 以…的方式

【甲 5】 • goal $\boxed{n}$ = 目的，目標，（球的球網）• carry out $\boxed{v}$ = 施行 • chemical reaction = 化學反應

【甲 6】 • formation $\boxed{n}$ = 形成；form = $\boxed{v}$ • end $\boxed{n}$ = 尾端

【甲 7】 • convert $\boxed{v}$ = 轉變，（改變宗教 = 改宗，）conversion = $\boxed{n}$

【甲 −4】 • prove $\boxed{v}$ (proved, proven/proved) 證明；proof = $\boxed{n}$

【甲 −3】 • able $\boxed{a}$ = 能的；〔和 capable 差不太多。-able 是極常見的附尾語。〕
be able to = can • separate $\boxed{v}$ 分開，析離；$\boxed{a}$ = 分別的
• a small amount of = 少量的

【乙 1】 • of this sort = 這一種的 • catenane $\boxed{n}$ = 連烷；catena $\boxed{拉}$ = chain；catenary $\boxed{n}$ = 鏈鎖線

◉ Section 25 多性瘤病毒

【甲 1】 • polyoma $\boxed{n}$ = 多性瘤；cancer $\boxed{n}$ = 癌；cancerogenic $\boxed{a}$ = 起癌的〔= cancer + genic〕• tumor $\boxed{n}$ = 腫瘤（惡性者即癌）• various $\boxed{a}$ = 種種的 • body $\boxed{n}$ = 身體（，車身）

【甲 2】 • heart $\boxed{n}$ = 心，心臟 • liver $\boxed{n}$ = 肝臟 • recently $\boxed{ad}$ = 最近 • isolate $\boxed{v}$ = 孤立之，析出

【甲 3】 • mouse $\boxed{n}$ 〔$\boxed{不}$ mice〕= 鼠；hamster $\boxed{n}$ = 天竺鼠 • seem $\boxed{v}$ = 似乎是 • causative $\boxed{a}$ = 導致此結果的；cause $\boxed{v}$ = 引至；agent $\boxed{n}$ = 媒介

【甲 4】 • species $\boxed{n}$ = （生物學中的）品種；
【註】Darwin 所著 *The Origin of Species* = 〈物種原始〉
• virus $\boxed{n}$ = （濾過性）病毒；virulent $\boxed{a}$ = 劇毒的，惡毒的；virulence = $\boxed{n}$

【甲 5】 • gather $\boxed{v}$ = 收集

【乙 1】● belong to Ⓥ = 屬於　● class Ⓝ = 種類，班級；classify Ⓥ = 分類

　　　　● nucleus Ⓝ〔不：nuclei〕= 核〔細胞核，原子核之核〕；nuclear = Ⓐ；
nucleic acid = 核酸

【乙 3】● join（section 5 乙 2）Ⓥ = 結合　● in a special way = 以一種特殊方式

【丙 1】● heredity Ⓝ = 遺傳；hereditary = Ⓐ　● unit（section 2 甲 3）● gene Ⓝ = 基因

【丙 2】● control Ⓥ, Ⓝ = 控制　● development Ⓝ = 發展；develop = Ⓥ

　　　　● growth Ⓝ = 成長；grow Ⓥ〔不 grew, grown〕= 生長

　　　　● living Ⓝ = 活著的（live 的現在分詞）● organism Ⓝ = 生物（section 14 甲 4）

【丙 3】● resemble Ⓥ = 相像，類似；resemblance = Ⓝ　● parents Ⓝ = 雙親

【丁 1】● abnormal Ⓐ = 不正常的；〔ab- 不；normal 正常的（section 8 乙 1）〕

【丁 2】● differ from Ⓥ = 異於　● in that = 在於

【戊 1】● intertwine Ⓥ = 纏結起來；〔inter- 介於其間的；twin 雙生的〕

　　　　● complex Ⓐ = 複雜的；complex number = 複數

【戊 3】● complicated Ⓐ = 複雜的；complicate Ⓥ = 使混雜，使錯綜；
complication = Ⓝ

　　　　● preceding Ⓐ = 前面的；precede Ⓥ = 在前行；succeed Ⓥ = 繼續，成功

【己 1】● strange Ⓐ = 奇怪的；stranger Ⓝ = 陌生人

　　　　● produce Ⓥ = 生產；producer Ⓝ = 生產者，公司

【己 2】● read Ⓥ〔不 read, read〕= 閱讀；〔注意：同寫異讀！〕reader Ⓝ = 讀者

【己 3】● mechanism Ⓝ = 機制，機轉；mechanics Ⓝ = 力學，機械學；mechanical Ⓐ = 機械的

◉ Section 26 雙鍵與參鍵

【甲 1】● nitrogen Ⓝ = 氮；nitric acid Ⓝ = 硝酸 =〔「氮酸」= 氮的五價含氧酸〕；
nitrous acid = 亞硝酸；nitrify Ⓥ = 硝化；nitrate = 硝酸鹽；nitrite Ⓝ = 亞硝酸鹽

　　　　● sulfur Ⓝ = 硫；sulphuric acid Ⓝ = 硫酸；sulphurous acid Ⓝ = 亞硫酸；
sulphate Ⓝ = 硫酸鹽；sulphite Ⓝ = 亞硫酸鹽

• accompany $\boxed{v}$ = 陪伴；〔company = 一群，同伴，（陸軍）一連；ac- = 使〕

【乙2】• usual $\boxed{a}$ = 尋常的； unusual $\boxed{a}$ = 不尋常的

【乙3】• ripe $\boxed{a}$ = 成熟的； ripen $\boxed{v}$ = 使成熟

【丁1】• space $\boxed{n}$ = 空間，太空，空隙； spatial $\boxed{a}$ = 空間的；〔planar $\boxed{a}$ = 平面的； linear $\boxed{a}$ = 線狀的〕

【丁2】• correspond to $\boxed{v}$ = 對應到 • share $\boxed{v}$ = 有，共用； shared kitchen $\boxed{n}$ = 共用的廚房； share $\boxed{n}$ = 占有的股份

【戊1】• although = though $\boxed{c}$ = 雖然 • observed $\boxed{fa}$ =（被）觀察到的

【戊2】• measured $\boxed{fa}$ = 量度到的 • along the arc = 沿著弧

◉ Section 27 普魯士藍的結晶構造

【甲1】• pale $\boxed{a}$ = 蒼白的； $\boxed{v}$ = 失色，變白 • violet $\boxed{a}$ = 紫色（的）
• ferric =（三價的）鐵（鹽） • nitrate $\boxed{n}$ = 硝酸鹽； ferric nitrate $\boxed{n}$ = 硝酸鐵 = 鐵的硝酸鹽

【甲2】• potassium $\boxed{n}$ = 鉀；〔Kalium 是德文〕• ferro-（兩價的）亞鐵
• cyanide $\boxed{n}$ = 氰化物 • dissolve $\boxed{v}$ = 溶解（section 10 乙1）； solution $\boxed{n}$ = 溶液

【甲3】• precipitate $\boxed{v}$ = 沉澱； $\boxed{n}$ = 沉澱物

【甲4】• pigment $\boxed{n}$ = 染料

【丙3】• cube $\boxed{n}$ = 立方體；立方（section 12 題）； cubic $\boxed{a}$ ； cubic lattice $\boxed{n}$ = 立方格子

【丁–2】• simple（section 2 甲1）$\boxed{a}$ = 簡單的； simplicity = $\boxed{n}$ ； for simplicity = 為簡單起見

◉ Section 28 普魯士藍晶體

【甲2】• in addition to = 除外，還有〔倒裝！〕

【乙1】• ion $\boxed{n}$ = 離子

【乙2】• remove $\boxed{v}$ = 移走 • add $\boxed{v}$ = 加上，加入； addition $\boxed{n}$ = 加法

【乙5】• transfer $\boxed{v}$ = 轉移；〔過去分詞，加 -ed 前，先重複末了的 r。〕

【丙 1】• chamber $\boxed{n}$ = 室；chamber music = 室內樂

【丙 3】• present $\boxed{a}$ = 出現的（section 10 乙 1）

【丙 4】• entrap $\boxed{v}$ = 陷囚；〔trap = 陷阱；en- 使〕

【丙 6】• escape $\boxed{v}$ = 逃出　• cape $\boxed{n}$ = 角

【丁 2】• clathrate crystal = 籠合物晶體

【丁 3】• lattice $\boxed{n}$ = 柵格

◉ Section 29 正八面體

【乙 3】• sulfur hexafluoride = 六氟化硫；hex- = 六；fluoride $\boxed{n}$ = 氟化物；
　　　　　【註】直譯是：「硫的六氟化物」，注意這種漢英的順序顛倒！

【乙 –2】• coordination = ligation 配位；〔數學上，coordinate = 座標〕

【丙 1】• coordination number = ligancy = 配位數

◉ Section 30 正八面體配位的異構物

【甲 3】• be accounted for by $\boxed{v}$ = 如此來解釋〔倒裝序〕
　　　　• assign $\boxed{v}$ = 指派（section 7 乙 3）

【甲 5】• orange $\boxed{n, a}$ = 橙橘，橙橘色的　• lemon-yellow $\boxed{n, a}$ = 檸檬黃

【甲 8】• assume $\boxed{v}$ = 假定，認為
　　　　• for one (substance)...for the other... = 對其一（質材）⋯，對於另一⋯⋯

【甲 –3】• define an edge $\boxed{v}$ = 界定了一條稜線

【甲 –2】• opposite $\boxed{a}$ = 反對的；opposition party $\boxed{n}$ = 反對黨

【乙 2, 3】• cis $\boxed{拉}$ = 順式的；isomer = 同分異構物；trans $\boxed{拉}$ = 反式的

【乙 5】• decade $\boxed{n}$ = 十年；〔dec- = 十〕• postulate $\boxed{v}$ = 提出假說；$\boxed{n}$ = 公設

【乙 –2】• identification $\boxed{n}$ = 指認；identity $\boxed{n}$ = 同一性，恆等式；identical $\boxed{a}$ = 一模一樣的

【乙 –1】• correct $\boxed{a}$ = 正確的；incorrect $\boxed{a}$ = 不正確的

◉ Section 31 六亞甲四胺分子

【題】• hexa- = 六 • methylene- = 亞甲基 • tetra- = 四；amine $\boxed{n}$ = 胺；

【註】CH_3- 是「甲基」，（乙基是 C_2H_5-，依此類推；）$-CH_2-$（比甲基少個氫）是「次甲基」。

氨 (amonia) 是 NH_3；氨基 = 胺，通常是從氨中拿掉一個氫，即 NH_2-；若拿掉兩個就成為 $-NH-$；在此地，是全部拿掉，氨的三根氫氮鍵，已經完全被取代。

【乙 –1】• table of covalent radii $\boxed{n}$ = 共價鍵半徑表

【丙 –2】• truncate $\boxed{v}$ = 截掉

【丙 –1】• cut $\boxed{fa}$ = 被切掉的；cut $\boxed{v}$〔$\boxed{不}$ cut, cut〕= 切斷

◉ Section 32 正二十面體

【題】• icosahedron $\boxed{n}$ = 正二十面體

【甲 3】• seat $\boxed{n}$ =（底）座；〔seat belt = 汽車的座位之安全帶〕；sit $\boxed{v}$ = 坐

◉ Section 33 四面體的硼晶體

【題】• tetragonal $\boxed{a}$ = 四角狀的；(tetra- = 四，-gon = 角)

【甲 2】• one of the several modifications = 種種變形之一

【甲 3】• unit of structure $\boxed{n}$ = 構造的單位

【乙 1】• comprise $\boxed{v}$ = 由⋯組成，包含

【丁 3】• shared-electron-pair〔多字連結法！〕share（section 5 丙 5）$\boxed{v}$ = 共有

◉ Section 34 正十二面體式的硼氫離子

【題】• borohydride $\boxed{n}$ = 硼氫化物〔boron- = 硼；hydro- = 氫〕

【甲 1】• colorless（section 11 丁 2）

【甲 2】• dipotassium $\boxed{n}$ =「化二鉀」；di- = 雙的；potassium（section 27 甲 2）

【甲 4】• extra $\boxed{a}$ = 額外的

【乙 2】• seem $\boxed{v}$（section 25 甲 3）= 似乎是

◉ Section 35 十硼烷分子

【題】• deca- = 十；borane $\boxed{n}$ = 硼烷 = 硼氫化合物；

　　【註】烷 -ane，是完全的「碳氫化物」（烴）；週期表上，硼碳相鄰，性質相近! 只是三價四價之差，或者說：六半鍵與四鍵之差。

【甲 3】• provide $\boxed{v}$ = 提供

　　　• puzzle $\boxed{n}$ = 疑惑，謎題，（報章雜誌中的字謎拼字遊戲等）；$\boxed{v}$ = 使困惑

【乙 4】• bridge $\boxed{n}$ = 橋樑（，橋牌）；$\boxed{v}$ = 架橋；bridging = $\boxed{fa}$

◉ Section 36 四硼烷分子

【甲 2】• bridging（section 35 乙 4）$\boxed{fa}$ = 架橋的；nonbridging = 「非架橋的」

【甲 3】• approximate（section 3 乙 4）$\boxed{a}$ = 近似的；approximation $\boxed{n}$ = 近似

【甲 4】• radial $\boxed{a}$ = 輻射狀的；radiant $\boxed{a}$ = 發光的，放熱的，燦爛的；

　　　radiate $\boxed{v}$ = 輻射出；radio = 無線電；radius = 半徑

【甲 5】• dimension（section 13 丙 3）$\boxed{n}$ = 尺寸，大小　• near（section 1 丙 4）$\boxed{a}$ = 接近的

【乙 3】• few $\boxed{a}$ = 少數的

　　　【註】little = 少量的；兩者的區別是：後者用在不能點算的情形，前者用在可以點算的情形! 另外，這兩個詞的前面，有無不定冠詞 a，是很重要的一件事：有了不定冠詞，意思是在強調「有」，（不太在乎少與多，）如果沒有不定冠詞，意思就在強調「很少」。（有等於沒有。）

【丙 1】• react $\boxed{v}$ =（化學）起反應（section 4 丙 2）• vigorous（section 12 乙 6）$\boxed{a}$ = 有力的　• oxidant（section 22 乙 6）$\boxed{n}$ = 氧化劑

【丙 2】• boric oxide $\boxed{n}$ = 三氧化二硼〔「硼的氧化物」，可以簡稱「氧化硼」〕

　　　• extensive $\boxed{a}$ = 廣泛的；〔intensive = 強烈的。物體的質量是廣衍性的量，但密度則是強度性的〕

　　　• investigate $\boxed{v}$ = 調查，研究；〔F.B.I. = Federal Bureau of Investigation〕

【丙 3】• rocket fuel（section 22 乙 6）= 火箭燃料

◎ Section 37 配位數六的碳原子

【甲 1】• success n = 成功；successful a = 成功的；failure n = 失敗

    • use（section 6 己 3） n = 使用

【甲 2】• be astonished = 驚訝於（section 21 乙 2）• report v, n = 報告

【乙 1】• carry out（section 24 甲 5） v = 施行

【乙 3】• be assigned（section 7 乙 3, 30 甲 3） v = 被指派了

    • however ad = 不過（section 20 乙 5）

【丙 4】• one another（section 17 乙 4） ad =（許多個東西之間的）互相

【丁 2】• indicate v = 指示，表示（section 2 丙 4，丁 4），indication = n

【丁 3】• perhaps ad = 也許

◎ Section 38 二茂鐵分子

【題】• ferrocene（這是俗名！）= 二茂鐵（這是學名）

    【註】因為 C_5H_5 是戊烯根，有機物如：苯 C_6H_6，一方面有 benzene 的音譯，一方面加上草頭，表示有機物，所以就在戊之上加上草頭成為「茂」。這個詞就是這樣來的，又雅又方便。

【甲 4】• sandwich v = 夾在當中；n =〔音譯〕三明治

【乙 1】• past decade = 過去十年（section 30 乙 5）

【乙 2】• certain a 確定的（section 17 甲 6）；〔uncertainty = 不確定性〕

【丙 3】• arguments n = 論證，說詞；argue v = 論爭，爭辯

【丙 −2】• intermediate a = 介於其間的

◎ Section 39 氫鍵

【甲 3】• easy a = 容易的；ease n = 舒適 • explain v = 說明（section 11 乙 5）

【丁 3】• midway n = 中途

◎ Section 40 醋酸雙拼分子

【甲 1】• vinegar n = 醋

【甲 2】• convince v = 勸服

【丙 2】• accept v = 接受（section 7 乙 5）

【丙 4】• dimer n =「雙拼分子」〔平常的字典查不到！di- 與 mer 合起來〕

◉ Section 41 冰

【甲 1】• differentiate from v = 區辨，區隔；difference n = 區別，相異處；different = a

【甲 2】• float v = 浮標 • less a = 較不，較少〔比較級的用法！〕

【甲 3】• form v = 形成 • on melting = 當融熔時 • whereas c = 然而

　　　• dense a = 密的；denser = 更密的；less dense = 較不密的；density n = 密度

【乙 1】• provide v = 提供（section 35 甲 3）

【乙 2】• rather open = 毋寧說是開闊的

　　　• frame n = 結構，框架；v = 設計；framework n = 框架，體制

【丙 1】• surround v = 包圍，環繞（section 15 己 1）

【丙 3】• from one...(and)...from another〔這是一種併說的方式！〕

【丁 1】• broken fa = 斷裂了的〔break 不 broke, broken；（section 1 丙 9，section 16 丁 2）〕

　　　• consequence n = 結果；〔in ～是「以介系詞領出的片語」，作為副詞用〕

【丁 2】• be able to〔差不多 = can〕• pack v = 捆綁，紮緊 • compact a = 緊密的

【戊 1】• a sort of = 一種的 • disorder n = 無序；〔dis- = 不，無；order = 秩序〕

【戊 3】• restriction n = 限制，拘束（section 17 乙 2）

【己 1】• affect v = 影響到

【己 2】• verify...to within about 1 percent = 驗證…為真，到百分之一的程度內

◉ Section 42 高密度的冰

【甲 1】• several modifications = 數種變形（section 33 甲 2）

　　　• under high pressure = 在高壓下

【乙 1】• column n = 柱，行；〔原來是建築中的「圓柱」，變成軍中的「縱隊」，

又變成數學上矩陣中的「行」 • hydrogen-bonded $\boxed{\text{fa}}$ = 以氫鍵鍵結了的

【乙 2】• push $\boxed{\text{v}}$ = 推壓〔注意被動態！ pull = 拉〕• together $\boxed{\text{ad}}$ = 在一起地

【乙 2, 5】• rather $\boxed{\text{ad}}$ = 其實，相當

【丙 1】• about $\boxed{\text{ad}}$ = 差不多，約（section 16 甲 2）

◉ Section 43 五角面的正十二面體

【題】• pentagonal $\boxed{\text{a}}$ = 五角形的 • dodecahedron $\boxed{\text{n}}$ = 十二面體

　　【註】兩個字在一起，前者幾乎是多餘的形容詞！只是強調而已！因為：正十二面體的各面必然是正五角形

【甲 3】• involve $\boxed{\text{v}}$ = 牽涉到（section 13 丁 3）• interchange $\boxed{\text{v}}$ = 互相交換

　　【註】正六面體與正八面體也是如此對偶！正四面體是自己對偶！

【乙 2】• close approximation to = 非常接近於

　　【註】此地 close = $\boxed{\text{a}}$，用於形容 approximation = $\boxed{\text{n}}$

【乙 3】• characteristic $\boxed{\text{a}}$ = 具特徵性的

【乙 7】• would 〔虛擬法〕

【乙 − 2】• feature $\boxed{\text{n}}$ = 特色

【乙 − 1】• synthesize $\boxed{\text{v}}$ = 合成（section 24 甲 1）

◉ Section 44 籠合物晶體：氙的水合物

【題】• clathrate $\boxed{\text{n}}$ = 籠合物 • crystal $\boxed{\text{n}}$ = 晶體 • xenon $\boxed{\text{n}}$ = 氙

　　• hydrate $\boxed{\text{n}}$ = 水合物

【甲 3】• unstrained $\boxed{\text{a}}$ = 未扭歪的；un- = 不；strain $\boxed{\text{v}}$ = 扯緊，扭歪；$\boxed{\text{n}}$ = 緊張，費力（section 13 丁 4）；constrain $\boxed{\text{v}}$ = 限制

【乙 1】• chamber $\boxed{\text{n}}$ = 室（section 28 丙 1）

【乙 2】• somewhat larger $\boxed{\text{a}}$ = 稍大一點的

【乙 − 1】• shared $\boxed{\text{fa}}$ = 共有的 • occupy $\boxed{\text{v}}$ = 占有，占據（section 6 乙 1）

　　• fore- 前的；ground 地，基，板面；〔background = 背景〕

【丙 − 1】• classify $\boxed{\text{v}}$ = 分類；class $\boxed{\text{n}}$ = 種類，班級（section 25 乙 1）

【丁 1】• special $\boxed{\text{a}}$ = 特別的；〔general = 一般的〕

【丁3】• act Ⓥ = 活動；activity = Ⓝ • propose Ⓥ = 提案，提出學說（section 7 丙 1）

【丁5】• entrap Ⓥ = 陷害，陷之入牢籠（section 28 丙 4）

【丁6】• electrically charged = 荷電的（section 2 題）

【丁 –3】• prevent Ⓥ = 防止；prevention = Ⓝ；preventive Ⓐ = 預防性的

　　　　• contribute Ⓥ = 貢獻；contribution = Ⓝ

　　　　• oscillate Ⓥ = 振動；oscillation = Ⓝ

【丁 –2】• constitute Ⓥ = 組成（section 1 甲 4）

　　　　• mental Ⓐ = 心智的；mentally retarded = 智障者

【丁 –1】• consciousness Ⓝ 知覺；unconscious Ⓐ 失去知覺的

　　　　• sensitivity Ⓝ = 敏感性，感受性；sensitive = Ⓐ；sense Ⓝ = 感官，感覺

【丁 –4 以下】這裡有極長的（五列）一句！

　　　　• 精簡主詞是 suggestion，精簡動詞是 is，用關係代名詞 that，引出長子句，作為「補足詞」。

　　　　• 長子句的精簡主詞是 xenon and agents，精簡動詞是 act，（複數主詞，故不用 acts，）（也可以說動詞 act 與介系詞 by 結合為一）by 的受詞是「動名詞」causing。

　　　　• causing（導致）的受詞是 water，（in the brain 倒置式的形容它！）接下來是（「不定詞」）to form, form（形成）的受詞是 crystals；而它 (crystal) 就用 which 這關係代名詞引出的子句來形容。

　　　　• which 是子句的主詞，子句的動詞有二，entrap 與 prevent；用 and 連接

　　　　• 動詞 entrap 的受詞是 ions and groups，動詞 prevent 的受詞是 them（，代表 ions and groups）。

　　　　• 動詞 prevent 和介系詞 from 結合為一，from 的受詞是「動名詞」contributing。（preventing them from contributing「防止它們貢獻於」。）

　　　　「動名詞」contributing 和介系詞 to 結合為一，受詞是 oscillations。（in the brain 倒置式的形容它！）

　　　　• 而它就用底下的 that 這關係代名詞引出的子句來形容。

that = oscillations 是複數主詞，故其動詞是 constitute，此動詞的精簡受詞是 activity，而用倒裝片語 characteristic of consciousness and sensitivity 來形容。

◉ Section 45 甘胺酸分子：最簡單的胺基酸

【化學】

胺基酸的意思是有機酸的烷基中有一個氫 H 被胺基 NH_2 取代；所以，最最簡單的胺基酸，當然是醋酸 CH_3-COOH 中，CH_3- 改為 NH_2-CH_2-，此即甘胺酸。因為是「最簡單」，此地的烷基是甲基 CH_3-。若是乙基以上，則 NH_2 所在的碳之位置，將有一些選擇！此時最常見的是：選擇「最接近有機酸基者」，這叫做 α- 胺基酸。

此節的戊段就說明了：甘胺酸事實上的結構是把有機酸根的 COOH 之 H，移到胺基的氮處去！

【題】• glycine $\boxed{n}$ = 甘胺酸　• amino acid $\boxed{n}$ = 氨基酸〔音譯：阿米諾酸〕

【甲 1】• living organisms $\boxed{n}$ = 活著的有機體

【乙 2】• boil $\boxed{v}$ = 煮滾；boiling point $\boxed{n}$ = 沸點　• stand $\boxed{v}$ = 靜站在那裡

【丁 3】• liberate $\boxed{v}$ = 解放出；liberty $\boxed{n}$ = 自由

【戊 2】• attach $\boxed{v}$ = 黏貼上

【戊 3】• acidic $\boxed{a}$ = 帶酸性的　• end $\boxed{n}$ = 尾，端

【戊 4】• carry $\boxed{v}$ = 帶有

【戊 – 1】• as a whole $\boxed{ad}$ = 整體而言

【己 4】• are equal $\boxed{v}$ = 是平等的

【己 –2】• account $\boxed{n}$ = 帳目，帳戶；$\boxed{v}$ = （帳目上）說明

　　　　• resonate $\boxed{v}$ = 共鳴，共振

◉ Section 46 左、右手型的丙胺酸分子

【題】• left-handed, right-handed〔都是指螺絲釘之類的旋進的方式，通常就說是左旋與右旋〕• alanine = 丙胺酸

【甲 1】• L-alanine〔馬上就懂 L = 左的意思！〕

【甲 3】• replace [v] = 代替，取代之以；〔re- = 重新；place = 置之於〕

【乙 2】• mirror images [n] = 鏡中之影

【乙 3】• one another [ad] = 互相　• one kind...the other kind = 這一種…那一種

【丙 1, 2】• both...and... 〔相對等的連接詞〕；both as L molecules and as D molecules = 以 L 分子以及以 D 分子的形式

【丙 4】• nutrient [n] = 營養物

【丁 1】• looking-glass milk [n] =「鏡影的牛奶」〔意思是右旋而非左旋!〕

【丁 4】• raise the question [v] = 揭疑　• good to drink = 喝了好；not good to drink = 喝了不好

◉ Section 47 甘胺醯甘胺酸分子

【化學】

胺基酸是組成蛋白質的小團體。這節考慮最最簡單的「拼湊法」：只「兩個」最最簡單的胺基酸（即甘胺酸），如何湊？

• 把一個胺基酸的有機酸根－CO－OH（中的 OH），與另一個胺基酸的胺基（中的 H），進行縮合!

• 縮合處就是胜鍵 (peptide bond)。原本的胺基酸的部分就是「存留下來的本體」。

• 如果有 $n+1$ 個胺基酸，也可以有 n 個胜鍵，得到「多胜」，有 $n+1$ 個本體。

【甲 1】• way [n] = 方式，路途　• form [v] = 形成

【乙 1】• peptide [n] = 胜　• describe [v] = 描述

【乙 2】• residue [n] = 殘體，本體　• polypeptide [n] = 多胜〔poly- 多〕

【丙 5】• resonate [v] = 共振，共鳴

【丙 7】• require [v] = 要求，必需

【丙 −4】• verify [v] = 驗明，驗證

【丙 −2】• accurate [a] = 精確的；accuracy [n] = 精確度

◉ Section 48 蠶絲的分子架構

【題】• silk [n] = 蠶絲

【甲 1】• fiber [n] = 纖維　• spin [v] 〔[不] span, spun〕= 紡織，（蜘蛛結網，蠶做繭，）

陀螺抽轉　• silkworm $\boxed{n}$ = 蠶；〔worm 是蠕動的蟲〕• spider $\boxed{n}$ = 蜘蛛

【甲 2】• silk fibroin $\boxed{n}$ = 絲蛋白　• species $\boxed{n}$（多數形）= 物種（section 25 甲 4）

【甲 5】• lying〔這是動詞 lie「躺臥」的現在分詞〕

【甲 6】• thread $\boxed{n}$ = 線紗，纖維；$\boxed{v}$ = 穿線

【乙 2】• attach $\boxed{v}$ = 附上，貼上

【乙 6】• superimpose $\boxed{v}$ = 放在上面；super-（附首詞）= 在上，超過；impose $\boxed{v}$ = 課徵，強加

【丙 3】• every other $\boxed{ad}$ = 每隔一個

◉ Section 49 摺疊多肽鏈：分子建構學的問題

【題】• fold $\boxed{v}$ = 摺疊

【甲 1】• period $\boxed{n}$ = 期間，週期　• hair $\boxed{n}$ = 毛髮　• muscle $\boxed{n}$ = 肌肉

【甲 2】• tendon $\boxed{n}$ = 筋腱　• surmise $\boxed{n}$ = 推測，臆斷

【甲 3】• advance $\boxed{v}$ = 前進，提出推測

【乙 1】• British $\boxed{a}$ = 英國的〔section 7 乙 1〕

　　　　• coworker $\boxed{n}$ = 同夥〔co- 共同的，work 工作〕

【乙 2】• horn $\boxed{n}$ = 鹿角，牛角，號角　• porcupine = 豪豬，刺蝟　• quill $\boxed{n}$ = 刺

【乙 3】• steam $\boxed{n}$ = 蒸氣〔steam engine〕；$\boxed{v}$ = 蒸　• stretch $\boxed{v}$ = 伸出，鋪開

　　　　• double $\boxed{v}$ = 使成兩倍

【乙 4】• one = one pattern　• resemble $\boxed{v}$ = 相像（section 25 丙 3）　• conclude $\boxed{v}$ = 作結論（section 15 乙 4）

【乙 5】• unstretched $\boxed{fa}$ = 未伸開的〔un-〕

【乙 –1】• try $\boxed{v}$〔$\boxed{不}$ tried, tried〕= 嘗試，試著

【丙 1】• alpha = α = 希臘文字第一個字母；〔第二個是 beta = β，因此字母叫 alphabet。〕

【戊 1】• satisfy requirement $\boxed{v}$ = 符合要求

【戊 2】• per turn = 每一轉（section 22 乙 3）

【戊 4】• beyond $\boxed{p}$ = 在…之外（之上）

◉ Section 50 對 α 螺旋鏈的增補

【甲 2】• comprise v = 由…組成，包含（section 33 乙 1）

【乙 3】• exact a = 精確的；exactly = ad

【乙 −2】• rope n = 繩子

【丙 1】• might〔虛擬法! 照道理有可能，但事實上卻沒見過!〕

◉ Section 51 肌紅蛋白分子的一部分

【甲 2】• hemoglobin n = 血紅（蛋白）素 • red cell of the blood = 紅血球

【甲 4】• effort n = 努力

【丙 2】• attach（section 45 戊 2）v = 黏貼上

【丙 3】• perform v = 執行工作，表演，演奏

【丙 5】• heme n = 血紅素原

◉ Section 52 血基質分子之構造

【乙 2】• be ascribed to v = 歸之於

【乙 3】• be restricted to v = 限制於

【丙 4】• oxygenate v = 充氧

【丁 2】• be responsible for v = 為…負責

【丁 3】• bluish a = 淺藍色的，帶青色的；blue a = 藍色的

◉ Section 53 血紅蛋白和肌紅蛋白中的鐵原子

【甲 1】• ferrous a = 二價鐵的；ferric a = 三價鐵的

【甲 2】• bivalent a = 二價的〔bi- = 二的，valent = 價〕

【甲 3】• doubly ad = 兩倍地 • charged fa = 帶電荷的

【甲 4】• mineral n = 礦物；mine n = 礦坑，地雷（section 1 甲 1）
　　　　• hematite n = 赤鐵礦

【甲 −2】• triply ad = 三重地，三倍地；triple = a ；double a = 兩重的

【乙 3】• ferrihemoglobin = 三價鐵血紅蛋白 • ferrimyoglobin = 三價鐵肌肉球蛋白

【乙4】• reversible ⓐ = 可逆的

【丙1】• present ⓥ = 呈現，出現，出席（section 10 乙1）；presence = ⓝ

【丁2】• basic ⓐ = 鹽基性的；base ⓝ = 鹽基（= 鹼）；〔acidic = 酸性的〕

【丁4】• conclude ⓥ = 做結論；conclusion = ⓝ

【丁6】• serve ⓥ = 服務，助於 • hinder ⓥ = 阻礙

【丁 –2】• electrostatic ⓐ = 靜電的〔static = 靜的；electro- = 電的〕

　　　　• repulsive ⓐ = 排斥的；repulsion ⓝ = 拒斥（section 22 乙6）

◎ Section 54 分子疾病

【甲2】• involve ⓥ = 涉及 • manufacture ⓥ, ⓝ = 製造；manufacturer = 製造者，製造商 • patient ⓝ = 病患；ⓐ = 有忍耐心的（section 20 乙5）

【乙1】• a sort of = 一種 • anemia ⓝ = 貧血症；anemic = ⓐ

【乙2】• normal amount of = …的正常量 • lung ⓝ = 肺

　　　　• tissue ⓝ = （生物學上的）「組織」（或者音譯為「體素」。）

【丙6】• convert ⓥ = 轉換（section 24 甲7）；conversion = ⓝ

【丙 –1】• ferrihemoglobinemia ⓝ = 「三價鐵血紅素貧血症」

【丁2】• mutated ⓕⓐ = 突變了的；mutate = ⓥ • replacement ⓝ = 替代

　　　　• histidine ⓝ = 組胺酸

【丁4】• tyrosine ⓝ = 酥胺酸

【戊2】• provide ⓥ = 提供（section 35 甲3）• essential ⓐ = 本質的；essentially = ⓐⓓ（section 19 丁1）• manifestation ⓝ = 表明

◎ Section 55 不造成分子疾病的分子異常

【甲2】• be free of ⓥ = 免於

【丙3】• accordingly ⓐⓓ = 對應地，相應地

【丙6】• does cause ⓥ

　　　　【註】使用助動詞 do 是一種強調！

　　　　於是，文法上的變化由 do 承擔！cause 用原形，而 do 變為 does

【丙 –3】• sensitivity ⓝ = 敏感性（section 44 丁 –1）

【丙 –2】• drug $\boxed{\text{v, n}}$ = 藥，毒藥，毒　• sulfonamide $\boxed{\text{n}}$ = 磺胺劑

【丁 2】• further $\boxed{\text{ad}}$ = 更進一步（section 17 甲 1）• tremendous $\boxed{\text{a}}$ = 巨大的

【丁 5】• suffer $\boxed{\text{v}}$ = 受苦，遭受；〔suffering 是「動名詞」〕

◎ Section 56 分子競爭──對苯胺磺醯胺和對胺苯甲酸

【甲 1】• infectious $\boxed{\text{a}}$ =（會）傳染的；infect $\boxed{\text{v}}$ = 傳染；infection = $\boxed{\text{n}}$

　　　　• constitute $\boxed{\text{v}}$ = 組成（section 1 甲 3）• principal $\boxed{\text{a}}$ = 主要的（section 1 甲 3）

　　　　• cause of death $\boxed{\text{n}}$ = 死因

【甲 2】• bring $\boxed{\text{v}}$〔$\boxed{\text{不}}$ brought, brought〕= 帶到

　　　　【註】現在完成被動式

　　　　• under control = 在控制之下　• recent period $\boxed{\text{n}}$ = 近期的

【甲 3】• rapid $\boxed{\text{a}}$ = 迅速的　• progress $\boxed{\text{n}}$ = 進展，進步；progression $\boxed{\text{n}}$ = 進行，（數學上的）數列

　　　　• begin with $\boxed{\text{v}}$ = 以…開始　• discovery $\boxed{\text{n}}$ = 發現（section 15 乙 1）

　　　　• sulfa drugs $\boxed{\text{n}}$ = 磺胺藥劑類〔sulfa 是一種縮簡寫法〕

【乙 1】• still $\boxed{\text{ad}}$ = 仍然，依舊　• for the most part $\boxed{\text{ad}}$ = 大部分地

【乙 2】• ignorant $\boxed{\text{a}}$ = 無知的；ignorance = $\boxed{\text{n}}$　• mechanism $\boxed{\text{n}}$ = 機制

【乙 3】• exception $\boxed{\text{n}}$ = 例外；except for（section 20 乙 3）$\boxed{\text{p}}$ = 除了

　　　　• evidence $\boxed{\text{n}}$ = 證據；evident（section 4 戊 2）$\boxed{\text{a}}$ = 顯然的

【乙 4】• enter $\boxed{\text{v}}$ = 參加，加入（競爭等）；entrance $\boxed{\text{n}}$ = 入口

　　　　• competition $\boxed{\text{n}}$ = 競爭；compete = $\boxed{\text{v}}$

【乙 5】• bacteria $\boxed{\text{n}}$ = 細菌；〔與「（濾過性）病毒」virus 不同!〕

　　　　• culture $\boxed{\text{n}}$ = 培養（液），教養，文化　• cease $\boxed{\text{v}}$ = 停止

【乙 6】• grow（section 25 丙 2）$\boxed{\text{v}}$ = 成長；growth = $\boxed{\text{n}}$

　　　　• add $\boxed{\text{v}}$ = 加上，加入（section 28 甲 2，乙 2）

【乙 –2】• resume $\boxed{\text{v}}$ = 繼續本來在做的工作；resumption = $\boxed{\text{n}}$

【丙 1】• vitamin $\boxed{\text{n}}$ = 維生素，（音譯 = 維他命）

【丙 2】• fit $\boxed{\text{v}}$ = 恰合適　• cavity $\boxed{\text{n}}$ = 空穴，空腔；cave $\boxed{\text{n}}$ = 洞穴

【丙 3】• carry out $\boxed{\text{v}}$ = 執行，實行，施行（section 24 甲 5）

　　　• function $\boxed{n}$ = 功能，機能；〔數學上的意思是「函數」〕

　　　• essential $\boxed{a}$ = 必要的，本質的（section 19 丁 1）〔經常有倒裝的句法！〕

　　　• essential to growth =「對於生長是必要的」（這是倒裝來形容 function）

【丙 4】• closely $\boxed{ad}$ = 很接近地（section 21 乙 4）

　　　• resemble $\boxed{v}$ = 相像，類似（section 25 丙 3）

【丙 5】• in size and shape = 在大小和形狀兩方面；size $\boxed{n}$ = 大小，尺度（section 5 丙 9）；shape $\boxed{n}$ = 形狀

【丙 6】• accordingly $\boxed{ad}$ = 相應地；according to $\boxed{p}$ = 對應於

　　　• reasonable $\boxed{a}$ = 合理的（section 5 丁 3）；reason $\boxed{n}$ = 理由（section 22 乙 1）• postulate $\boxed{v, n}$ = 設立「公理」（或「假說」）• enough $\boxed{a, ad}$ = 足夠的

【丙 7】• present（section 28 丙 3，section 10 乙 1）$\boxed{a}$ = 出現的

　　　• in accordance with = 根據，合於

【丙 –3】• principle $\boxed{n}$ = 原理，主義（section 1 甲 3）• chemical $\boxed{a}$ = 化學的（section 4 甲 1）• equilibrium $\boxed{n}$〔$\boxed{不}$ equilibria〕= 平衡 • occupy $\boxed{v}$ = 占有，占據（section 6 乙 1）

【丙 –2】• prevent...from $\boxed{v}$ = 防止，阻擋（section 44 丁 –3）

【丙 –1】• promote $\boxed{v}$ = 升官，提升，促銷；promotion = $\boxed{n}$

◉ Section 57 抗病毒的分子

【題】• antiviral $\boxed{a}$ = 抗病毒的；〔anti- = 抗，virus = 病毒〕；viral = $\boxed{a}$

【甲 1】• penicillin $\boxed{n}$ = 青黴素（音譯：盤尼西林）• effective $\boxed{a}$ = 有效的

【甲 2】• against $\boxed{p}$ = 對抗於 • with the power of = 具有…這種能力的

【甲 3】• control $\boxed{v, n}$ = 控制（section 25 丙 2）

【甲 4】• chlortetracycline = aureomycin = 氯四環素 = 金黴素；
　　　【註】字源：chlor = 氯；tetra = 四；cycl = 環；aureo = 金；（化學符號！）mycin = 黴素 = 抗生素

【乙 2】• mold $\boxed{n}$ = 霉

【乙 4】• feature $\boxed{n}$ = 特色，容貌；$\boxed{v}$ = 具特色，為號召

【乙 –2】• fuse $\boxed{\text{v}}$ = 融合；$\boxed{\text{n}}$ = 保險絲〔電流超過安全限度時，將融掉，斷路!〕

　　　　【註】原子彈有兩種：氫原子彈是融合 (fusion) 型，鈾原子彈是分裂 (fission) 型

　　　　• refer to $\boxed{\text{v}}$ = 指涉到

【丙 1】• as yet $\boxed{\text{ad}}$ = 尚未

【丙 5】• by itself = 以其本身　• give the solution = 解決問題

【丙 6】• need to = 需要〔差不多是助動詞!〕

【丙 –3】• apply $\boxed{\text{v}}$ = 應用；〔applied mathematics = 應用數學〕

【丙 –2】• benefit $\boxed{\text{v}}$ = 使得利

【丙 –1】• humanity $\boxed{\text{n}}$ = 人類

第6篇 The Architecture of Molecules

Atoms and Molecules

We are now living in the atomic age. In order to understand the world, every person needs to have some knowledge of atoms and molecules.

If you know something about atoms and molecules you can understand the accounts of some of the new discoveries that continue to be made by scientists, and can find pleasure in the satisfaction of your intellectual curiosity about the nature of the world. Many scientists find great happiness through the discovery of some fact or the development of some insight into the nature and structure of the world that had previously not been known to anyone. You may share in this happiness through your appreciation of the meaning and significance of the new knowledge.

During the past fifty years scientists, primarily physicists and chemists, have developed many powerful methods of studying atoms and molecules. Among these methods are atomic and molecular spectroscopy (the measurement and interpretation of the wavelength distribution of the light emitted or absorbed by substances), x-ray diffraction of crystals (the determination of the arrangement of atoms in crystals by the study of their scattering of x-rays), electron diffraction of gas molecules (the determination of the arrangement of atoms in gas molecules by the study of the scattering of electrons by the molecules), and the measurement of the magnetic properties of substances. We shall not discuss the experimental techniques and the methods of interpreting them in this book, but shall present straightaway an account of some of the knowledge about molecular architecture that they have provided.

In most molecules and crystals the constituent atoms are arranged in a well-defined way. The arrangement of the atoms in a molecule or crystal is called its molecular structure or crystal structure. For many molecules and crystals the distances between atoms are known with an accuracy of 1 percent or even 0.1 percent. These are average distances; the atoms in molecules and crystals oscillate about their average positions. The amount of oscillation at ordinary temperature is such as to correspond to about 5 percent variation in the distance between the centers of adjacent atoms.

The statements about molecular architecture that are made in the following pages have a firm basis in experiment and observation and are generally accepted by scientists. Some conventions are used in the drawings; their meaning is described in the text.

No standard scale of linear magnification has been used in the drawings. For some small molecules, such as hydrogen (plate 5) and methane (plate 14) the linear magnification is about 800,000,000; for others, such as the halogens (plate 9), it is about 200,000,000; for most of the other drawings the magnification lies within these limits.

The unit of length used in describing molecules and crystals is the Ångström (symbol Å), named in honor of the Swedish physicist Anders Jonas Ångström (1814–1874). One centimeter is 100,000,000 Å, and one inch is about 254,000,000 Å.

About one million substances have been found in nature or made by chemists. Precise structure determinations have been carried out for about ten thousand substances. The structures of only fifty-six are described in the following pages. These examples of molecular architecture have been selected to give you an idea of the great variety of ways in which atoms can interact with one another, and to emphasize the significance of molecular structure to life. Many important structures, such as those of metals and alloys, are not mentioned in this book.

We hope that you will enjoy this introduction to molecular architecture, and that you will be stimulated to learn more about molecular structure and its significance to the world.

Section 1

A Crystal of Graphite and Its Structure

【甲】 Graphite is a shiny black mineral. It is also called plumbago and black lead. The name black lead came into use because graphite, like the soft metal lead, leaves a gray streak when it is rubbed over paper. It is the principal constituent of the "lead" of lead pencils.

【乙】 Graphite is sometimes found as well-developed crystals with the form of a hexagonal prism, as shown at the top of the drawing on the facing page. A graphite crystal can be easily cleaved with a razor blade into thin plates.

【丙】 Graphite is a variety of carbon. Examination with X-rays has shown that the crystal consists of layers of carbon atoms, with the hexagonal structure shown at the bottom of the drawing. Each atom in the layer has three near neighbors, to which it is strongly bonded. The bond length (distance between centers of adjacent atoms) is 1.42 Å, and the layers are 3.4 Å apart. Each layer may be described as a giant planar molecule, and the graphite crystal may be described as a stack of these molecules. The cleavage into hexagonal plates is easily achieved because it involves only the separation of the planar molecules from one another, without breaking any strong interatomic bonds.

Section 2

Electrons and Atomic Nuclei

【甲】 The simplest atom is the hydrogen atom. It consists of a nucleus, called the proton, and an electron. The proton is much heavier than the electron; its mass is 1,836 times the electron mass. The proton has one unit of positive electric charge and the electron has one unit of negative electric charge.

【乙】 Every atom has one nucleus, which has most of the mass of the atom and has a positive electric charge of Z units. Z is called the atomic number. In an electrically neutral atom there are Z electrons in motion about the nucleus.

【丙】 The structures of atoms of hydrogen ($Z = 1$), oxygen ($Z = 8$), and uranium ($Z = 92$), as they might be revealed by a gamma-ray snapshot, are shown in the drawing. (The nuclei and electrons are, relative to atoms, far smaller than indicated in the drawing; the nuclear diameters are only about a hundred-thousandth of the atomic diameters, and the electron is even smaller.)

【丁】 Electrons in atoms move around; they do not remain at a constant distance from the nucleus. In the drawing of the hydrogen atom the electron is indicated at about the average distance from the nucleus, 0.80 Å. The shading indicates roughly where the electron is likely to be. The hydrogen atom does not have a definite radius within which the electron remains, but its radius is conventionally taken to be 1.15 Å. All other atoms except helium are larger.

Hydrogen

Oxygen

Uranium

Section 3

Electron Shells

【甲】 A time exposure of atoms reveals that in general the electrons are concentrated into a series of partially overlapping shells. Hydrogen has one electron in its first and only shell (upper left), and helium has two electrons in this shell. All other atoms also have two electrons in the innermost shell. For oxygen these two electrons are indicated close to the nucleus; the oxygen atom also has six electrons in the outer shell.

【乙】 In the uranium atom the ninety-two electrons are distributed among six shells; in the drawing the two electrons in the innermost shell cannot be distinguished from the nucleus, because their average distance from the nucleus, which in different atoms is approximately inversely proportional to the atomic number Z, is only about 0.01 Å, in uranium.

【丙】 A table giving the names, symbols, and atomic numbers of the elements can be found following plate 57. The symbol of an element is the initial letter of its name or the initial letter and one other letter. For ten elements the symbol is derived from the Latin *name*: Na for sodium (*natrium*), K for potassium (*kalium*), Fe for iron (*ferrum*), Cu for copper (*cuprum*), Ag for silver (*argentum*), Au for gold (*aurum*), Hg for mercury (*hydrargyrum*), Sn for tin (*stannum*), Pb for lead (*plumbum*), and Sb for antimony (*stibium*). For one element the symbol is derived from the German name: W for tungsten (*wolfram*).

Hydrogen

Oxygen

Uranium

Section 4

The Periodic Table of The Elements

【甲】 In 1869 the Russian chemist Dmitri I. Mendelyeev (1834–1907) found that if the elements are arranged in order of their atomic weights they show a roughly periodic recurrence of similar physical and chemical properties. Mendelyeev's arrangement is called the periodic table.

【乙】 A simple periodic table, with 41 elements designated, is given on the adjacent page, and a complete periodic table following plate 57. These tables show the elements in the sequence of their atomic numbers, which is nearly the same as the atomic-weight sequence. Atomic numbers were reliably assigned to the elements in 1914.

【丙】 The elements Li, Na, K, Rb, and Cs, indicated by yellow on the facing page, are very reactive, soft metals, with low melting points. They are described as a family or group (Group I), and are called the alkali metals. The adjacent elements, Be, Mg, and so on, are less reactive and harder, and have higher melting points than the alkali metals. They are called the alkaline-earth metals (Group II). The family of elements indicated by green is the halogen family; the halogens are chemically reactive nonmetallic substances, which combine with metals to form salts.

【丁】 The elements He, Ne, Ar, Kr, Xe, and Rn are called the argonons (or the inert gases, or the noble gases). Their atoms have little tendency to form chemical bonds. The small chemical reactivity of the argonons is attributed to the special stability of groups of 2, 10, 18, 36, 54, and 86 electrons about one atomic nucleus.

【戊】 Some indication of the periodicity in properties of elements in the sequence of atomic numbers will be evident in the discussion of valence, covalent radii, and packing radii of atoms in the following pages.

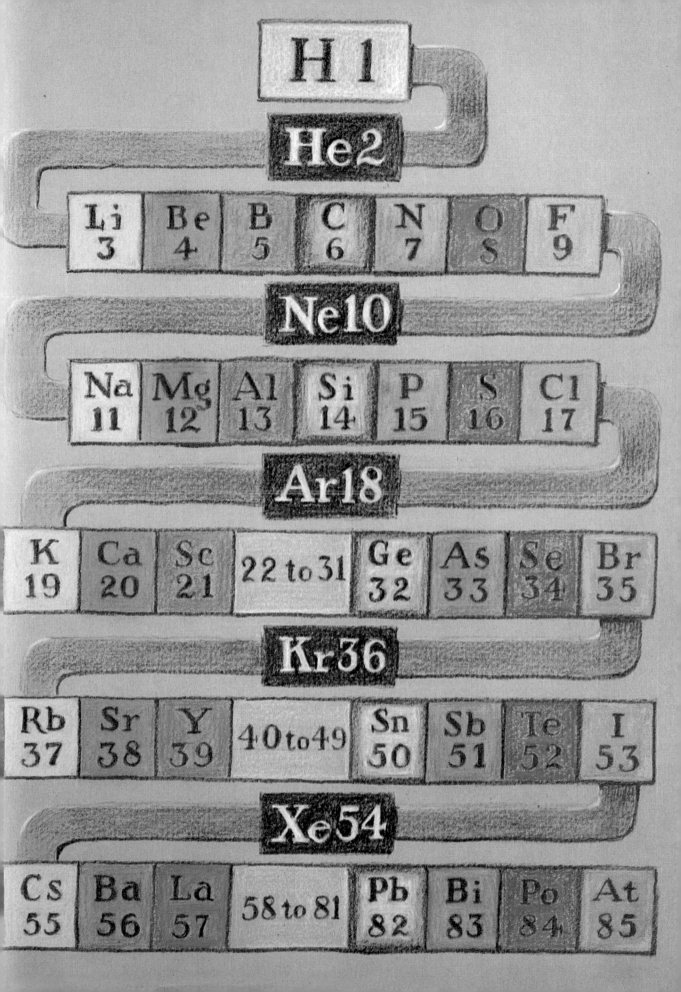

Section 5

The Hydrogen Molecule

【甲】 The simplest of all molecules is the hydrogen molecule, which is made of two hydrogen atoms, and is given the chemical formula H_2.

【乙】 In this molecule there are two protons, 0.74 Å apart, and two electrons, which are held jointly by the two protons and are said to constitute a chemical bond (also called a covalent bond) between them.

【丙】 In the drawing there are five representations of the structure of the hydrogen molecule. In the first the two H's represent the hydrogen atoms and the dash represents the bond between them. In the second the bond is represented by two dots, which symbolize the two electrons held jointly by the two atoms—they are described as an electron pair shared between the two atoms. In the third, called the ball-and-stick model, the atoms are represented by balls and the bond by a stick. The fourth shows a softened ball-and-stick representation. The fifth, at the bottom of the page, shows the atoms with the effective size that they have in crystalline and liquid hydrogen.

【丁】 In the crystal and in the liquid, the hydrogen molecules may be described as in contact with one another. The observed distance between the centers of two nonbonded atoms in contact is given reasonably well by the sum of the packing radii of the two atoms. Distances between the centers (the nuclei) of two atoms connected to one another by a chemical bond are given reasonably well by the sum of their covalent-bond radii. (See the tables following plate 57.)

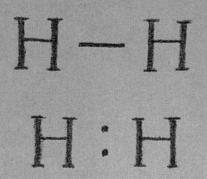

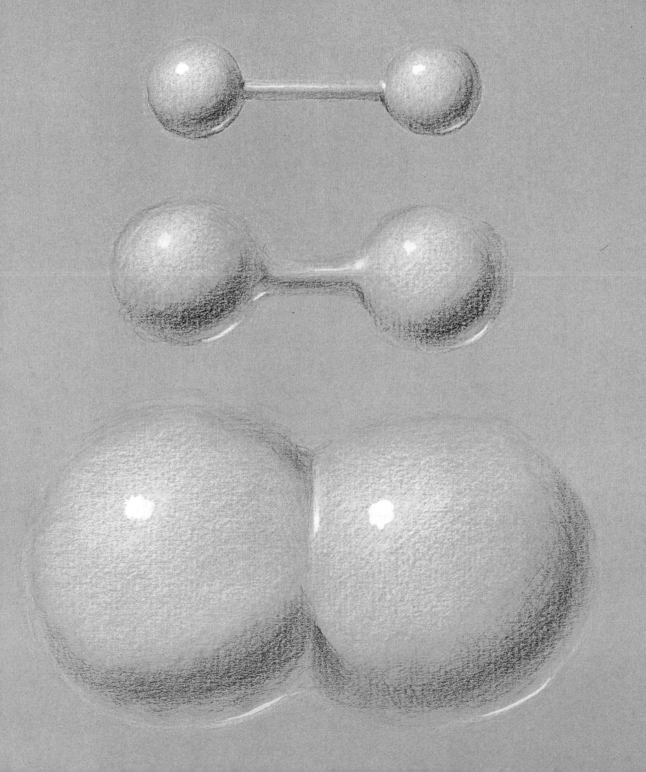

Section 6

Valence

【甲】 Valence is the measure of the number of bonds that an atom can form with other atoms.

【乙】 The innermost electron shell of an atom can be occupied by only one electron pair, either shared or unshared. Hence the hydrogen atom can form only one bond, using its one electron together with one electron of another atom to form a shared electron pair. Hydrogen has valence one; it is univalent.

【丙】 Helium, with an unshared electron pair in this shell, has valence zero. The helium atom forms no bonds with other atoms.

【丁】 The second shell can contain four electron pairs. In neon, $Z = 10$, this second shell is filled with four unshared pairs; hence neon also has valence zero. (Note that, as a conventional simplification, the two electrons of the inner shell are not represented in the drawing for neon and the other atoms with two shells.)

【戊】 The fluorine atom ($Z = 9$) can form one bond; the atom then has one shared pair and three unshared pairs in its outer shell─it, like hydrogen, is univalent. Similarly, oxygen ($Z = 8$) is bivalent, nitrogen ($Z = 7$) is tervalent (valence three), and carbon ($Z = 6$) is quadrivalent (valence four).

【己】 Two sets of atomic symbols are shown on the facing page: the gray symbols, with dots representing electrons, and the red symbols, with dashes representing valence bonds. Both sets are commonly used by chemists, the choice being made as indicated by convenience or habit. Often the two sets are combined, bonds being represented by dashes and unshared electrons by dots.

H·

one
bond

H—

He:

·C·
:

four
bonds

—C—
|

·N·
:

three
bonds

|
N—
|

:O·
··

two
bonds

|
O—

:F·
··

one
bond

F—

:Ne:
··

no bonds

Section 7

History of The Water Molecule

【甲】 The ancient philosophers, the alchemists, and the scientists of the seventeenth and eighteenth centuries considered water to be one of the five elements of which the world was assumed to be composed—the other four were variously selected from the group earth, air, fire, ether, acid, iron, mercury, salt, sulfur, and phlogiston.

【乙】 In 1770 the British scientist Henry Cavendish showed that water is a compound of hydrogen and oxygen. In 1804 another British scientist, John Dalton, assigned to the water molecule the formula shown in the drawing; he assumed the molecule to be made of one atom of hydrogen and one atom of oxygen. By 1860 most chemists had accepted H_2O as the formula of water, and the valence-bond formula $H-O-H$ was being used.

【丙】 In 1916 the formula with shared-electron-pair bonds was proposed by the American chemist Gilbert Newton Lewis. The large dielectric constant of water was interpreted as showing that the water molecule is not linear, but is bent, with the angle between the two bonds estimated as approximately 110°.

【丁】 By 1930 the analysis of the absorption spectrum of water vapor had shown that the average value of the bond angle is 104.5° and the average value of the bond length (distance between the nucleus of the oxygen atom and the nucleus of the hydrogen atom) is 0.965 Å.

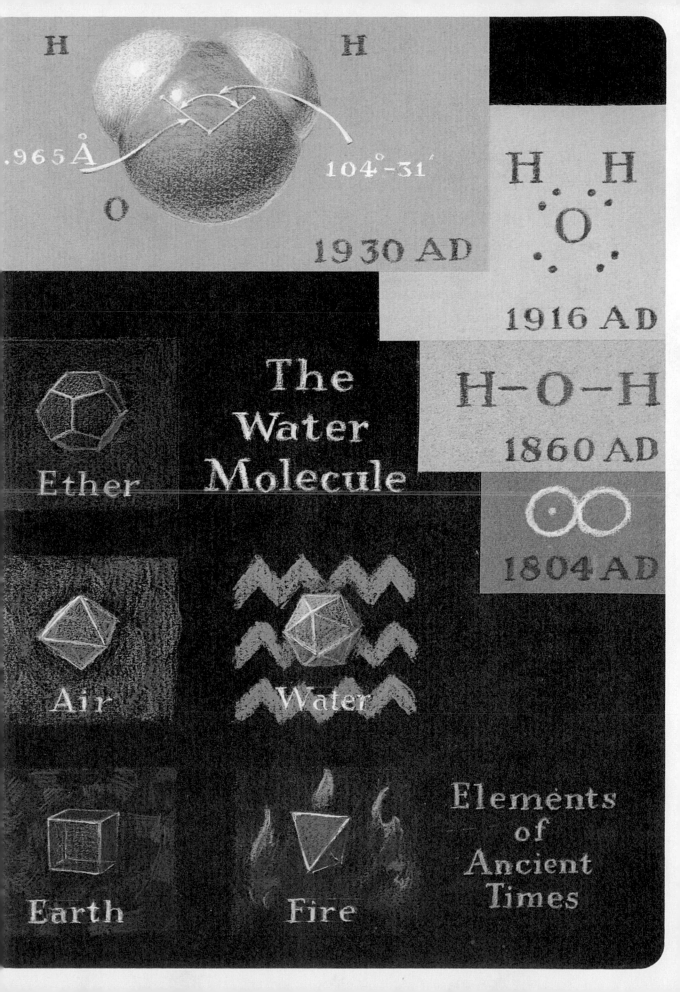

Section 8

The Bond Angle in the Water Molecule and Similar Molecules

【甲】 The observed values of the bond angles in the water molecule and the molecules of hydrogen sulfide, hydrogen selenide, and hydrogen telluride are shown in the drawing. These molecules can be represented by the formula

$$H \diagdown \diagup H \qquad \cdot \ddot{X} \cdot \qquad (X = O, S, Se, \text{ or } Te)$$

The central atom has two unshared electron pairs and two shared pairs in its outer shell.

【乙】 It is thought that the normal value of the bond angle for an atom with both unshared and shared pairs in its outer shell is 90°, as found in H_2Te and approximated in H_2Se and H_2S.

【丙】 The large value 104.5° for H_2O may be caused by repulsion between the hydrogen atoms. The distance between the hydrogen atoms in this molecule, 1.53 Å, is much less than the contact distance between hydrogen atoms, 2.3 Å (twice the packing radius, 1.15 Å, of the hydrogen atom). The overlapping of the electron shells of the two hydrogen atoms produces a repulsive force between them that increases the bond angle.

【丁】 Smaller effects of this sort are seen in H_2S, with hydrogen-hydrogen distance 1.93 Å, and H_2Se, with hydrogen-hydrogen distance 2.10 Å. In H_2Te the hydrogen-hydrogen distance, 2.36 Å, is larger than the contact distance, and the bond angle has the value 90°.

【戊】 The increase in size of related atoms with increase in atomic number is shown by the bond lengths for these four molecules. The values found by experiment, shown in the adjacent drawing, are very nearly equal to the corresponding sums of covalent radii given in the table following plate 57.

$\mathcal{S}ection$ 9

The Halogen Molecules

【甲】 The elements fluorine, chlorine, bromine, iodine, and astatine are called the halogens. The word halogen means "salt former," from the Greek words *hals*, salt, and *genes*, producing.

【乙】 The halogens are univalent. They form the diatomic molecules F_2, Cl_2, Br_2, I_2, and At_2. The first four of these molecules are represented in the drawing.

【丙】 The molecules have the electronic structure

The measured bond lengths are 1.43 Å for F_2, 1.99 Å for Cl_2, 2.28 Å for Br_2, and 2.67 Å for I_2. The packing radii, which represent reasonably well the contact distances between the molecules in the halogen crystals, are 1.36 Å for F, 1.81 Å for Cl, 1.95 Å for Br, and 2.16 Å for I.

【丁】 Astatine is an unstable element, which does not occur in nature. Small amounts of the element have been made, but the molecular properties of At_2 have not yet been determined.

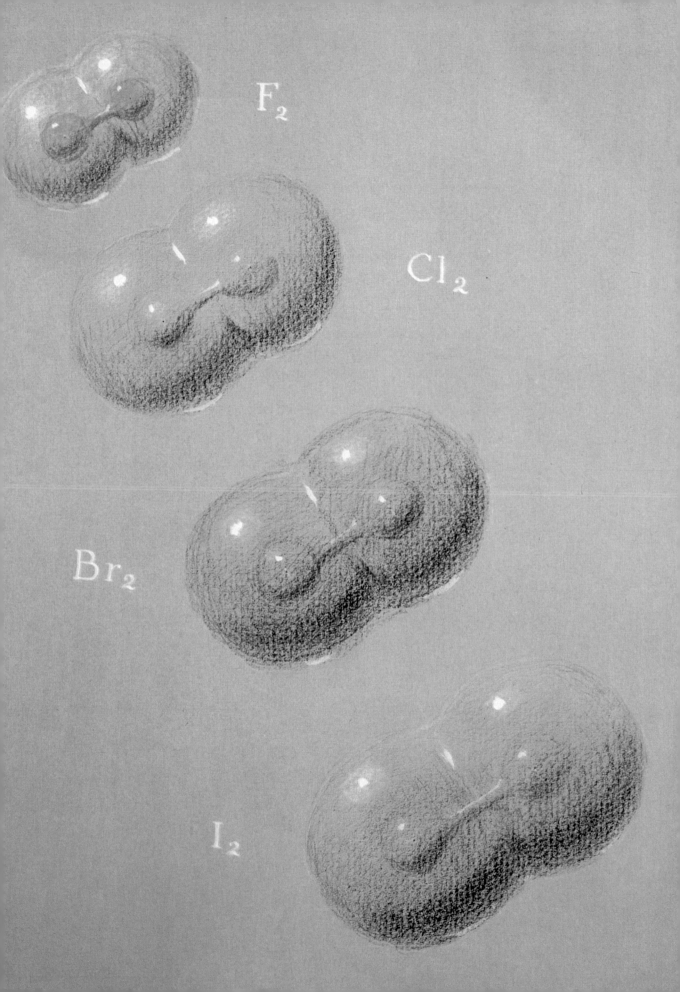

Section 10

The Sulfur Molecule

【甲】 The element sulfur is usually seen as yellow crystals or a yellow crystalline powder. Each molecule in these crystals contains eight atoms; its formula is S_8.

【乙】 These S_8 molecules are present also in solutions of sulfur in solvents such as carbon disulfide and chloroform, and in sulfur vapor at a moderate temperature. Sulfur vapor also contains S_6 molecules and S_2 molecules, in amounts increasing with increase in the temperature.

【丙】 The S_8 molecule has the form of a staggered ring, as shown in the drawing. The S－S bond length is 2.08 Å. The bond angle, 102°, is larger than the expected value, 90°, because of the crowding of nonbonded sulfur atoms. In the lower drawing of S_8 the heavy lines show the bonds and the light lines indicate pairs of atoms in nonbonding contact. In the upper drawing the atoms are drawn with their packing radii, in order to show the crowding of nonbonded atoms.

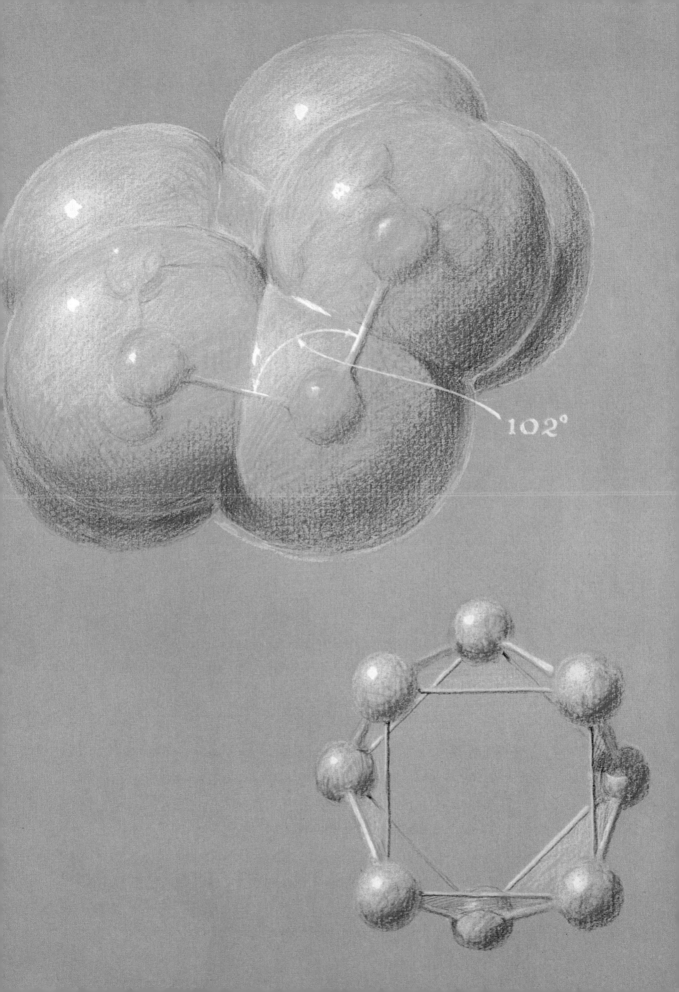

102°

Section 11

Molecules Containing Nitrogen or Phosphorus Atoms

【甲】 The nitrogen atom has an electronic structure such as to permit it to form three bonds. Two molecules containing nitrogen atoms are represented in the drawing on the facing page, together with one molecule containing phosphorus atoms.

【乙】 Ammonia, NH_3, is an important compound of nitrogen. Its most important use is as a fertilizer. It has the electronic structure

$$:N \overset{\displaystyle H}{\underset{\displaystyle H}{-}} H$$

in which the nitrogen atom has in its outer shell one unshared electron pair and three shared pairs. The fact that the observed bond angle, 107°, is lager than the expected value, 90°, presumably has the explanation given for the water molecule (plate 8). The values for the related molecules PH_3, AsH_3, and SbH_3 are 93°, 92°, and 91°, respectively. The N—H bond length is 1.00 Å.

【丙】 Elementary nitrogen is diatomic, with formula N_2. Its structural formula,

$$:N \equiv N:$$

corresponds to the sharing of three electron pairs between the two nitrogen atoms; these two atoms are said to be connected to one another by a triple bond. In the drawing the triple bond is shown as consisting of three bent single bonds. The interatomic distance in N_2 is 1.10 Å.

【丁】 The element phosphorus when condensed from the vapor forms waxy, colorless crystals, called white phosphorus. These crystals and the vapor contain P_4 molecules, with the tetrahedral structure shown in the drawing. Each of the six interatomic distances in the molecule has the value 2.20 Å.

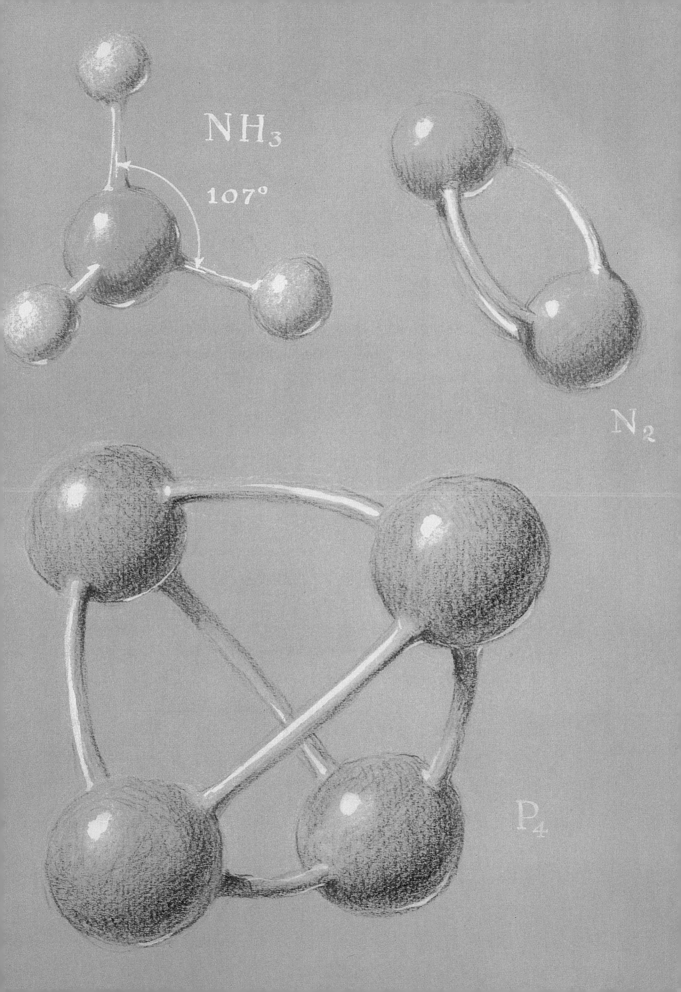

NH₃

107°

N₂

P₄

Section 12

The Regular Polyhedra. The Cube

【甲】 The regular polyhedra are those polyhedra for which all corner angles are equivalent to one another, all edges are equivalent, and all faces are equivalent. The faces are regular polygons. There are five regular polyhedra : the tetrahedron, the cube, the octahedron, the icosahedron, and the pentagonal dodecahedron. There are drawings of them inside the front and back covers of this book. The importance of these polyhedra to molecular architecture is illustrated in later sections of this book.

【乙】 The Greek philosopher Pythagoras (*circa* 582–500 B.C.) and his students studied the regular polyhedra and introduced them into the Pythagorean cosmology as the symbols of the five elements: the tetrahedron for fire, the cube for earth, the octahedron for air, the icosahedron for water, and the dodecahedron for ether (plate 7). Plato (427–347 B.C.) and the members of his school discussed the regular polyhedra with such vigor as to have caused them to be called the Platonic solids for over 2,300 years.

【丙】 The cube, which is represented in the adjacent drawing, is the most familiar of the regular polyhedra. It has eight corners, twelve edges, and six faces, which are squares. It has three fourfold axes of rotational symmetry, four threefold axes, six twofold axes, and several symmetry planes. (A figure has an n-fold axis of rotational symmetry if rotation through the one-nth part of a revolution about an axis produces a figure identical to the original.)

【丁】 Many crystals have structures that are closely allied to the geometry of the cube. An example will be discussed later (plates 27 and 28).

Section **13**

The Tetrahedron

【甲】 The regular tetrahedron has four corners, six edges, and four faces, which are equilateral triangles. It has four threefold axes of rotational symmetry, and other symmetry elements. This polyhedron has great importance to molecular architecture, as shown by the following example and the discussion on later pages.

【乙】 One tetrahedral molecule has already been mentioned, the P_4 molecule (plate 11). In this molecule each of the four phosphorus atoms forms three bonds, one with each of the three other phosphorus atoms; the electronic structure is

If the six bonds have the same length they must correspond to the six equivalent edges of the regular tetrahedron, and the phosphorus atoms are thus constrained to occupy the four corners of the tetrahedron.

【丙】 The relation between the tetrahedron and the cube is shown in the adjacent drawing. This relation permits us to evaluate easily some dimensional properties of the tetrahedron: we note, for example, that the edge of the tetrahedron is $\sqrt{2}\,a$, where a is the edge of the cube, and the distance from the center of the tetrahedron to a corner is $\dfrac{\sqrt{3}\,a}{2}$; hence the ratio of edge to distance from center to corner is $\dfrac{2\sqrt{2}}{\sqrt{3}}$, which is 1.633.

【丁】 We may ask why the octatomic molecule P_8, with a cubic structure, is not known to exist and is presumably less stable than the tetrahedral molecule P_4, even though the bending of the bonds in this tetrahedral molecule must involve some strain and some consequent degree of instability. The likely answer is that in the hypothetical cubic molecule P_8 the pairs of atoms related to one another by the diagonal of a square would be only 3.11 Å apart (with the P—P bond length 2.20 Å, as observed in P_4). This distance is so much less than the contact distance 3.8 Å for nonbonded phosphorus atoms (see table of packing radii following plate 57) as to produce a greater strain than the bond-bending strain in P_4.

Section 14

The Methane Molecule

【甲】 Methane, which has the formula CH_4, is the simplest hydrocarbon (a hydrocarbon is a compound of hydrogen and carbon). It is a constituent of natural gas and petroleum, and is produced in marshes and stagnant ponds by the decomposition of organic matter. It is the main constituent of intestinal gases.

【乙】 In 1858 the Scottish chemist A. S. Couper invented valence-bond formulas for chemical compounds and wrote the formula

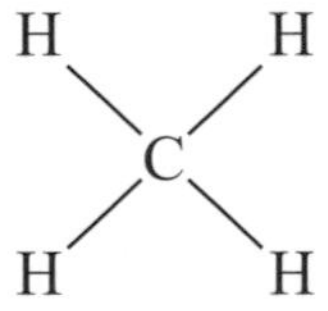

for methane. Then in 1874 the 22-year-old Dutch chemist Jacobus Hendricus van't Hoff pointed out that some properties of substances could be simply explained by the assumption that the four bonds formed by a carbon atom are directed toward the corners of a tetrahedron, with the carbon atom at its center, as shown in the adjacent drawing. The structure theory of chemistry has been based on the tetrahedral carbon atom ever since.

【丙】 Spectroscopic studies of methane have shown that the carbon-hydrogen bond length is 1.10 Å. The six $H-C-H$ bond angles have the value 109.5° that is characteristic of the regular tetrahedron.

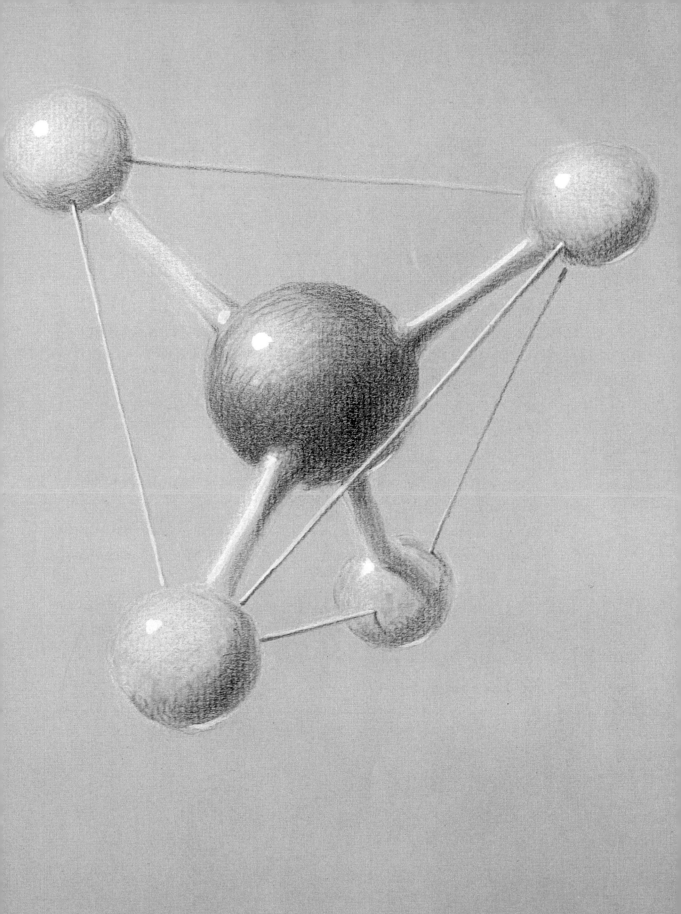

Section 15

The Structure of Diamond

【甲】 Diamond is an extremely hard crystalline variety of carbon. Its crystals have cubic symmetry, whereas those of graphite, the very soft variety of carbon represented in plate 1, are hexagonal.

【乙】 The diffraction of X-rays by crystals was discovered in 1912, and in 1913 the first determinations of the atomic arrangement in crystals were made by use of this technique by the British physicists W. H. Bragg and W. L. Bragg (father and son). Their work during this first year included the determination of the structure of diamond, as shown in the adjacent drawing.

【丙】 In this drawing the cubic unit of structure is represented. The structure of an entire crystal is obtained by repeating this cube in such a way as to fill the volume of the crystal.

【丁】 You can see that there are eight carbon atoms per unit cube. (Note that only one eighth of each corner atom is in the cube, and one-half of each of the atoms at the centers of the cube faces.)

【戊】 If the cube is divided into eight smaller cubes, each of the smaller cubes has atoms at four of its corners, and four of the cubes have atoms at their centers.

【己】 Each carbon atom is surrounded tetrahedrally by four others. The carbon-carbon bond length is 1.54 Å.

Section 16

A View of a Diamond Crystal

【甲】 The drawing on the facing page shows a diamond crystal as it might appear to a very small person, with height about equal to the diameter of a carbon atom. (To get this view he would have to change some of the properties of light, as well as those of electrons and atomic nuclei.)

【乙】 The tunnel down which he is looking extends in the direction of a diagonal of a face of the unit cube shown in the preceding drawing.

【丙】 The tetrahedral arrangement of the four bonds formed by each carbon atom with its four neighbors is clearly seen in this view of the structure of the crystal. Note that the tetrahedra alternate in their orientations.

【丁】 The bonds in a diamond crystal bind all of the atoms together into a single molecule. To break to crystal requires breaking many carbon-carbon bonds. We have seen (plate 1) that a graphite crystal can be broken (cleaved) simply by separating the planar molecules from one another, without breaking any bonds. Thus the differing structures of diamond and graphite explain the striking difference in their hardness.

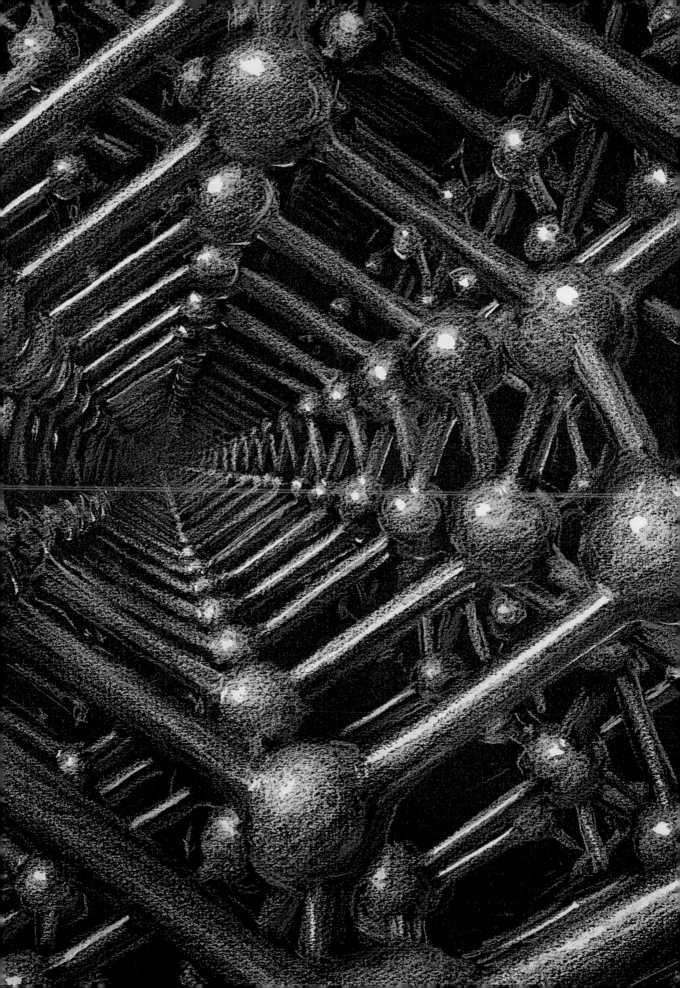

Section 17

The Ethane Molecule

【甲】 The structure of the ethane molecule illustrates further the structural principles mentioned in the discussion of the methane molecule and the diamond crystal. The carbon-carbon bond length is 1.54 Å, as in diamond, and the carbon-hydrogen bond length is 1.10 Å, as in methane. The $H-C-H$ and $H-C-C$ bond angles have been found by experiment to have the regular tetrahedral value 109.5° to within the experimental uncertainty, about one-half a degree.

【乙】 This molecule also illustrates another aspect of molecular structure: the restriction of freedom of rotation about the single bond between the two carbon atoms. Chemists used to think that the two CH_3 groups (methyl groups) could rotate freely relative to one another. Thirty years ago it was discovered that the rotation is restricted. The configuration shown in the drawing, called the staggered configuration (it has the aspect

```
        H
        ┆
  H╲    ┆    ╱H
      ✱
  H╱   ┆    ╲H
        ┆
        H
```

along the carbon-carbon axis) is more stable than other configurations.

【丙】 The configuration with the minimum stability, called the eclipsed configuration

```
  ( ⅄ )
```

is obtained by rotating one methyl group 60°, relative to the other, from the staggered configuration.

Section 18

The Normal Butane Molecule

【甲】 Butane is a hydrocarbon found in natural gas and in petroleum. It is used for domestic heating and lighting.

【乙】 The structure of the normal butane molecule, $n\text{-}C_4H_{10}$, is shown in the adjacent drawing. (The prefixed letter n in the formula is the abbreviation for normal.) The bond lengths and bond angles have the same values as in ethane. The zigzag chain of carbon atoms and the positions of the hydrogen atoms correspond to the stable (staggered) orientation about each of the four carbon-carbon bonds. The n-butane molecule thus presents us with no surprises.

Section 19

The Isobutane Molecule

【甲】Isobutane (also written *iso*-butane) has the same composition as *n*-butane, C_4H_{10}; but isobutane and *n*-butane are different substances, with different properties. For example, isobutane crystals melt at $-145°$ Centigrade, and *n*-butane crystals melt at $-135°$ Centigrade.

【乙】The existence of two or more substances with the same composition but different properties and different molecular structure is called isomerism. The substances are called isomers.

【丙】Two isomers, such as isobutane and *n*-butane, have the same atoms in their molecules, but the atoms are arranged differently. We have seen on the preceding page that in *n*-butane the four carbon atoms are bonded together to form a zigzag chain. In isobutane there is a branched chain of carbon atoms, as shown in the adjacent drawing.

【丁】The structural features of the isobutane molecule are otherwise essentially the same as those of *n*-butane: carbon-carbon bond length 1.54 Å, carbon-hydrogen bond length 1.10 Å, bond angles close to $109.5°$, and staggered orientation about the carbon-carbon bonds.

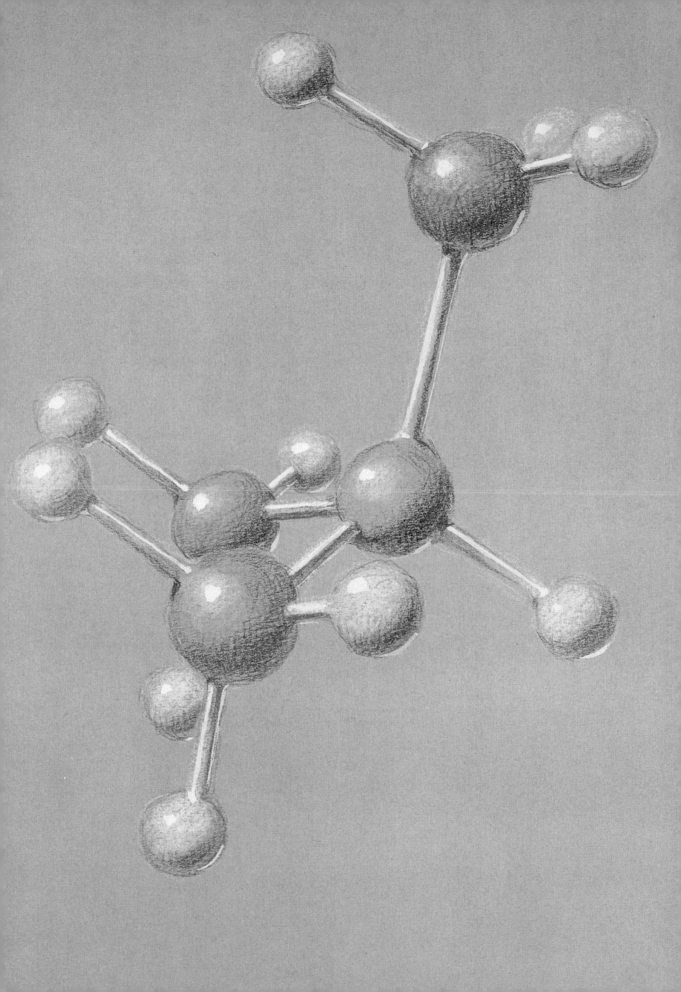

Section 20

The Cyclopropane Molecule

【甲】 Cyclopropane is a gas at ordinary conditions. It can be condensed to a liquid by increasing the pressure or decreasing the temperature. At one atmosphere pressure it becomes a liquid at $-34°$ Centigrade.

【乙】 When inhaled it produces unconsciousness (loss of awareness of the environment) and anesthesia (loss of feeling and sensation). It is a good anesthetic agent, except for one disadvantage: its mixtures with air may explode if ignited by an electrostatic spark and thus cause the death of the patient. Accidents of this sort are, however, rare.

【丙】 The structure of the cyclopropane molecule is shown on the facing page. The molecule contains a ring of three carbon atoms. (The prefix cyclo in the name cyclopropane is from the Greek word *kyklos*, a circle.)

【丁】 If the bonds of each carbon atom are assumed to be tetrahedral, the carbon-carbon bonds may be described as bent, as shown in the drawing. It is interesting that the measured distance between the carbon atoms in cyclopropane, 1.51 Å, is less than for diamond, ethane, and the two butanes, 1.54 Å. However, the distance measured along the arc of the bent bond is 1.54 Å, so that 1.54 Å may in one sense be considered to be the bond length in the cyclopropane molecule as well as in the other molecules.

【戊】 A discussion of the stability of cyclopropane in comparison with other cyclic hydrocarbons is given in the text accompanying plate 22.

Section 21

The Cyclopentane Molecule

【甲】 The cyclopentane molecule contains a ring of five carbon atoms, with the normal carbon-carbon bond length 1.54 Å.

【乙】 When the structure of this molecule was determined chemists were astonished to discover that the five carbon atoms do not lie in one plane, at the corners of a regular pentagon. The angles at the corners of the regular pentagon have the value 108°, which is so close to the tetrahedral angle 109.5° that very little bending of the bonds would be required for the planar structure, and it had been expected that the molecule would prove to be planar.

【丙】 Instead, the pentagon was found to be distorted, as shown in the drawing. The distortion places one carbon atom out of the plane of the other four.

【丁】 The probable explanation of this distortion is that it permits an approximation to the staggered orientation about four of the five carbon-carbon bonds (see Ethane, plate 17). The planar structure would involve the unstable orientation for all five bonds.

【戊】 Cyclopentane is somewhat less stable than cyclohexane, C_6H_{12}, which has a molecular structure with a zigzag ring of six carbon atoms with no bending of bonds and with the stable (staggered) orientation for each of the six carbon-carbon bonds, as you will see when you turn the page.

Section 22

The Cyclohexane Molecule

【甲】 The cyclohexane molecule has the formula C_6H_{12}. The six carbon atoms form a six-membered ring, with the staggered configuration shown in the drawing. This configuration is free from strain: the bond angles all approximate the tetrahedral value, 109.5°, and the orientation of pairs of carbon atoms about each carbon-carbon bond is the staggered, stable one. Cyclohexane is somewhat more stable than cyclopentane, and is considerably more stable than cyclopropane.

【乙】 There are two reasons why cyclopropane is more unstable than the larger cyclic hydrocarbons: first, the strain of the bent bonds, and second, the unfavorable orientation around them (eclipsed rather than staggered). Hence the energy content of cyclopropane is higher, per unit weight, than that of cyclopentane or cyclohexane. This higher energy content makes cyclopropane a better fuel for rocket propulsion, with liquid oxygen or nitric acid as oxidant, than the other cyclic hydrocarbons.

Section 23

A Large Hydrocarbon Ring

【甲】 Large hydrocarbon molecules may assume configurations that are free from strain. An example of a large cyclic hydrocarbon molecule, $C_{24}H_{48}$, is shown in the adjacent drawing. All of the bond angles are tetrahedral, and the orientation about every carbon-carbon bond is the stable one, the staggered configuration found in the ethane molecule and the diamond crystal.

【乙】 The energy content of this molecule, per unit weight, is nearly the same as that of cyclohexane, which also has a strain-free structure.

【丙】 In the drawing of $C_{24}H_{48}$ shown on the facing page the atoms have been represented with their packing radii. The molecule is square, and there is a square hole in its center large enough to permit the ring to be threaded by another hydrocarbon molecule. This structural feature leads us to the subject that is discussed on the following page.

Section 24

A Molecule That Is Two Linked Rings

【甲】 For one hundred years chemists thought that it might be possible to synthesize a substance with molecules composed of two rings held together only by the geometrical constraint of being linked with one another in the way that two links are held to one another in a chain. Such a substance was made in 1962. The chemists who achieved this goal carried out a chemical reaction involving the formation of a new chemical bond between the two ends of a long molecule, converting it into a ring (the ring containing two oxygen atoms indicated in the adjacent drawing: the formula of the ring is $C_{34}H_{66}O_2$). When this reaction was carried out in a solution containing a large number of cyclic molecules of another kind (the cyclic hydrocarbon $C_{34}H_{68}$), some of the long molecules whose ends were being bonded together were threaded through these ring molecules, so that when the bond was formed the new ring and the old one were linked in the way illustrated in the drawing. This was proved when the chemists who did this work were able to separate from the solution a small amount of a substance with chemical and physical properties that only a linked-ring structure could have.

【乙】 Substances of this sort are called catenanes (from the Latin word *catena*, a chain).

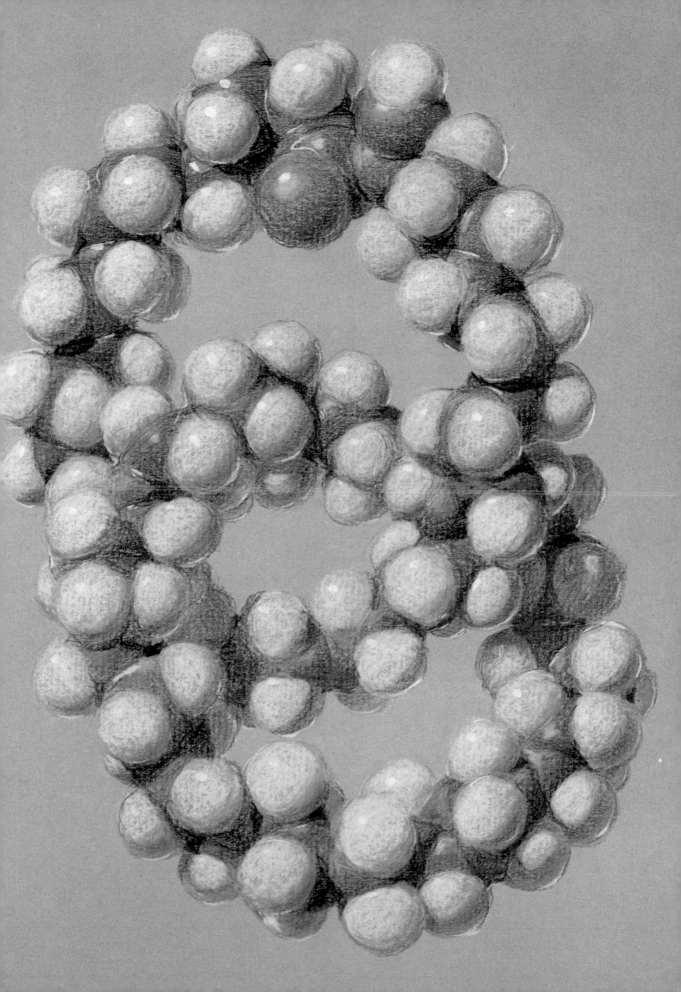

Section 25

The Polyoma Virus

【甲】 A polyoma is a tumor or cancer that may grow in various organs of the body, such as the heart and the liver. Recently a substance has been isolated from polyomas of mice and hamsters that seems to be the causative agent of these tumors in both species. It is called the polyoma virus. Much knowledge has been gathered about its molecular structure.

【乙】 This substance belongs to the class of substances called the nucleic acids. A molecule of a nucleic acid consists of tens or hundreds of thousands of atoms of carbon, hydrogen, oxygen, nitrogen, and phosphorus joined together in a special way.

【丙】 The units of heredity, called genes, are molecules of nucleic acid. These molecules control the development and growth of living organisms. They cause children to resemble their parents.

【丁】 The polyoma virus may be a gene that has become abnormal. The molecule of the virus differs from the molecules of the normal gene nucleic acid in that the virus molecules contain rings, whereas the normal molecules are thought to be long chains.

【戊】 Each virus molecule consists of two rings intertwined in the complex way shown in the drawing. The molecule may be called a catenane, but it is far more complicated than the simple catenane shown in the preceding drawing. Each ring contains about 150,000 atoms.

【己】 No one knows why these strange molecules produce cancer in mice and hamsters. Perhaps one of the young readers of this book will discover the mechanism of their cancerogenic action.

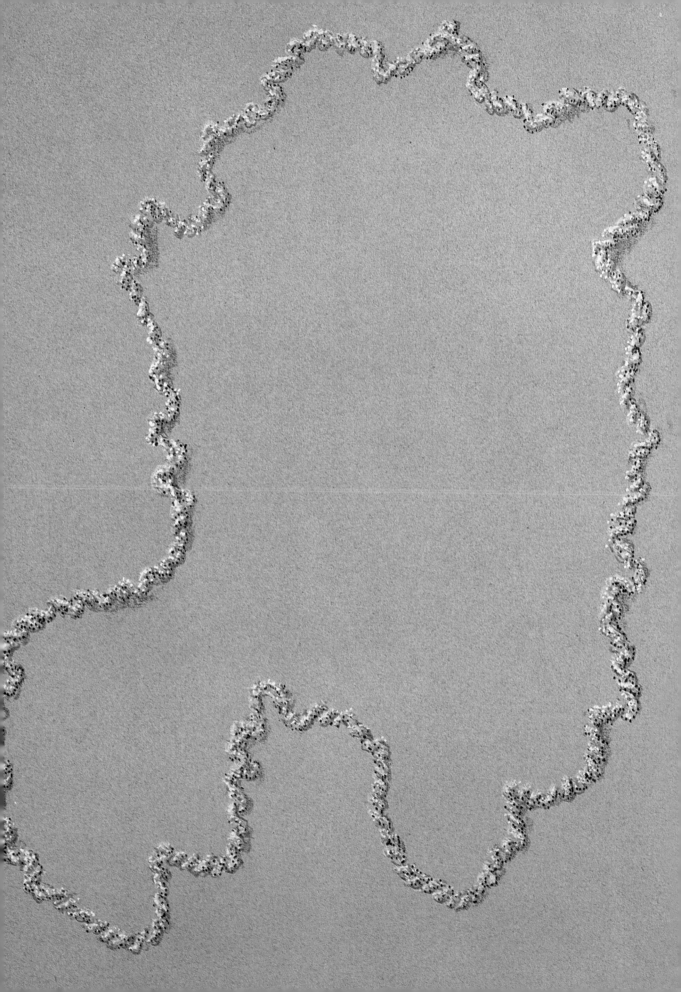

Section 26

Double Bonds and Triple Bonds

【甲】 The nitrogen molecule, N_2, was described in the discussion accompanying plate 11 as having the structure

$$:N \equiv N:$$

with three bent bonds between the two atoms. Many other molecules contain triple bonds, resembling the bond in the nitrogen molecule, and many contain double bonds.

【乙】 The hydrocarbon ethylene, C_2H_4, is the simplest substance with a carbon-carbon double bond. It is a gas with the unusual property of causing fruit, such as bananas and oranges, to ripen. Its structural formula is

$$\begin{matrix} H & & & H \\ & \diagdown & & \diagup & \\ & & C = C & \\ & \diagup & & \diagdown & \\ H & & & H \end{matrix}$$

and its molecular structure is shown in the adjacent drawing.

【丙】 Acetylene, C_2H_2, is the simplest substance with a carbon-carbon triple bond. It has the structural formula

$$H-C \equiv C-H$$

and the linear structure shown in the drawing.

【丁】 The spatial configurations of ethylene (planar) and acetylene (linear) correspond to the theory of the tetrahedral carbon atom; they may be described as two tetrahedra sharing an edge (ethylene) or a face (acetylene).

【戊】 It is interesting that although the observed carbon-carbon distance in ethylene is 1.33 Å, and that in acetylene is 1.20 Å, the distance measured along the arc of the bent bonds in both has the normal value of the single bond length, 1.54 Å.

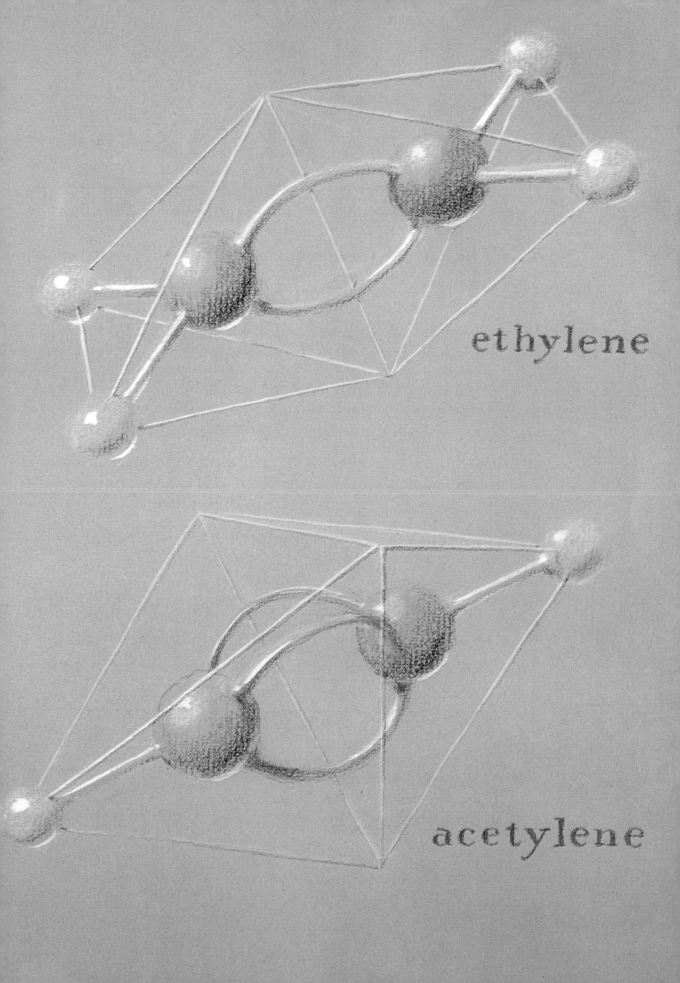

ethylene

acetylene

Section 27

The Framework of The Prussian Blue Crystal

【甲】 When the pale violet substance ferric nitrate, $Fe(NO_3)_3 \cdot 6H_2O$, and the yellow substance potassium ferrocyanide, $K_4Fe(CN)_6 \cdot 4H_2O$, are dissolved in water and the solutions are mixed, a precipitate with a brilliant blue color is formed. This precipitated substance is called Prussian blue. It is used as a pigment. Its formula is $KFe_2(CN)_6 \cdot H_2O$.

【乙】 The X-ray study of the substance has shown that it consists of cubic crystals with the structural framework shown in the adjacent drawing.

【丙】 This framework illustrates the significance of the cube in molecular architecture. The whole crystal can be described as a three-dimensional cubic lattice. At each corner of each small cube there is an iron atom, and a cyanide group lies along each cube edge.

【丁】 The bonds in this frame work extend along the cube edges. One cube edge can be represented by the formula

$$Fe - C \equiv N - Fe$$

The observed iron-carbon bond length is 2.00 Å, and the carbon-nitrogen distance is 1.16 Å. This is the value found by experiment for the carbon-nitrogen distance in molecules to which chemists assign a structure with a carbon-nitrogen triple bond, such as the hydrogen cyanide molecule, with formula

$$H - C \equiv N \colon$$

(For simplicity the three bent bonds of the triple bond are represented in the drawing by a single bond.)

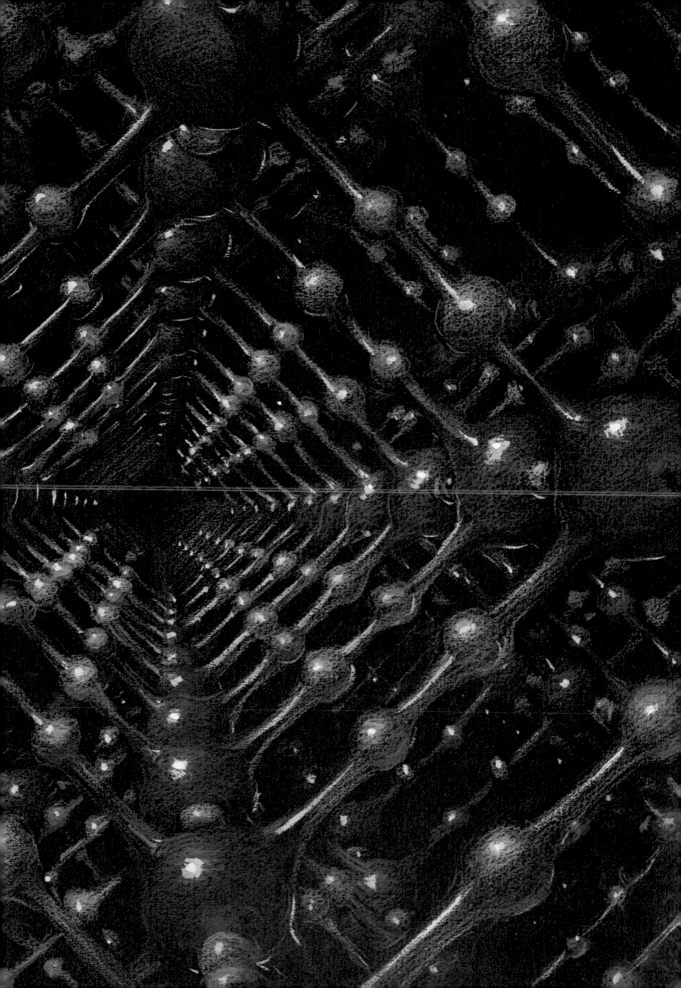

Section 28

The Prussian Blue Crystal

【甲】 The crystals of Prussian blue contain potassium ions and water molecules, in addition to the iron-carbon-nitrogen framework.

【乙】 An ion is an atom or group of atoms with a positive or negative electric charge. An ion is formed from an atom or molecule by removing or adding one or more electrons. A potassium ion, K^+, is a potassium atom from which one electron has been removed, leaving the atom with a positive electric charge. (In Prussian blue the electron has been transferred from the potassium atom to the iron-carbon-nitrogen framework.) In the crystal there is a potassium ion at the center of half of the small cubes. Some of them are illustrated in the drawing.

【丙】 The other cubical chambers in the crystal are occupied by water molecules. These molecules are not bonded to the other atoms of the crystal. They are present because the crystals were precipitated from an aqueous solution, and some of the water molecules of the solution were entrapped as the framework of the crystal was formed. When a crystal of Prussian blue is heated the water molecules escape from it, leaving the framework with half of its cubical chambers empty.

【丁】 A crystal of this sort, containing molecules that are not bonded to the framework of the crystal, is called a clathrate crystal (from the Latin word *clathri*, lattice).

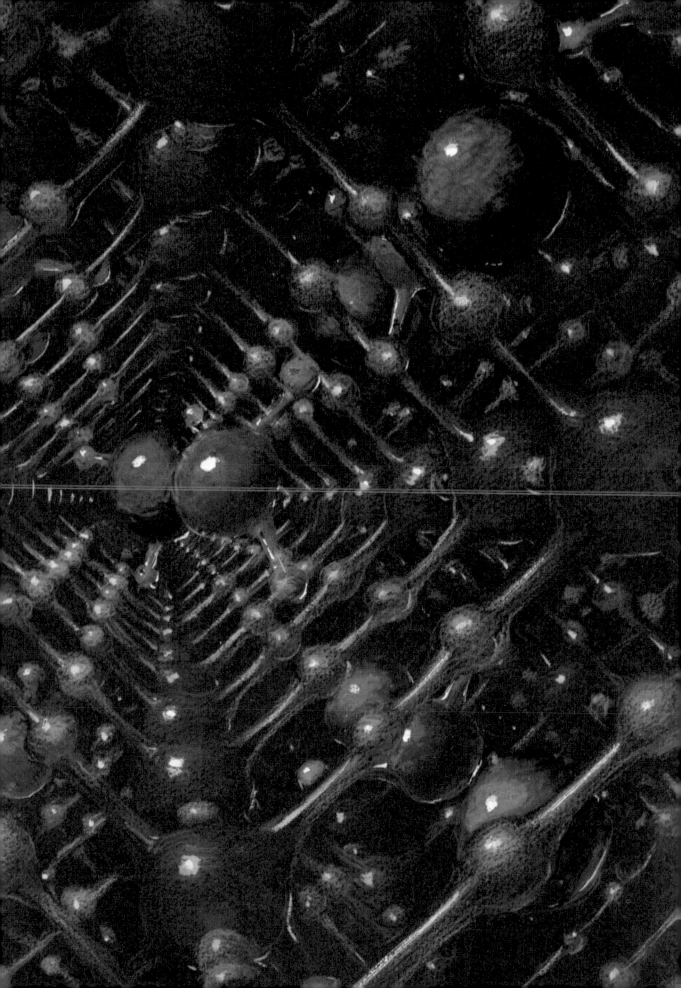

Section 29

The Octahedron

【甲】 The octahedron is one of the regular polyhedra. It has eight equilateral triangular faces, twelve edges, and six corners.

【乙】 Many molecules are known in which a central atom forms bonds with six other atoms that are arranged about it at the corners of a regular octahedron. An example is sulfur hexafluoride, SF_6. In this octahedral molecule the sulfur atom uses the six electrons of its outer shell to form six bonds, one with each of the six fluorine atoms. This molecule is described as involving octahedral coordination of the six fluorine atoms about the sulfur atom or octahedral ligation of the six fluorine atoms to the sulfur atom.

【丙】 The number of atoms arranged about a central atom is called the coordination number or the ligancy of the central atom. Octahedral coordination (octahedral ligation) corresponds to ligancy six.

【丁】 We have already discussed the structure of a crystal containing atoms with octahedral coordination, the Prussian blue crystal. Each of the iron atoms in the framework of this crystal forms six bonds directed toward the corners of a regular octahedron (see plates 27 and 28).

Section 30

Isomeric Molecules with Octahedral Coordination

【甲】 Octahedral coordination was discovered by the Swiss chemist Alfred Werner in 1900. He showed that the properties of many substances with complex formulas could be accounted for by assigning them structures involving octahedral coordination. For example, two substances with the molecular formula $Pt(NH_3)_2Cl_4$ were known, an orange substance and a lemon-yellow substance. Werner showed that the difference in their properties could be explained by assigning to each of them an octahedral structure with the platinum atom at the center of the octahedron; he assumed, however, that for one substance the two nitrogen atoms of the ammonia molecules lie at two octahedron corners that define an edge of the octahedron, and that for the other the two nitrogen atoms lie at opposite corners of the octahedron, as shown in the adjacent drawing.

【乙】 From the properties of the substances Werner concluded that the orange substance is the *cis* isomer (with the two nitrogen atoms defining an edge) and the lemon-yellow substance is the *trans* isomer. (The Latin words *cis* and *trans* mean "on this side" and "on the other side," respectively.) During recent decades the octahedral structures postulated by Werner have been verified by X-ray diffraction of crystals, and his identification of the *cis* and *trans* isomers has been shown to be correct.

cis

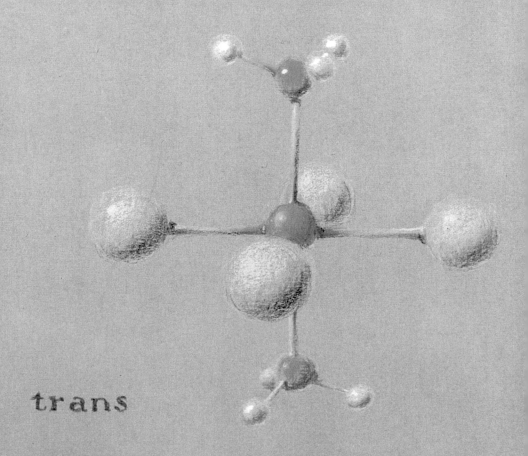

trans

Section 31

The Hexamethylene-Tetramine Molecule

【甲】 The first determination of the molecular architecture of a compound of carbon was made in 1923, when the structure of the cubic crystal hexamethylene-tetramine, $C_6H_{12}N_4$, was determined by X-ray diffraction.

【乙】 The crystal was found to contain molecules with the structure shown in the adjacent drawing. All bond angles have values close to the tetrahedral value, 109.5°. The carbon-nitrogen bond length, 1.47 Å, and the carbon-hydrogen bond length, 1.10 Å, are those assigned to single bonds between these pairs of atoms (see the table of covalent radii, following plate 57).

【丙】 The molecule has the symmetry of the regular tetrahedron－four threefold ortation axes, three twofold rotation axes, and some symmetry planes. The four nitrogen atoms lie at the corners of a regular tetrahedron and the six carbon atoms lie at the corners of a regular octahedron. The polyhedron defined by the twelve hydrogen atoms is the truncated tetrahedron, a tetrahedron with each corner cut off by a plane parallel to the opposite face.

Section **32**

The Icosahedron

【甲】 The regular icosahedron, the fourth of the regular polyhedra, has twenty equilateral triangular faces, thirty edges, and twelve corners. Its name is derived from the Greek *eikosi*, twenty, and *hedra*, seat or base. It has many symmetry elements, including six fivefold axes of rotational symmetry, ten threefold axes, and fifteen twofold axes.

【乙】 The significance of the icosahedron to molecular architecture is illustrated by the discussion of the tetragonal boron crystal, the dodecaborohydride ion, the decaborane molecule, and the tetraborane molecule on the following pages.

Section 33

The Tetragonal Boron Crystal

【甲】 The element boron (atomic number 5) forms crystals that are nearly as hard as diamond. One of the several crystalline modifications has tetragonal symmetry. Its unit of structure is a square prism containing fifty boron atoms, which are arranged as shown in the adjacent drawing.

【乙】 The fifty boron atoms in the unit comprise four B_{12} groups and two other boron atoms. Each of the B_{12} groups is an icosahedron.

【丙】 Each boron atom of a B_{12} group is bonded to five neighboring boron atoms in the same group and also to a sixth atom, either an atom of an adjacent B_{12} group or one of the two other atoms. These two atoms that are not in B_{12} groups show tetrahedral ligation.

【丁】 The boron-boron bonds in this crystal are not ordinary bonds. Boron, with $Z = 5$ and two electrons in its inner shell, has only three valence electrons, and could form only three shared-electron-pair bonds. But most of the atoms form six bonds. We conclude that these bonds are not ordinary covalent bonds, but are bonds of another kind, involving only one electron per bond. They are called half-bonds; a half-bond is only about one-half as strong as an ordinary covalent bond, which involves two electrons (rather than one) shared between two atoms.

【戊】 The bond length for a normal boron-boron bond estimated from the observed values for other single bonds is 1.62 Å. The larger value 1.80 Å found in the tetragonal boron crystal is reasonable for a half-bond.

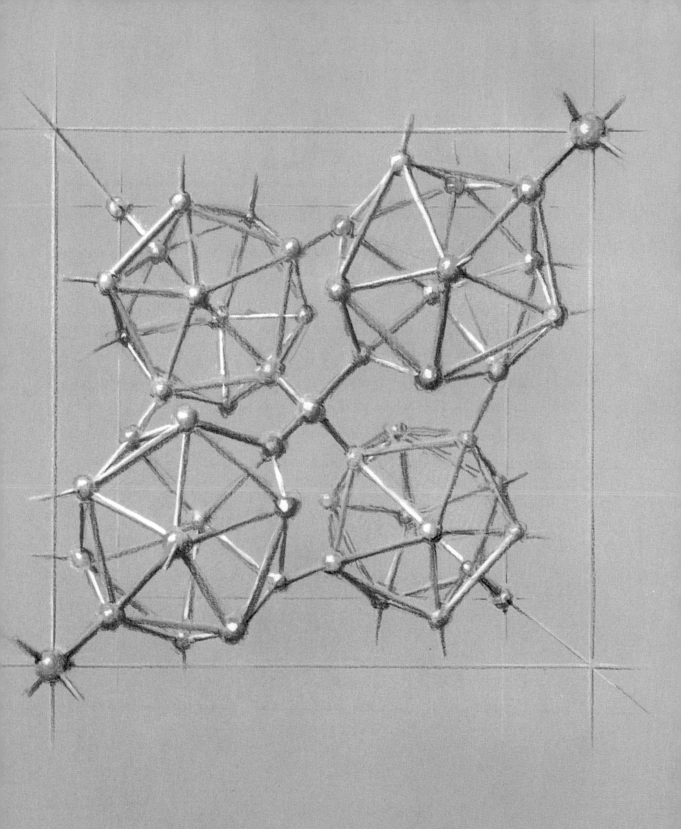

Section 34

An Icosahedral Borohydride Ion

【甲】 Among the many interesting compounds of boron is the colorless crystalline substance dipotassium dodecaborohydride, $K_2B_{12}H_{12}$. The X-ray investigation of this crystal has shown that it contains $B_{12}H_{12}^{--}$ ions and potassium ions, K^+. Each $B_{12}H_{12}^{--}$ ion has two extra electrons, which have been transferred to it from two potassium atoms.

【乙】 The $B_{12}H_{12}^{--}$ ions have the icosahedral structure shown in the drawing. Each boron atom has ligancy six. The boron-boron bonds seem to be half-bonds, as in tetragonal boron; their length is 1.80 Å. The boron-hydrogen bonds have a length of about 1.20 Å.

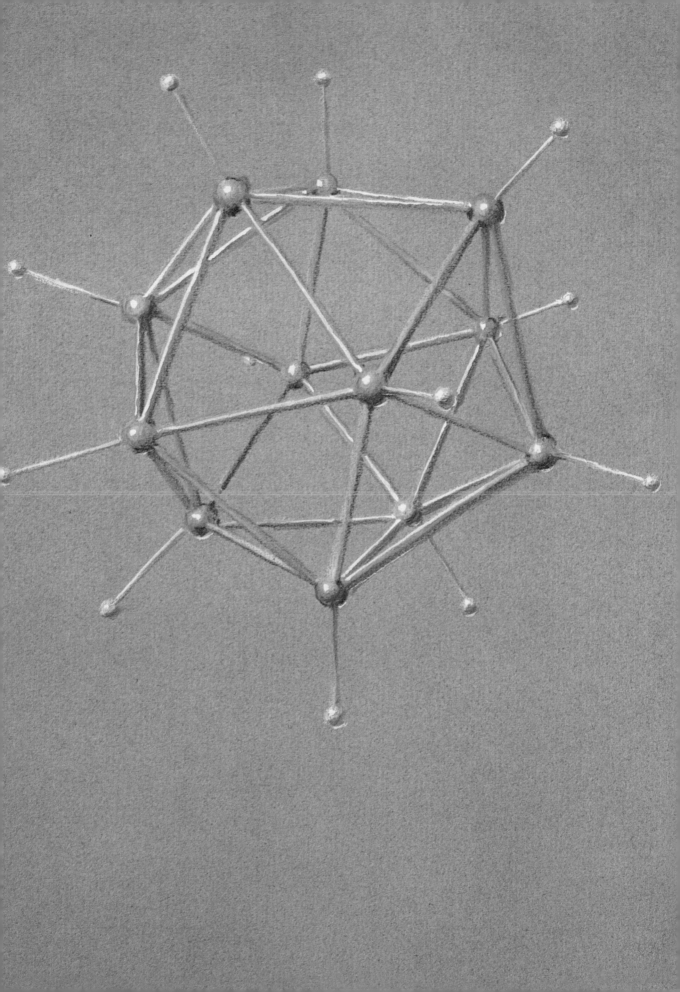

Section 35

The Decaborane Molecule

【甲】 The compounds of boron and hydrogen are called the boranes. Many boranes are known, and, although chemists have studied them for many years, they continue to provide puzzling problems.

【乙】 Decaborane, $B_{10}H_{14}$, has the structure shown in the adjacent drawing. The boron atoms lie at ten of the twelve corners of an icosahedron. The boron-boron distance is 1.80 Å. A hydrogen atom lies 1.18 Å out from each boron atom. Each of the other four hydrogen atoms, called bridging hydrogen atoms, is bonded to two boron neighbors (at a distance of about 1.35 Å), rather than to one. These bonds and the boron-boron bonds seem to be half-bonds.

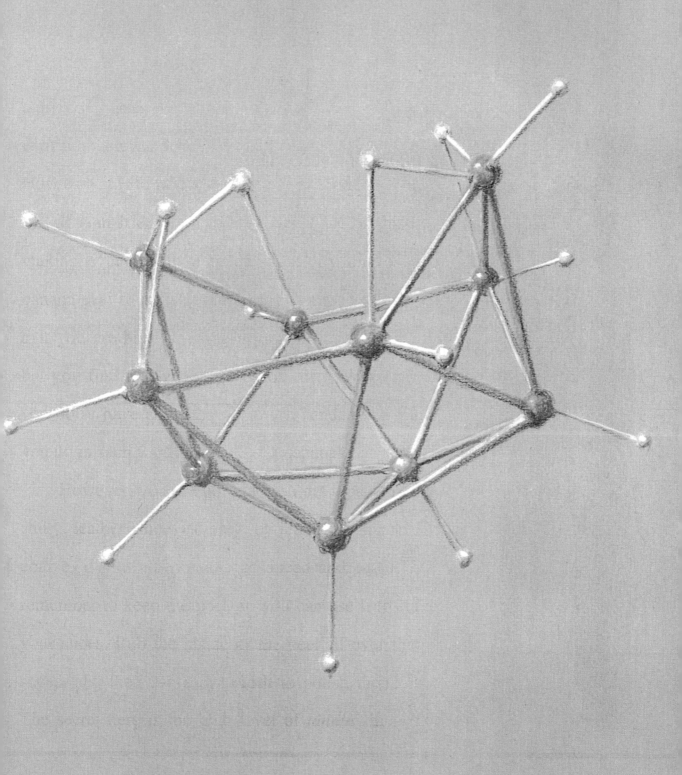

Section 36

The Tetraborane Molecule

【甲】 The molecular structure of tetraborane, B_4H_{10}, is shown in the adjacent drawing. The four boron atoms, the four bridging hydrogen atoms, and two of the nonbridging hydrogen atoms lie approximately at ten of the corners of an icosahedron, and the other four hydrogen atoms lie radially out from the boron atoms. The dimensions are very nearly the same as in decaborane.

【乙】 The boron atoms have ligancy six, as in decaborane and the icosahedral borohydride ion. Ligancy six is found for boron atoms in most other boranes, but ligancy five is found in a few.

【丙】 The boranes react vigorously with liquid oxygen and other oxidants to form boric oxide, B_2O_3, and water. They have been extensively investigated for possible use as rocket fuels.

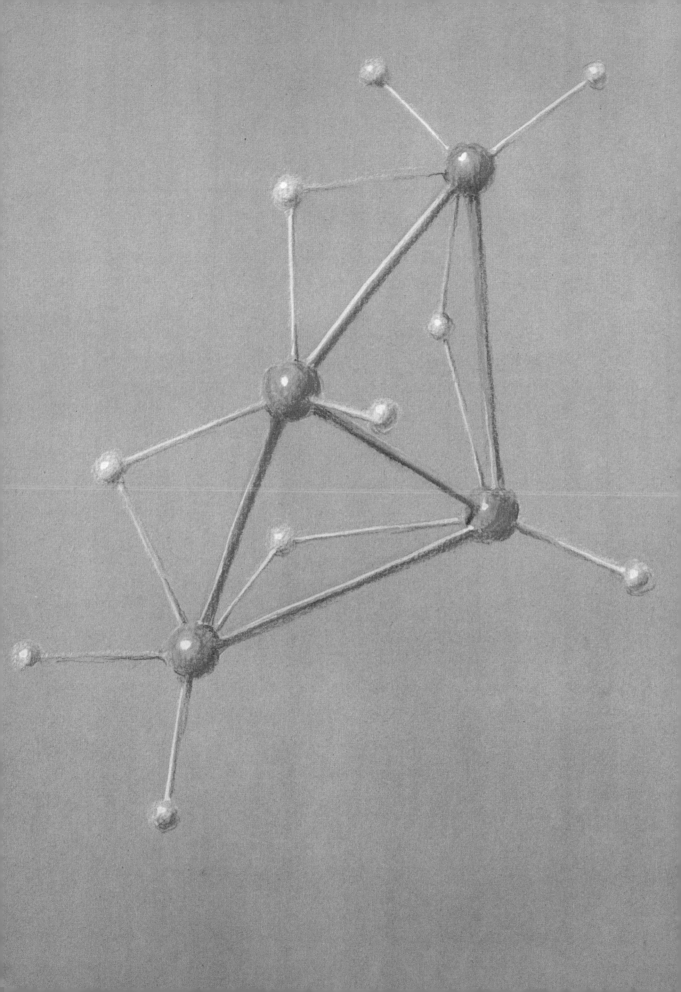

Section 37

The Carbon Atom with Ligancy Six

【甲】 After sixty-five years of successful use of the theory of the tetrahedral carbon atom, chemists were astonished in 1939 by the report that two American chemists, R. E. Rundle and J. H. Sturdivant, had discovered carbon atoms with ligancy six in a molecule.

【乙】 Rundle and Sturdivant carried out the determination by X-ray diffraction of the crystal structure of the substance to which the name platinum tetra-methyl and the formula $Pt(CH_3)_4$ had been assigned. They found, however, that each molecule contains four platinum atoms and sixteen methyl groups, as shown in the adjacent drawing. The molecular formula is $Pt_4(CH_3)_{16}$.

【丙】 Twelve of the methyl groups are normal, with tetrahedral carbon atoms, each forming three $C-H$ bonds and one $C-Pt$ bond. The platinum atoms show octahedral coordination. Each of the other four methyl groups forms a bridge connecting three of the platinum atoms to one another. The carbon atom of a bridging methyl group forms six bonds, three with its hydrogen atoms and three with platinum atoms.

【丁】 The platinum-carbon bond length for the bridging carbon atoms is about 0.2 Å greater than that for the other carbon atoms, indicating that the bridging carbon atoms form fractional bonds (perhaps one-third bonds) with the platinum atoms.

Section 38

The Ferrocene Molecule

【甲】 The substance ferrocene was first made in 1951. Its molecules have the formula $Fe(C_5H_5)_2$ and the structure shown in the adjacent drawing. The molecule is called a sandwich molecule—it may be described as an atom of iron sandwiched between two hydrocarbon rings.

【乙】 Many sandwich molecules have been studied during the past decade. However, there is still uncertainty about the nature of the bonds in ferrocene and related substances.

【丙】 We might think that the bonds are all single bonds. Each carbon atom would then form four bonds, with considerable distortion from the regular tetrahedral directions. There are, however, theoretical arguments against the formation of ten single bonds by an iron atom. Also, the observed iron-carbon bond length, 2.05 Å, indicates that the bonds are approximately half-bonds. The carbon-carbon distance in the rings, 1.44 Å, is intermediate between the value for a single bond, 1.54 Å, and the value for a double bond, 1.33 Å.

Section 39

The Hydrogen Bond

【甲】 An important property of the hydrogen atom was discovered in 1920 by two American chemists, W. M. Latimer and W. H. Rodebush. They found that many properties of substances can be easily explained by the assumption that the hydrogen atom, which is normally univalent, can sometimes assume ligancy two, and form a bridge between two atoms. This bridge is called the hydrogen bond.

【乙】 The most important hydrogen bonds are those in which a hydrogen atom joins pairs of fluorine, oxygen, or nitrogen atoms together.

【丙】 Hydrogen fluoride gas has been found to contain not only molecules HF, but also polymers, especially $(HF)_5$ and $(HF)_6$. The structure of $(HF)_5$ is shown in the adjacent drawing. Each hydrogen atom is strongly bonded to one fluorine atom (bond length 1.00 Å) and less strongly to another (bond length 1.50 Å). The bond angle at the hydrogen atom forming a hydrogen bond is usually about 180°.

【丁】 The hydrogen difluoride ion, FHF^-, exists in crystals (such as KHF_2, which contains the ions K^+ and FHF^-) and in aqueous solution. It has an unusual structure, in that the hydrogen atom (proton) is midway between the two fluorine atoms (fluoride ions). The two fluorine-hydrogen bonds in FHF^- have the length 1.13 Å.

FHF⁻

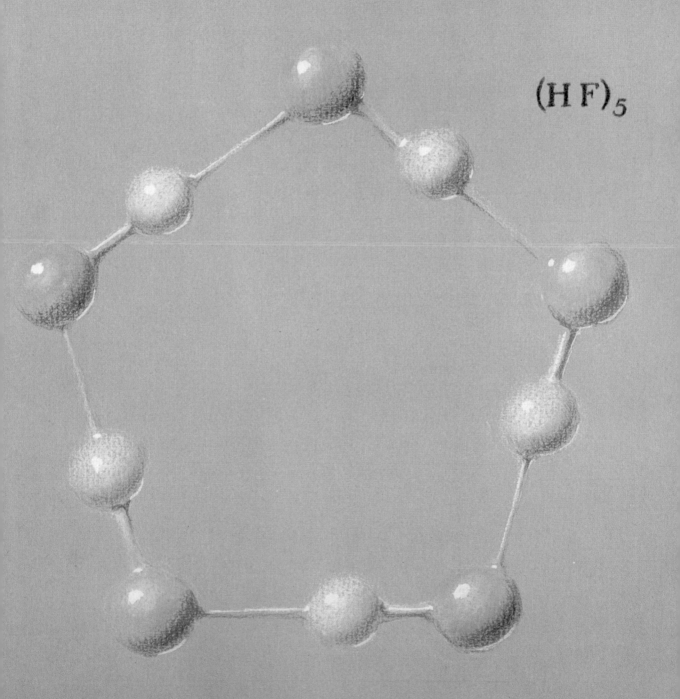

(HF)₅

Section 40

The Double Molecules of Acetic Acid

【甲】 Acetic acid is the acid in vinegar. After many years of studying its properties and reactions, chemists were convinced that its molecules could be assigned the structural formula

$$H_3C-C\begin{matrix} \nearrow O \\ \searrow O-H \end{matrix}$$

【乙】 There were, however, some facts that could not be easily explained by this formula. The density of acetic acid vapor and the properties of solutions of the acid in some solvents indicated that some of the molecules have the formula $C_4H_8O_4$ rather than $C_2H_4O_2$.

【丙】 The explanation was provided by the theory of the hydrogen bond. According to this theory, two acetic acid molecules with the generally accepted structural formula could combine by forming two hydrogen bonds with one another, to produce a double molecule (called acetic acid dimer), as shown in the adjacent drawing.

【丁】 The structure of acetic acid dimer and other acid dimers has been verified by the electron diffraction and X-ray diffraction techniques. Each hydrogen atom is 1.00 Å from one oxygen atom and about 1.60 Å from another.

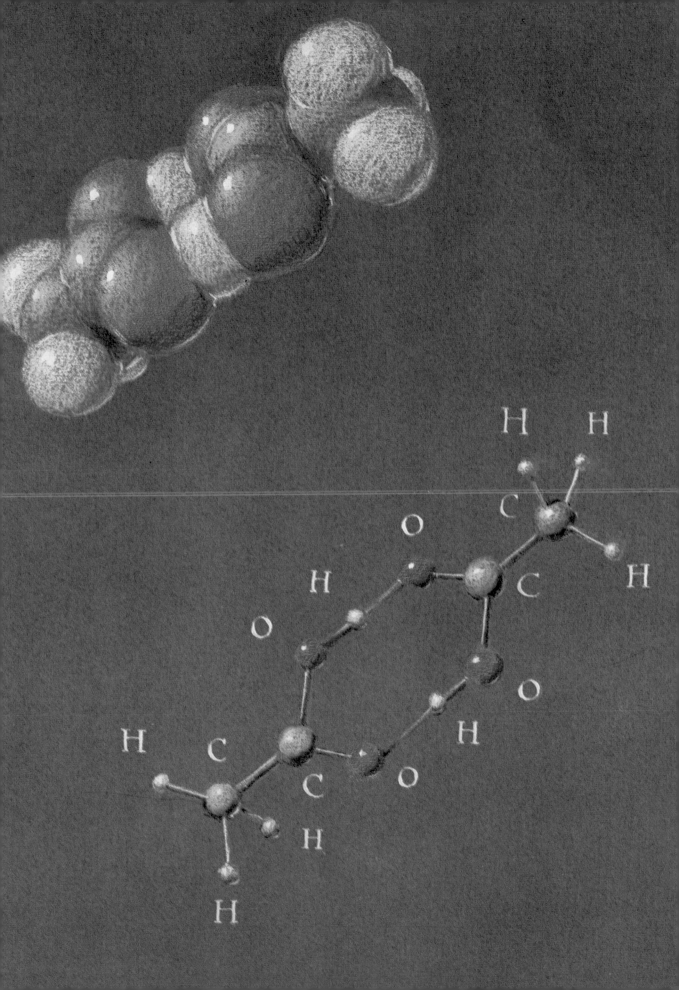

Section 41

Ice

【甲】 Ice has an interesting and important property that differentiates it from almost all other crystalline substances: ice floats in water. It is less dense than the liquid that it forms on melting, whereas most crystals are denser than their liquids.

【乙】 The explanation of this property is provided by the crystal structure of ice. The crystal is hexagonal, with the rather open framework structure shown in the adjacent drawing.

【丙】 Each water molecule in ice is tetrahedrally surrounded by four other water molecules, and connected to them by hydrogen bonds. In each hydrogen bond the hydrogen atom is 1.00 Å from one oxygen atom and 1.76 Å from another.

【丁】 When ice melts, some of the hydrogen bonds are broken, and in consequence the water molecules are able to pack together more compactly in liquid water (in which the average ligancy of a water molecule is about five) than in ice (ligancy four).

【戊】 There is an interesting sort of structural disorder in the ice crystal. For each hydrogen bond there are two positions for the hydrogen atom: $O-H---O$ and $O---H-O$. If there were no restriction on this disorder there would be 4^N ways of arranging the hydrogen atoms in an ice crystal containing N water molecules ($2N$ hydrogen atoms). But there is a restriction: there must be two hydrogen atoms near each oxygen atom. In consequence there are only $(\frac{3}{2})^N$ ways of arranging the $2N$ hydrogen atoms in the crystal.

【己】 Some of the properties of ice are affected by the disorder of the hydrogen bonds. Measurement of these properties has verified the calculated number of arrangements to within about 1 percent.

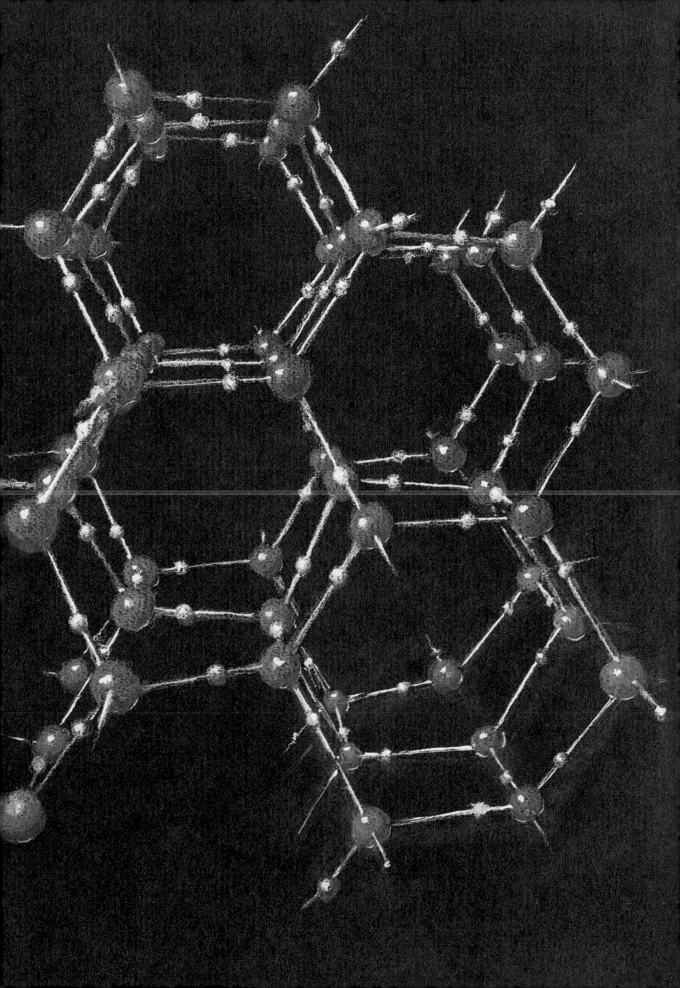

Section 42

A Dense Form of Ice

【甲】 Several different crystalline modifications of ice are formed under high pressure. Ice II, a kind of ice that forms at about 3,000 atmospheres pressure, has the structure shown in the adjacent drawing.

【乙】 In this form of ice there are columns of six-molecule hydrogen-bonded rings, rather similar to those in ice I. The columns are pushed more closely together than in ice I. Each water molecule forms hydrogen bonds with four neighboring water molecules, which are at the corners of a distorted tetrahedron. The distortion permits a fifth water molecule to approach rather closely (3.24 Å).

【丙】 Ice II is about 15 percent denser than liquid water at the same pressure, whereas ordinary ice is 8 percent less dense than water.

【丁】 There is no randomness in the hydrogen atom positions of ice II. Several other high-pressure forms of ice are known, ice III, ice IV, ice V, ice VI, and ice VII. Their properties indicate that they all have about the same amount of hydrogen-atom randomness as ice I, and that ice II is the only form of ice with completely ordered hydrogen bonds.

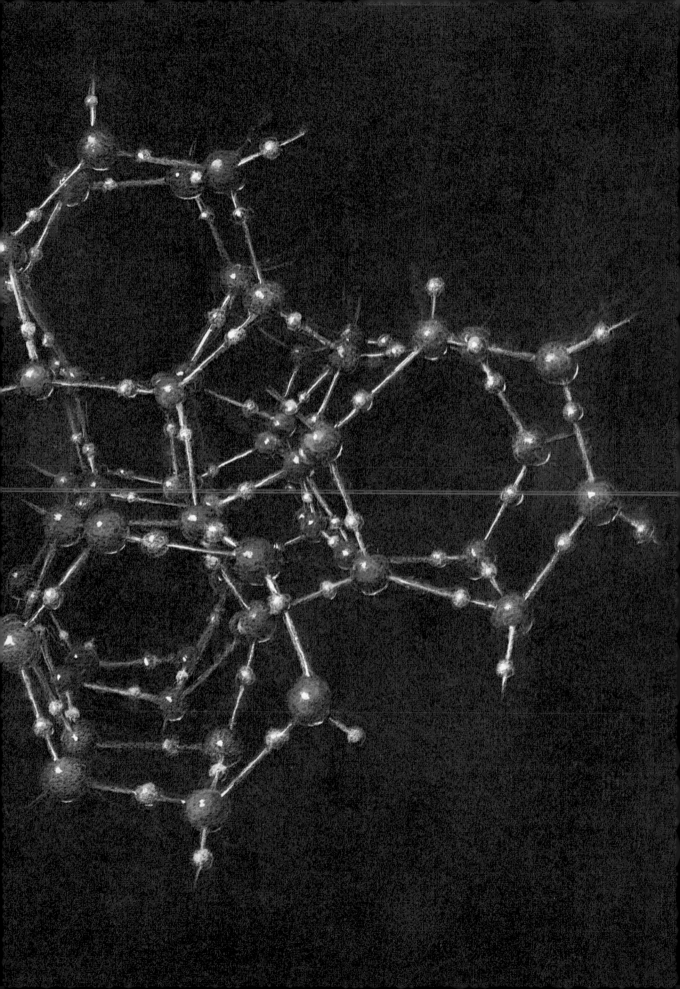

Section 43

The Pentagonal Dodecahedron

【甲】 The pentagonal dodecahedron is the fifth regular polyhedron. It has thirty edges, twenty corners, and twelve faces, which are regular pentagons. It is closely related to the icosahedron: the relation involves interchanging corners and faces. Its symmetry elements are the same as those for the icosahedron.

【乙】 The significance of the pentagonal dodecahedron to molecular architecture is in part the result of the close approximation of the angles between its edges (108°, the angle characteristic of the regular pentagon) to the tetrahedral angle (109.5°). The hydrocarbon molecule $C_{20}H_{20}$, with twenty carbon atoms at the corners of a pentagonal dodecahedron (edge 1.54 Å, the customary value for the carbon-carbon single bond) and with a hydrogen atom 1.10 Å out from each carbon atom, would involve very little bond-angle strain. However, the orientation around each of the carbon-carbon bonds is the unstable one (plate 17). This feature of the structure may explain why chemists have not yet succeeded in synthesizing this hydrocarbon.

【丙】 A structure involving the pentagonal dodecahedron is described on the following page.

Section 44

The Clathrate Crystal Xenon Hydrate

【甲】 If twenty water molecules were placed at the corners of a pentagonal dodecahedron with edge 2.76 Å, they could use thirty of their hydrogen atoms to form unstrained hydrogen bonds along the dodecahedral edges. Several $(H_2O)_{20}$ aggregates of this sort can be seen in the adjacent drawing of a crystal with a framework of hydrogen-bonded water molecules.

【乙】 The framework contains chambers of two kinds: the dodecahedral chambers of twenty water molecules, and somewhat larger chambers formed by twenty-four water molecules. Each of these larger chambers has two hexagonal faces and twelve pentagonal faces. A vertical column of them, with hexagonal faces shared, occupies the center foreground of the drawing.

【丙】 This framework of water molecules is found in many crystals, such as xenon hydrate, $Xe \cdot 5\frac{3}{4} H_2O$ (or $8Xe \cdot 46H_2O$, the contents of the unit cube outlined in the drawing), and methane hydrate, $CH_4 \cdot 5\frac{3}{4} H_2O$. The drawing shows the xenon molecules (xenon atoms) in the chambers. Xenon hydrate can be classified with Prussian blue (plates 27 and 28) as a clathrate crystal.

【丁】 This clathrate hydrate of xenon has special interest because of its relation to the theory of anesthesia. Xenon is an excellent anesthetic agent. Until recently no reasonable explanation of its anesthetic activity had been proposed. A recent suggestion is that xenon and other general anesthetic agents act by causing the water in the brain to form small clathrate crystals, which entrap ions and electrically charged groups of atoms and prevent them from contributing to the electric oscillations in the brain that constitute the mental activity characteristic of consciousness and sensitivity.

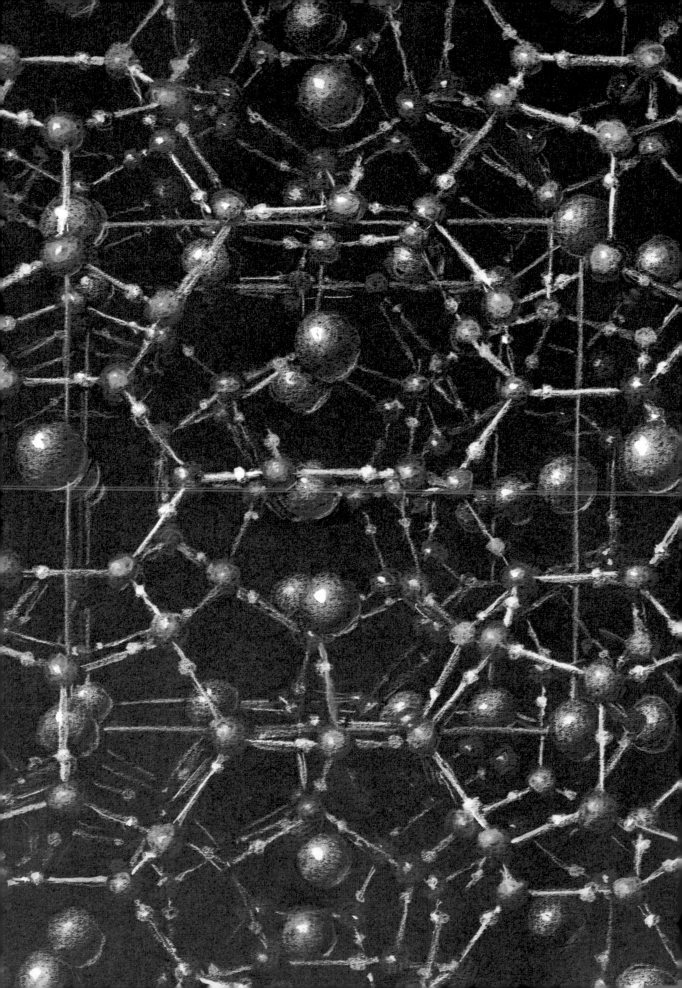

$\mathcal{S}ection$ 45

The Molecule of Glycine, the Simplest Amino Acid

【甲】 All living organisms contain molecules of proteins. Proteins are complicated substances, with a great many atoms in each molecule. During the past few years much information has been obtained about their molecular structure.

【乙】 About a hundred years ago it was discovered that when any protein is boiled with acid and the resulting solution is allowed to stand, crystals of different substances separate from the solution. Glycine is one of the substances obtained in this way. It is called an amino acid, and it is the simplest of the amino acids obtained by the decomposition of proteins.

【丙】 The structure of the glycine molecule as it exists in solution in the aqueous body fluids is shown in the adjacent drawing.

【丁】 The formula of glycine was for many years written as

$$H_2N \!-\! CH_2 \!-\! C \overset{\displaystyle O}{\underset{\displaystyle O-H}{\diagdown}}$$

In this formula there is shown an acidic group, COOH, identical with the acidic group in acetic acid (plate 40). This acidic group can liberate a proton into an aqueous solution. There is also shown the basic group NH_2, called the amino group. A substance with this group in its molecule is a base. It has the property of adding a proton, to produce a positive ion.

【戊】 About fifty years ago chemists recognized that the glycine molecule in aqueous solution has the proton removed from the acidic group and attached to the nitrogen atom, as shown in the drawing. The acidic end of the molecule then carries a negative electric charge, and the basic end carries a positive electric charge. The molecule as a whole is electrically neutral.

【己】 In the drawing of the molecular structure, one oxygen atom is indicated to be bonded to the adjacent carbon atom by a double bond, and the other by a single bond. In fact, studies of the molecular structure have shown that the two carbon-oxygen distances are equal, with the value 1.25 Å. This fact is accounted for by saying that the double bond resonates between the two oxygen atoms.

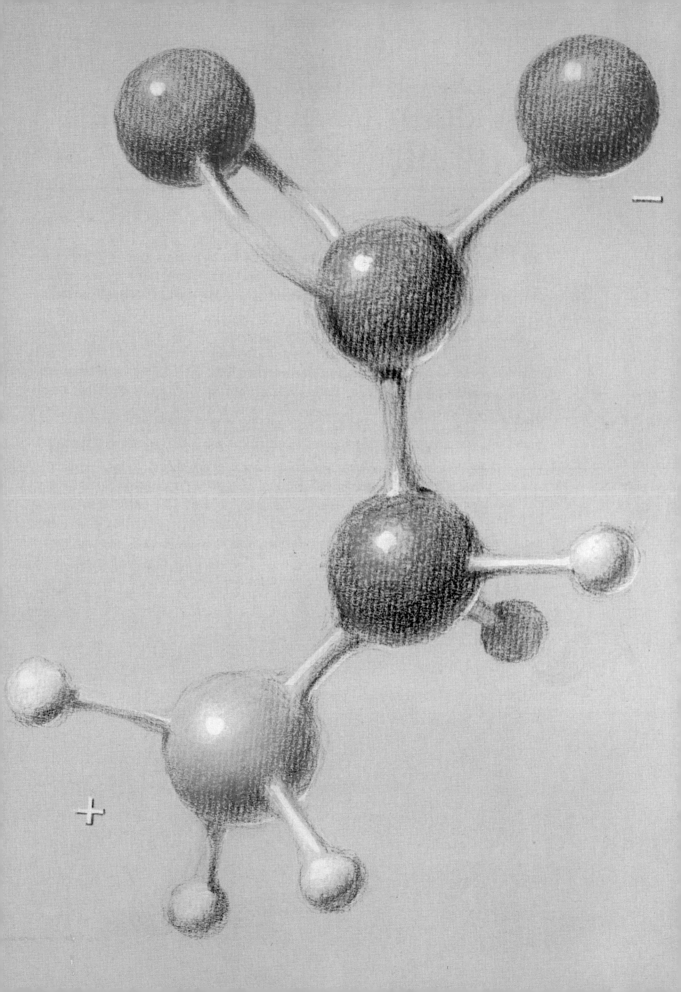

Section 46

Left-Handed and Right-Handed Molecules of Alanine

【甲】 Another amino acid that is obtained by the decomposition of proteins is L-alanine. It is closely similar to glycine in structure, but with one of the hydrogen atoms of glycine replaced by a methyl group, CH_3, as shown in the adjacent drawing.

【乙】 There are two kinds of alanine molecules, which differ in the arrangement of the four groups around the central carbon atom. These molecules are mirror images of one another. The molecules of one kind are called D-alanine (D for Latin *dextro*, right), and those of the other kind L-alanine (L for Latin *laevo*, left). Only L-alanine occurs in living organisms as part of the structure of protein molecules.

【丙】 Other amino acids, with the exception of glycine, also may exist both as D molecules and as L molecules, and in every case it is the L molecule that is involved in the protein molecules of living organisms. Some of the D amino acids cannot serve as nutrients, and may be harmful to life.

【丁】 In *Through the Looking-Glass* Alice said, "Perhaps looking-glass milk isn't good to drink." When this book was written, in 1871, nobody knew that protein molecules are built of the left-handed amino acids; but Alice was justified in raising the question. The answer is that looking-glass milk is not good to drink.

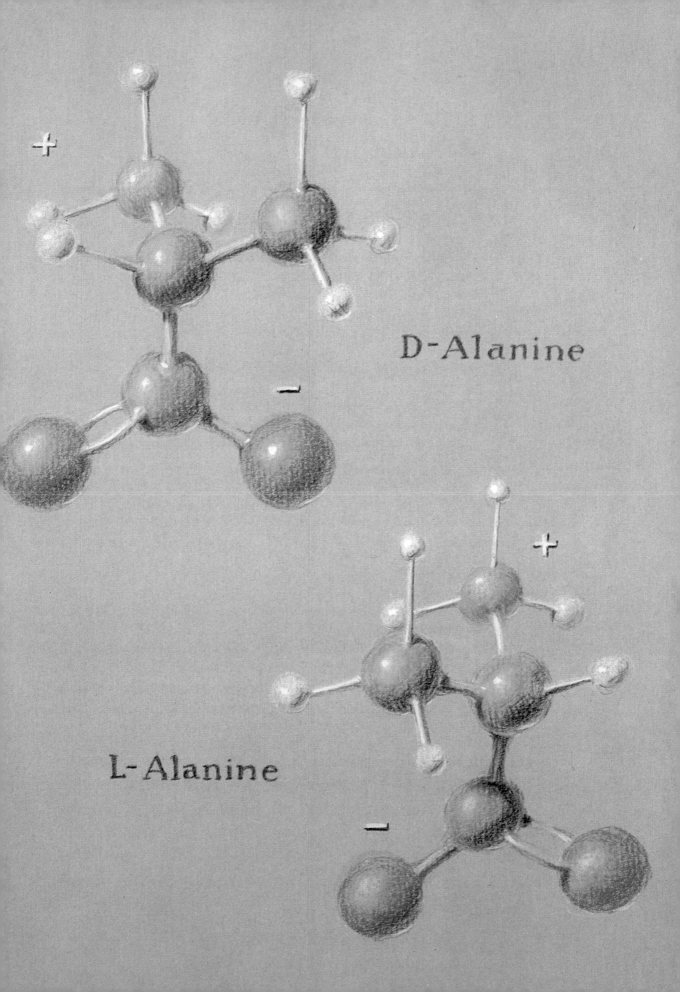

D-Alanine

L-Alanine

Section 47

The Glycylglycine Molecule

【甲】 The way in which amino-acid molecules combine to form proteins is illustrated by the adjacent drawing, which shows the structure of a molecule formed by the reaction of two molecules of the amino acid glycine with one another. A molecule of water is also produced in this reaction:

$$H_3\overset{+}{N}-CH_2-CO\overset{-}{O} + H_3\overset{+}{N}-CH_2-CO\overset{-}{O} \longrightarrow$$

$$H_3\overset{+}{N}-CH_2-CO-NH-CH_2-CO\overset{-}{O} + H_2O$$

【乙】 The product glycylglycine is called a peptide. It is described as containing two glycine residues. A polypeptide contains many amino-acid residues in a long chain.

【丙】 The characteristic structural feature of peptides is the six-atom group

It is called the peptide group. In this group of six atoms the double bond is shown from a carbon atom to the oxygen atom. In fact, the double bond may be placed between the carbon atom and the nitrogen atom, with a single bond to the oxygen atom; that is, the double bond may be described as resonating between the two positions. The double-bond character of the carbon-nitrogen bond requires that the six atoms lie in one plane. This feature of molecular architecture, the planarity of the peptide group, has been verified by the determination of the crystal structure of glycylglycine and other peptides. All of the dimensions of the peptide group have been determined with an accuracy of about 0.01 Å.

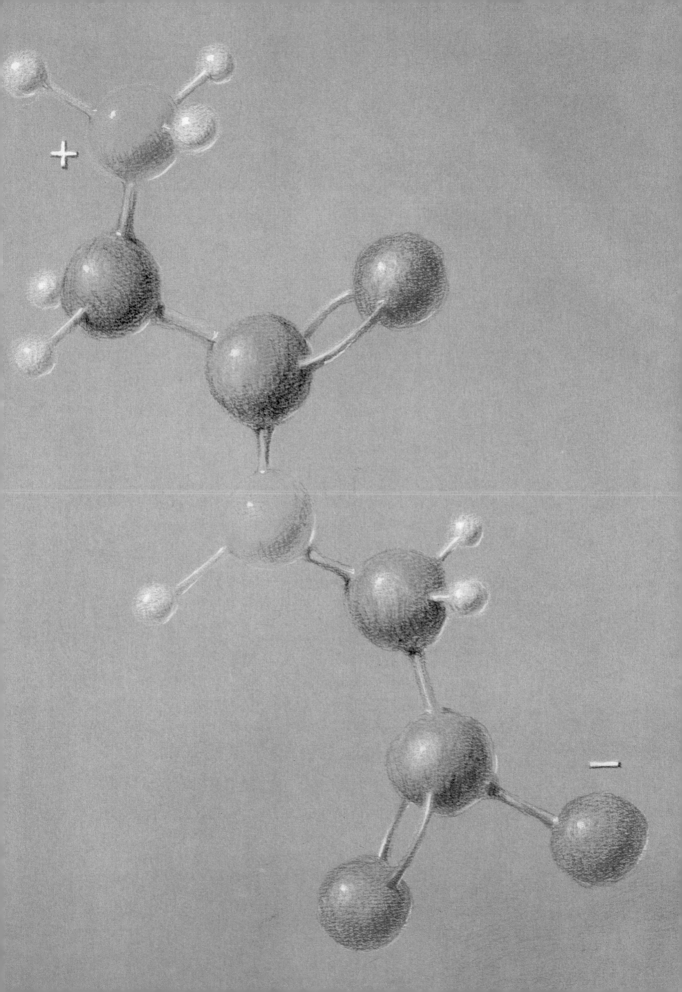

Section 48

The Molecular Architecture of Silk

【甲】 The fibers of silk that are spun by silkworms and spiders consist mainly of the protein called silk fibroin. Different species of silkworms and spiders produce different kinds of silk fibroin, which differ somewhat from one another in their molecular architecture. All of the kinds of silk fibroin contain long zigzag polypeptide chains lying parallel to one another, as shown in the adjacent drawing. The chains extend in the direction of the fiber or thread (vertically in the drawing).

【乙】 The drawing shows a small portion of a single layer of protein molecules (polypeptide chains) in a silk fiber. These molecules are attached to adjacent molecules in the layer by the formation of hydrogen bonds, which extend laterally from the NH group of one chain to the oxygen atom of an adjacent chain. The fiber consists of many of these hydrogen-bonded layers superimposed upon one another.

【丙】 The green spheres in the drawing are the side chains of the various amino acids whose residues comprise the protein molecules. In ordinary commercial silk, spun by the silkworm *Bombyx mori*, every other residue in each protein molecule is a residue of glycine; all of the green spheres on one side of the layer represent hydrogen atoms. Most of the other residues are residues of L-alanine; the green spheres on the other side of the layer represent the methyl group, CH_3. In wild silk, made by the silkworm *Antherea pernyi*, most of the side chains on both sides of the layer are methyl groups.

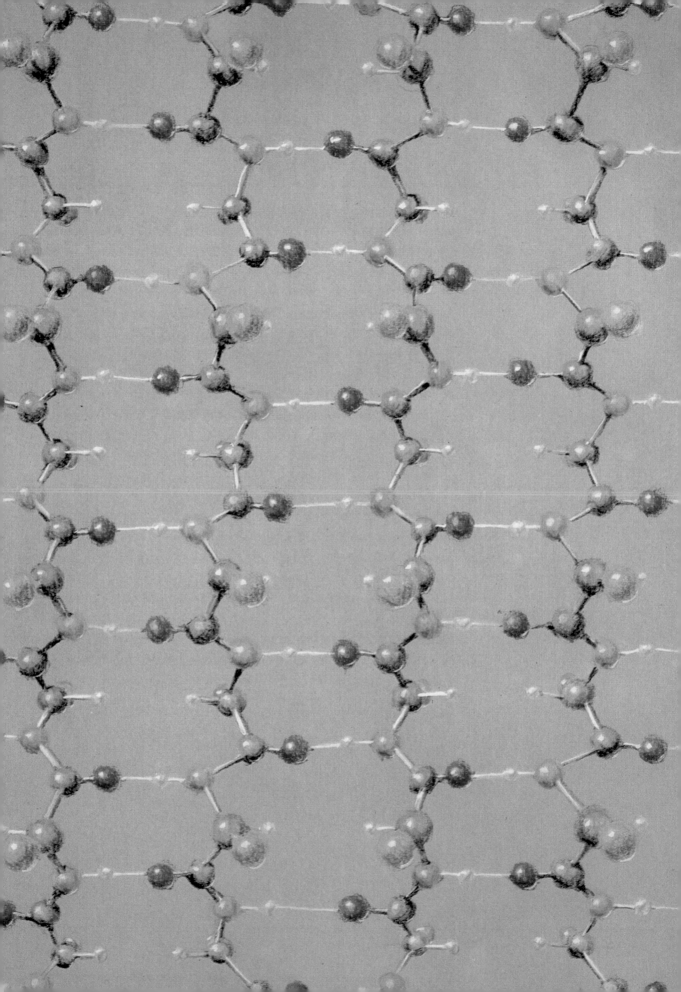

Section 49

Folding the Polypeptide Chain: A Problem in Molecular Architecture

【甲】 In the period around 1920, X-ray diffraction patterns of silk, hair, muscle, tendon, and other fibrous proteins were first made, and the surmise (later verified) was advanced that in silk fibroin the protein molecules are in an extended configuration, as shown in the preceding drawing.

【乙】 The British scientist William T. Astbury and his coworkers showed in 1931 that hair, muscle, horn, and porcupine quill give a characteristic X-ray pattern, and that when hair is steamed and stretched to double its original length the pattern changes to one resembling that of silk. They concluded that the polypeptide chains in unstretched hair are folded, and for nearly twenty years many scientists interested in molecular structure tried to determine the nature of the folding.

【丙】 The problem was solved in 1950, when the alpha helix, shown in the adjacent drawing, was discovered through the application of knowledge obtained by the study of simple substances.

【丁】 The peptide group is planar. There is considerable freedom of rotation about the single bonds to the carbon atom between two peptide groups. Stable ways of folding the polypeptide chain by rotating around these single bonds are those ways that permit the formation of N－H---O hydrogen bonds, with a distance of 2.79 Å between the nitrogen atom and the oxygen atom.

【戊】 The alpha helix satisfies this requirement. There are 3.6 to 3.7 amino-acid residues per turn of the helix (about eighteen residues in five turns), and the nitrogen atom of each planar peptide is bonded to the oxygen atom of the third peptide beyond it in the chain by a hydrogen bond with length 2.79 Å.

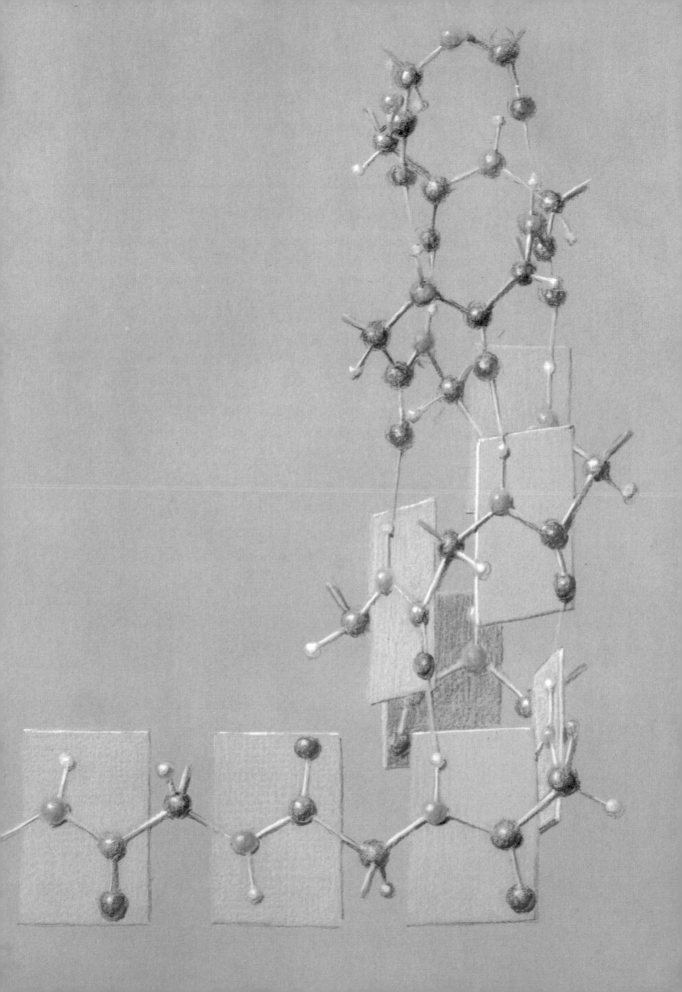

$\mathscr{S}ection$ 50

More about The Alpha Helix

【甲】 A segment of an alpha helix is shown in the adjacent drawing. This segment contains twenty-three amino-acid residues and comprises about 6.5 turns of the helix. It is about 35 Å long; the length of the alpha helix is 1.49 Å per amino-acid residue.

【乙】 In hair, horn, muscle, fingernail, and porcupine quill there are very long protein molecules with the alpha-helix structure extending in the fiber direction (along the length of a hair, sideways in a fingernail). They are not exactly parallel to one another, but are twisted around one another to form ropes of three or seven alpha helixes.

【丙】 An alpha helix of a polypeptide might resemble either a right-handed screw or a left-handed screw. The segment shown in the drawing is a right-handed helix of L-amino-acid residues. This is the kind of alpha helix that has been found in proteins; no protein has been shown to contain left-handed alpha helixes.

Section 51

A Part of The Myoglobin Molecule

【甲】 Myoglobin is a substance found in muscle that resembles the substance hemoglobin that is found in the red cells of the blood. The molecule of myoglobin is made of about 2,500 atoms. The structure of myoglobin was determined, after many years of effort, by the British scientist John C. Kendrew (born 1917), by the X-ray investigation of myoglobin crystals. The British scientist Max F. Perutz (born 1914) made a similar study of hemoglobin, whose molecules are four times larger.

【乙】 The structure of a portion of the myoglobin molecule, as determined by Kendrew, is shown in the adjacent drawing. The molecule contains 151 amino-acid residues, which constitute one polypeptide chain. The chain forms eight alpha-helix segments; one of them, showing five turns of the helix, is in the left foreground of the drawing.

【丙】 The large atom just below and to the right of the center is the iron atom of myoglobin, to which an oxygen molecule attaches itself when myoglobin performs its function of storing oxygen that has been brought to the muscle by the hemoglobin in the blood. The iron atom is the central atom of a nearly planar group of seventy-three atoms called heme. Toward the lower left from the iron atom there is a ring of five atoms, part of a residue of the amino acid histidine. This residue and the heme molecule are discussed on the following pages.

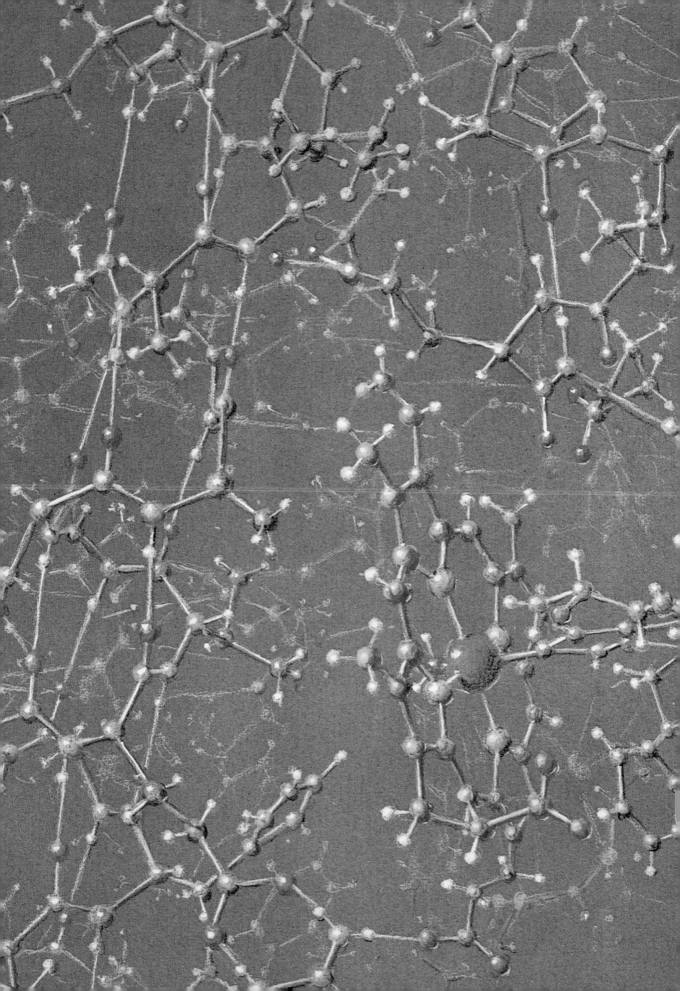

Section 52

The Structure of The Heme Molecule

【甲】 Heme is a substance with the formula $FeC_{34}H_{32}O_4N_4$. The myoglobin molecule contains one heme and the hemoglobin molecule contains four hemes. In these molecules the two acidic side chains of the heme are ionized by loss of protons, giving the group two negative electric charges (on the oxygen atoms).

【乙】 The heme molecule is nearly planar, as represented in the adjacent drawing. The property of planarity is ascribed to the many double bonds in the molecule. These double bonds are not restricted to the positions shown in the structural formula, but resonate to other positions also.

【丙】 In the heme molecule the iron atom forms bonds with the four nitrogen atoms of the heme. In myoglobin and hemoglobin it is also bonded to a nitrogen atom of an amino-acid side chain, on one side of the heme plane, and, when oxygenated, to an oxygen atom of the oxygen molecule, on the other side of the plane. The iron atom then shows octahedral ligancy.

【丁】 Heme is strongly colored. Heme with an attached oxygen molecule is responsible for the red color of oxygenated blood and muscle and without oxygen for the bluish color of deoxygenated blood and muscle.

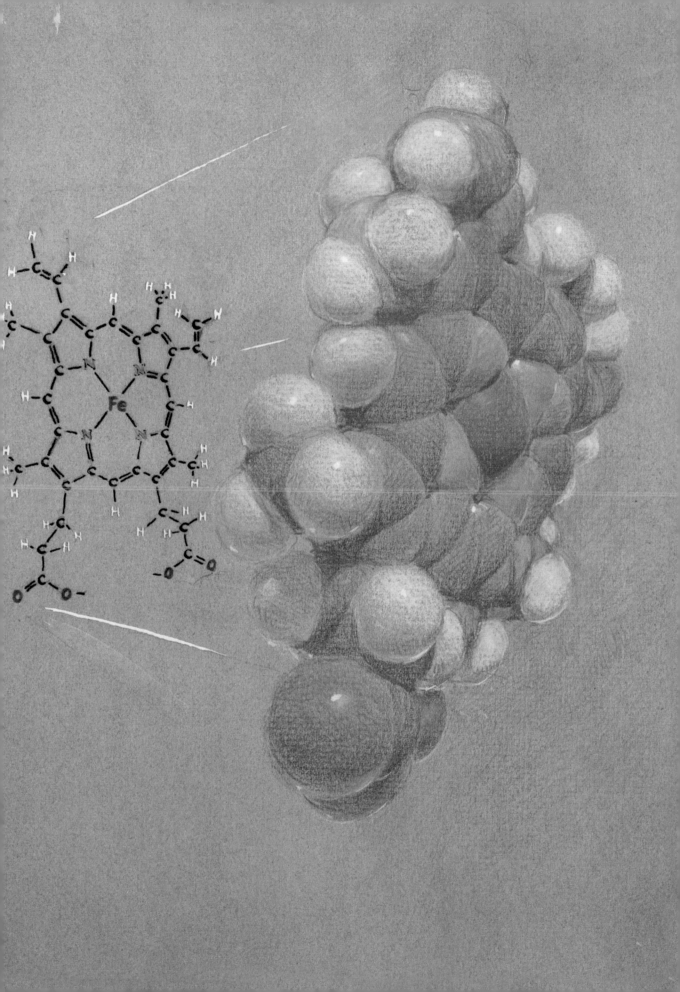

Section 53

The Iron Atom in Hemoglobin and Myoglobin

【甲】 Iron forms many compounds. In some of them, such as ferrous oxide, FeO, the iron atom is said to be bivalent; in ferrous oxide it may be described as having transferred two electrons to the oxygen atom, leaving it a doubly charged ion, Fe^{++}. In other compounds, such as ferric oxide (the mineral hematite), Fe_2O_3, the iron atom has valence three, corresponding to the triply charged ion, Fe^{+++}. The ferric compounds are more stable than the ferrous compounds.

【乙】 Hemoglobin and myoglobin normally contain ferrous iron atoms, Fe^{++}. Under certain conditions the iron atoms can be changed to the ferric state, Fe^{+++}. These ferric compounds, called ferrihemoglobin and ferrimyoglobin, do not have the power of combining reversibly with oxygen molecules.

【丙】 An interesting problem is presented by the fact that in myoglobin and hemoglobin the ferrous state of iron atoms is more stable than in other iron compounds. The answer is connected with the presence of the histidine residue shown in the preceding drawing and again (from a different view) in the adjacent drawing.

【丁】 The side chain of the amino acid histidine is $CH_2C_3N_2H_3$. The $C_3N_2H_3$ group is a five-membered ring. In blood and muscle this group acts as a basic group; it adds a proton, to become $C_3N_2H_4^+$, as shown in the drawing. Scientists have concluded that the presence of this positive electric charge on the side chain of the histidine residue that is in the sixty-second position in the polypeptide chain of myoglobin (and similar positions for hemoglobin) serves to hinder the change from Fe^{++} to Fe^{+++} by its electrostatic repulsion of the extra positive charge characteristic of the ferric state of the iron atom.

Section 54

A Molecular Disease

【甲】 During recent years several diseases have been shown to be molecular diseases. They involve the manufacture by the patient of molecules that are abnormal; that is, that have a structure different from the molecules manufactured by other people.

【乙】 Some people have a sort of anemia in which the blood carries only half the normal amount of oxygen from the lungs to the tissues, although there is the normal amount of hemoglobin in the blood.

【丙】 The hemoglobin molecule contains four polypeptide chains and four heme groups. Two of the polypeptide chains, called the alpha chains, are chains of 141 amino-acid residues; the other two, called beta chains, are chains of 146 amino-acid residues. In some anemic patients there are abnormal alpha chains or abnormal beta chains, such that the iron atom associated with the abnormal chains is easily converted to the ferric state, losing its power to combine with an oxygen molecule. This sort of anemia is called ferrihemoglobinemia or methemoglobinemia.

【丁】 For some patients with this disease the molecular abnormality (which is caused by a mutated gene) is the replacement of the histidine residue in the fifty-eighth position of the alpha chain or the sixty-third position of the beta chain by a tyrosine residue, shown in the adjacent drawing. The tyrosine side chain, $CH_2C_6H_4OH$, does not have the property of adding a proton and assuming the positive electric charge that would stabilize the ferrous state of the iron atom.

【戊】 Knowledge of the molecular structure of normal and abnormal hemoglobin thus provides an essentially complete explanation of the manifestations of this disease.

Section 55

A Molecular Abnormality That Does Not Cause A Disease

【甲】 Some people have been found to have an abnormality in the sixty-third position in the beta chain of their hemoglobin molecules, but to be free of the disease ferrihemoglobinemia.

【乙】 Their gene mutation causes the histidine residue in this position to be replaced by an arginine residue. The side chain of arginine is

This is a basic group, which adds a proton to form the positively charged group shown in the adjacent drawing.

【丙】 The positive electric charge of the arginine side chain serves the same function as the charge of the histidine side chain that is normally present, stabilizing the ferrous state of the iron atom. We can accordingly understand why the molecular abnormality involving tyrosine in this position leads to the disease ferrihemoglobinemia and the abnormality involving arginine does not. The abnormality involving arginine does, however, cause a sensitivity of the red cells to certain drugs, the sulfonamides, which then leads to severe anemia. The mechanism of this effect is not known.

【丁】 Molecular diseases were discovered only fifteen years ago. Much has been learned since, but the possibilities for further discovery are tremendous. Knowledge that may be obtained in the near future about the molecular structure of the human body and the molecular basis of disease may well lead to a great decrease in the amount of human suffering.

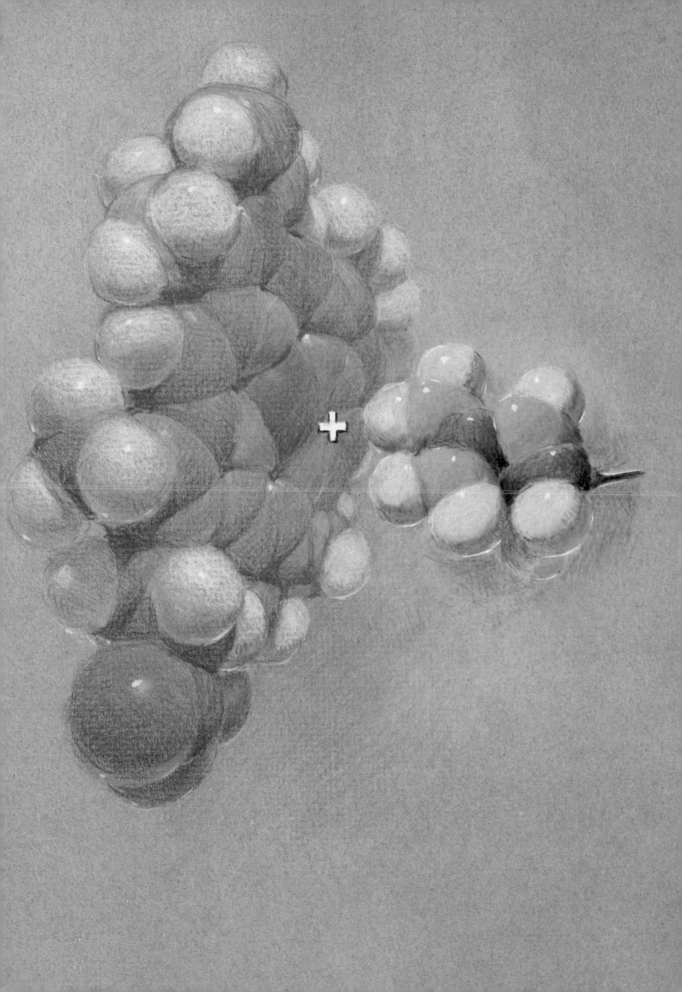

Section 56

Molecular Competition: Sulfanilamide and Para-aminobenzoic Acid

【甲】 Thirty years ago the infectious diseases constituted the principal cause of death. Now most of these diseases have been brought under control. The recent period of rapid progress began with the discovery of the sulfa drugs in 1935 by the German chemist Gerhard Domagk (1895–1964). The structure of the molecule of sulfanilamide, one of the sulfa drugs, is shown at the upper left in the adjacent drawing.

【乙】 Although the molecular structures of many drugs are known, we are still for the most part ignorant about the mechanism of action of the drugs. Sulfanilamide is an exception. There is good evidence that the sulfanilamide molecule acts by entering into competition with molecules of para-aminobenzoic acid (bottom right of the drawing). The bacteria in a culture containing a little para-aminobenzoic acid cease to grow when sulfanilamide is added to the culture; they resume growth if more para-aminobenzoic acid is added; they again cease to grow if more sulfanilamide is added.

【丙】 Para-aminobenzoic acid seems to be a bacterial growth vitamin. It is likely that a para-aminobenzoic acid molecule fits into a cavity of a bacterial protein molecule, and then carries out some function essential to growth. The sulfanilamide molecule ($H_2NC_6H_4SO_2NH_2$) closely resembles the para-aminobenzoic acid molecule ($H_2NC_6H_4CO_2H$) in size and shape, as can be seen from the drawing. It is accordingly reasonable to postulate that if enough sulfanilamide molecules are present in the bacteria, they may, in accordance with the principles of chemical equilibrium, occupy the cavities in the protein molecules and prevent the molecules of the bacterial vitamin from entering these cavities and carrying out their growth-promoting function.

Section 57

An Antiviral Molecule

【甲】 The sulfa drugs and many other substances, such as penicillin, are effective against bacteria but not against viruses. Some substances with the power of controlling certain viral infections have been discovered in recent years. One of these substances is chlortetracycline, $C_{22}H_{23}O_8N_2Cl$.

【乙】 Chlortetracycline (also called Aureomycin) is a golden-yellow substance that is made by the mold *Streptomyces aureofaciens*. The structure of the chlortetracycline molecule has been precisely determined by the X-ray diffraction method; it is shown in the adjacent drawing. One of the features of the structure is the large number of hydrogen bonds formed between adjacent oxygen atoms in the molecule. Another is the sequence of four six-membered rings, fused together (referred to in its name). The molecule contains seven double bonds (some resonating), which are not indicated in the drawing.

【丙】 Little is known as yet about the molecular mechanisms by means of which chlortetracycline is able to control some viral diseases and penicillin (the formula of penicillin G is $C_{16}H_{18}O_4N_2S$) is able to control many bacterial diseases. Knowledge of the molecular structure of chlortetracycline and penicillin does not by itself give the solution of the great problem of the molecular basis of the action of drugs and the nature of disease. We need also to know the molecular structure of the human body, of bacteria, of viruses. When these problems have been solved it will be possible to apply much of our present knowledge, as well as the new knowledge, in a way that will benefit all humanity.

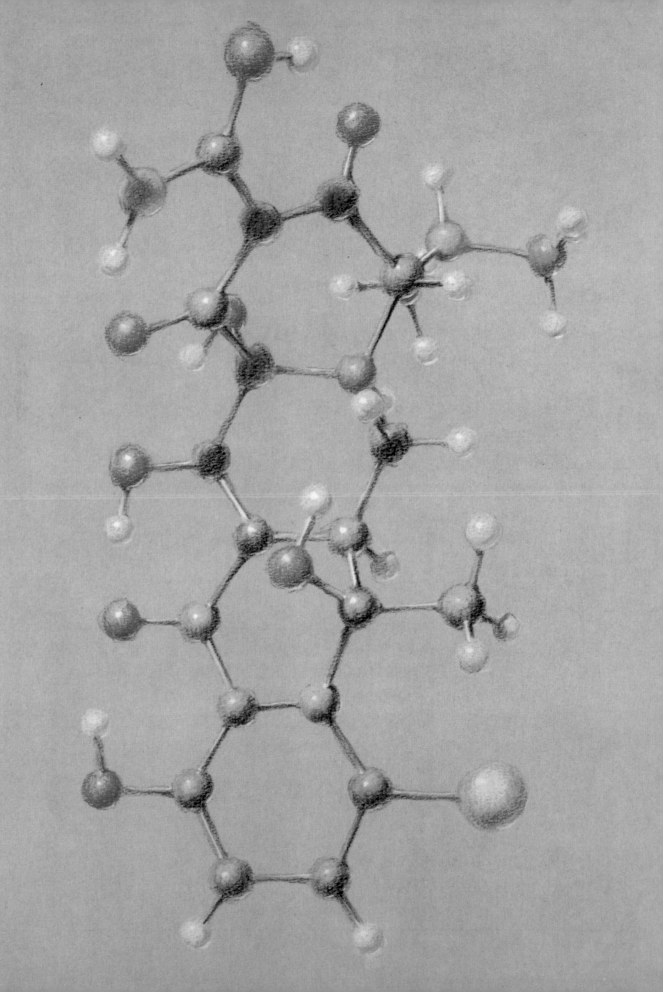

第7篇 「分子的建構」漢譯

原子與分子

我們生活在原子時代。要明瞭這個世界，每個人都必須對原子與分子有些基本知識。

如果你對原子與分子懂一些，那麼，你會瞭解科學家所做的某些新發現的（天天都有的）報導，而且，對於這世界的本質，你的智性上的好奇心也會得到滿足的快樂。許多科學家經由發現某些新事實，或者經由對這世界的本性與構造的（前人未知的）新見地的開拓，得到大快樂。經由對於此新知的意義與重要性的瞭解，你是可以分享這種喜悅快樂的。

在過去五十年間，科學家（主要是物理學家與化學家）已經發展了許多對研究原子與分子很有威力的方法。在這些方法中，有原子的與分子的光譜學（即：量度與解釋物質所放出或吸收的光之波長的分布），晶體的 X 光繞射（以 X 光照射晶體，研究其被散亂的狀況，而確定晶體中的原子之排列），氣體分子之電子的繞射（觀察電子被氣體分子散射的狀況，而確定氣體分子中的原子之布置），以及物質的磁學性質之測定。我們在本書中不討論實驗之技術，以及詮釋它們的方法，而是直接陳述，這些有威力的新方法所提供的，關於分子結構的一些知識。

在大部分的分子與晶體中，其組成者的諸原子都是明確地布置。在分子與晶體中的這種原子的布置就叫做它的分子結構或晶體結構。對於許多分子與晶體，諸原子的間距已經確定到百分之一甚至於千分之一的準確度內。這是指平均的間距；因為分子與晶體中的原子總是在其平均位置附近振動。在通常的溫度下，振動的幅度相當於相鄰原子的中心之間距的百分之五。

以下本書對於分子的建構所做的敘述都有實驗與觀測的堅強基礎，都有科學家的普遍支持。在圖示中我們採用了某些規約；它們的意義，文中會交代清楚。

這些圖的線性倍率並沒有統一。對於某些小的分子，如氫氣（圖5）與甲烷（圖14），線性倍率大約8億；對於其他一些分子如如鹵素（圖9），線性倍率大約2億；對於其他大部分的圖示，線性倍率是介乎其間。

在描寫分子與晶體時所用的長度單位通常是 Ångström（記號是 Å），以紀念

瑞典物理學家 Anders Jonas Ångström (1814 – 1874)。一釐米是 1 億 Å，而一英寸約有 254 個百萬 Å。

　　大約有百萬種物質已在大自然中被發現，或者被化學家製造出來。差不多有一萬種物質的精準結構已被確定。而以下我們只描述了 56 個結構。我們選這些分子結構的例子，為了一方面讓你見識一下原子之間互相作用的方式是如何地多采多姿，一方面強調分子結構對於生命的重要。有一些很重要的結構，如金屬與合金，在本書中沒有提到。

　　我們希望你會享受這個對於分子結構的介紹，也希望你會受到激勵而去學習更多的關於分子構造及其對於周遭萬物的關聯性與意義。

Section 1

石墨的晶體及其構造

石墨是一種閃耀的黑色礦物，也被稱為黑鉛。使用這個名字「黑鉛」，乃是因為石墨像軟的金屬鉛一般，當它在紙上劃過時，會留下一條灰黑色的條痕。它是鉛筆內「鉛」心的主要成分。

有時候，我們會發現石墨形成一種完善地發展成具有六角柱形式的結晶，就像對面頁的圖的上端一樣。用剃刀刀片可以很容易地把石墨結晶切成薄片。

石墨是碳的種種形式之一。X 光的探測顯現出這個結晶是由碳原子，以如圖下方所示的六角形結構，一層一層地組成。在同一層中的每個碳原子之間有三個鄰居，它與它們很強力地鍵結在一起。鍵長（兩個相鄰的原子中心的距離）為 1.42 Å，而層間的距離為 3.4Å。每一層可以說是一個巨大的平面分子，而石墨結晶體，乃是這些分子之層疊。我們之所以很容易地把它削成六角形的片層，乃是因為這個切削只牽涉到平面型分子之間的分離，不會破壞任何一個原子間的強力鍵結。

Section 2

電子和原子核

最簡單的原子是氫，它是由一個稱為質子的核和一個電子所組成。質子比電子重很多；它的質量是電子的 1,836 倍。質子帶有一單位的正電荷，電子帶有一單位的負電荷。

每一個原子都有一個核，它占了原子的大部分質量，而且這個核帶有 Z 單位的正電荷，Z 稱為原子序。在一個呈中性的原子中，就有 Z 個單位的電子圍繞著核運動著。

想像用 γ 射線做快照，那麼氫原子 $(Z=1)$，氧原子 $(Z=8)$，鈾原子 $(Z=92)$ 的結構，就會像圖中所畫的這個樣子。（原子核和電子比起原子來，遠比圖中為

小；原子核的直徑差不多只有原子的直徑的十萬分之一而已，電子還要更小。）

　　電子在原子裡動來動去，和原子核並沒有保持固定的距離。在氫原子的圖裡面，電子與核的距離以平均距離 0.80Å 表示。整團雲影粗略地表示電子可能存在的範圍。氫原子並不具有一個確定的「半徑」，電子維持在其內，但是通常認為它的半徑是 1.15Å。除了氦以外，其他原子的半徑都較之為大。

Section 3

電子殼層

　　對原子的定時序列照像，顯示出：一般來說，電子集中在一連串的殼層中，這些殼層多少有些重疊。氫原子〔圖之左上方〕有一個電子在它的第一個（且是唯一的一個）殼層中，而氦有兩個電子在這殼層中；所有其他的原子也都有兩個電子在這最內部的殼層中。以氧原子來看，這兩個（內層）電子顯得很接近核；氧原子也有六個電子在外殼層中。

　　在鈾原子的情形，92 個電子被分配在六個殼層之中。在圖中，最內殼層中的兩個電子已經不能和核分辨清楚，因為它們離核的平均距離只有 0.01Å，對於各種不同的原子而言，這個距離差不多和原子序成反比。（於鈾原子，$Z = 92$ 是很大，使得 $\frac{1}{Z}$ 變很小。）

　　在圖 57 後有一個表，列出元素的名字，符號及原子序。一個元素的符號是它的名字的起首（大寫）字母（拉丁文或英文），或者是起首字母再加上另外一字母。有十個元素，其符號來自拉丁名字：鈉是 Na（*natrium*，非 sodium），鉀是 K（*kalium*，非 potassium），鐵是 Fe（*ferrum*，非 iron），銅是 Cu（*cuprum*，非 copper），銀是 Ag（*argentum*，非 silver），金是 Au（*aurum*，非 gold），汞是 Hg（*hydrargyrum*，「水銀」，非 mercury），錫是 Sn（*stannum*，非 tin），鉛是 Pb（*plumbum*，非 lead），銻是 Sb（*stibium*，非 antimony）；有一個元素，其符號來自德文名字：鎢是 W（*wolfram*，非 tungsten）。

Section 4

元素週期表

在 1869 年，蘇俄的化學家 Dmitri I. Mendelyeev（1834－1907）發現，如果將元素按照它們的原子重量排列，相似的物理和化學的性質會差不多週期性地重現。Mendelyeev 的排列稱為週期表。

鄰頁標出了有 41 個元素的簡單週期表。而圖 57 之後是一個完整的週期表。這些表，把元素按著它們的原子序排列出來。這個原子序差不多就是原子重量的順序。在 1914 年，元素的原子序才被確實地指定。

在鄰頁上用黃色表示的元素——鋰、鈉、鉀、銣、銫，是非常活潑而軟的金屬，都有低的熔點，我們說它們形成一個族（第 I 族），也稱之為鹼金屬。相鄰的元素鈹，鎂等等，沒有鹼金屬那麼活潑，比鹼金屬硬，而且熔點也比鹼金屬的高，它們稱為鹼土金屬（第 II 族）。用綠色表示的是鹵族元素，這些鹵素是化性活潑的非金屬物質，它們和金屬結合成鹽。

元素氦、氖、氬、氪、氙、氡稱為氬族（又稱鈍氣或稀有氣體），它們幾乎不會形成化學鍵，氬族的化學活力極小，這可歸因於：「在一個原子核周圍，恰好有 2、10、18、36、54 或 86 個電子時，所形成的原子特別穩定。」

依照原子序的排列，元素的性質會顯示出週期性。我們在後面討論價鍵，共價半徑和堆積半徑的時候，週期性的顯現將很明顯。

Section 5

氫分子

所有的分子中，最簡單的是氫分子，它由兩個氫原子構成，因而有化學式 H_2。

在這個分子中，有兩個質子（即氫原子核），相距 0.74 Å，也有兩個電子，而這兩個電子被這兩個質子共同抓住，因而我們說，這兩個電子在兩質子間組成了

一個化學鍵（也稱為共價鍵）。

　　（鄰頁的）圖中，有氫分子構造的五種表現方式。在第一種表現方式中，兩個 H 表示兩個氫原子，而以短線代表它們之間的鍵；在第二種表現方式中，鍵用兩個點代表，象徵了兩個電子同時被兩個原子抓住——它們就是兩個原子之間的一個「共同電子對偶」；第三種表現方式稱為「球與桿」模型：原子用球代表，而鍵用桿代表；第四種表現方式是軟化型的「球與桿」模型。在頁底的是第五種表現方式，它顯示了在晶體和液態氫中，原子與分子的相對有效尺寸。

　　在晶體和液態中，氫分子可以說是互相碰觸。我們觀測互相碰觸的非鍵結原子中心之間隔距離，觀測值與理論值相當符合，這個理論值乃是這兩原子之「堆積半徑」的和；同樣地我們觀測到以化學鍵相結合的兩原子的中心距離，也相當符合理論值，即是這兩個原子的「共價半徑」之和。（見圖 57 後的一覽表。）

Section 6

價

　　價為一個原子能夠和其他的原子形成化學鍵的數目量度。

　　一個原子的最內層電子殼，只能容納一對共用的或自用的電子對。所以，氫原子只能形成一個鍵，那是利用它的（唯一的）一個電子來和其他原子的一個電子形成一個電子對。所以說氫為一價，它是單價的。

　　氦在這個殼層中只有一個自用的電子對耦，它是零價的。氦原子不能和其他原子形成鍵。

　　第二層殼層能夠容納四個電子對。在氖的情形，$Z=10$，第二層即被四個自用的電子對耦充滿；所以，氖也是零價的。（注意一下，習慣上為了簡化，對於氖和其他有兩層電子的原子作電子圖示時，內層的兩個電子不畫出來。）

　　氟原子 ($Z=9$) 能形成一個鍵，這一來，這原子在外面的殼層中有一個共用和三個自用的電子對，所以它像氫一樣，是單價的，同樣地，氧 ($Z=8$) 是二價的，氮 ($Z=7$) 是三價的，碳 ($Z=6$) 是四價的。

　　鄰頁有兩組原子記號，灰色的一組用點代表電子，而紅色的一組用短線代表價鍵。這兩組記號都常被化學家用到，其選擇乃由習慣或方便而定。這兩組記號也常被組合起來用，鍵用短線表示，而自用的電子用點表示。

Section 7

水分子的歷史

古時的哲學家、鍊金術者，和十七、十八世紀的科學家，都認為水是構成世界的五種元素之一，至於其餘四種，則有種種不同說法，而由下列中去選擇：土、空氣、火、「乙太」、酸、鐵、水銀、鹽、硫及「燃素」。

在 1770 年英國科學家 Henry Cavendish 證實了：水是氫和氧的一種化合物。在 1804 年，另外一個英國科學家 John Dalton，給了水分子這個化學式，顯示在鄰頁；他假設水分子是由一個氫原子和一個氧原子構成的。但是，到了 1860 年時，大部分的科學家已接受 H_2O 為水的化學式，並且使用了價鍵式 H−O−H。

美國科學家 Gilbert Newton Lewis，在 1916 年首先提出共用電子對的價鍵式，這樣一來，水的巨大介電常數就可以這樣子解釋：水分子並不是線形的，而是折彎的，兩鍵之間的夾角估計約為 110°。

到了 1930 年止，由水蒸氣的吸收光譜的分析已可確定出：平均的鍵角是 104.5°，而鍵長（即氧原子核和氫原子核的距離）平均值是 0.965 Å。

Section 8

水分子和相似分子的鍵角

我們把觀測到的鍵角——水分子，硫化氫分子，硒化氫分子和碲化氫分子中的鍵角——顯示在鄰頁，這些分子可以用這個化學式表示

中間的原子 X，其外殼層有兩對自用的，以及兩對共用的電子對。

如果一個原子在其外層同時具有兩對共用的，以及兩對自用的電子對，則正常的鍵角公認是 90°，我們在 H_2Te 中所見的恰好如此，而在 H_2Se 和 H_2S 中，所觀測到的也很接近。

〔但在水 H_2O 中卻不如此。〕水分子中的大鍵角值 104.5°，可歸功於這兩個氫原子間的斥力，因為它們間的距離 1.53 Å，遠小於兩者間的接觸距離 2.3 Å（氫原子之堆積半徑 1.15 Å 的兩倍），所以這兩個氫原子的電子殼層有了重疊，這種重疊就在它們之間產生了一個斥力，因而增加了鍵角。

在 H_2S 中，這種效果較小，因為此時氫原子間的距離〔變大了一點〕，是 1.93 Å；在 H_2Se，距離是 2.10 Å；而在 H_2Te 是 2.36 Å，已經超過了接觸距離，故鍵角的值為 90°。

同族元素原子的大小隨著原子序增加而增加，可由這四個分子的鍵長顯示出來。由實驗測定的，顯示在鄰頁的值，非常接近於對應的共價半徑之和，這些共價半徑在圖 57 之後給出。

Section 9

鹵素分子

這些元素氟，氯，溴，碘，砈，稱為鹵素，「鹵素」這個詞的意思是會形成鹽的東西（或即「鹽的形成者」），它是由希臘字 *hals*「鹽」和 *genes*「根源」兩個字合成的。

鹵素是一價的，它們形成雙原子分子：F_2、Cl_2、Br_2、I_2 和 At_2，我們把前面四種分子顯示在圖中。

這些分子都具有這種電子結構：

測量出來的鍵長，在 F_2 是 1.43Å，在 Cl_2 是 1.99Å，在 Br_2 是 2.28Å，在 I_2 是 2.67 Å。四個鹵素的堆積半徑，能很合理地以鹵素晶體中分子間的接觸距離表示，對 F 是 1.36Å，對 Cl 是 1.81Å，對 Br 是 1.95Å，對 I 是 2.16Å。

At（砈）是不穩定的元素，它不會在大自然出現。❶這元素人類已製造出少量，但是 At_2 分子的特性尚未確知。

❶　是人造元素之一。

Section 10

硫分子

常見的硫元素是黃色的晶體或晶體粉末。晶體中的每個分子包含了八個原子；其分子式為 S_8。

這種 S_8 分子也存在含硫的溶液內，其溶劑如二硫化碳或氯仿者，也會存在於溫度不太高的硫蒸氣中。不過硫蒸氣中也含有 S_6 或 S_2 分子，而且其含量會隨溫度增加而增加。

S_8 分子形成如圖所示是交錯式環形，其中 $S-S$ 的鍵長為 2.08Å，而鍵角是 102°，鍵角大於預期的 90°，這是因為未鍵結的硫原子擁擠地碰擠在一起。在〔鄰頁〕下方 S_8 分子的圖中，用重線表示鍵，而輕線表示相接觸而沒有結合鍵的一對原子；在上面的圖中，原子就用它堆積半徑的大小畫出來，以便顯現出互相不鍵結的原子，如何擠在一起。

Section 11

含有氮或磷原子的分子

氮原子有一個允許它形成三個鍵的電子構造。有兩個含有氮原子的分子顯示在鄰頁，同時也有一個含磷原子的在一起。

「安摩尼亞」 NH_3 是重要的氮化合物，它的主要用途是作為肥料。它具有電子結構：

$$:N{\overset{\displaystyle H}{\underset{\displaystyle H}{-}}}H$$

其中，氮原子的外層有三個共用的和一個自用的電子對。觀察到的鍵角 107°，大於預期值 90°，這事實可用（圖 8 中）對水分子同樣的說法來解釋，這個值在相關連的分子 PH_3，AsH_3 和 SbH_3 中，分別是 93°，92° 和 91°，$N-H$ 鍵長是 1.00Å。

元素態的氮是雙原子分子，分子式是 N_2；其結構式

$$:N \equiv N:$$

相應於兩個原子間有共用三個電子對；這兩個原子被說成「以三鍵相連結」。在圖中，三鍵被畫成由三條彎的單鍵所組成。N_2 原子間的鍵長是 1.10Å。

剛從蒸氣凝結的磷，形成蠟狀而無色的晶體，稱為白磷。這晶體和磷蒸氣包含 P_4 分子，如圖中的四面體結構。在這分子中，六個「原子間距離」都是 2.20 Å。

Section 12

正多面體、立方體

正多面體是所有角，邊，面都一一相等，而且每一面都是正多角形。有五種正多面體：四面體，立方體，八面體，二十面體和每面正五邊形的十二面體，在這本書的封頁和底頁有它們的畫，它們對於分子構造的重要性將於後面諸節中闡明。

希臘哲學家 Pythagoras（大約是紀元前 582 – 500）和他的學生研究正多面體，並使它成為畢氏宇宙論中五種元素的符號：四面體代表火，立方體代表土，八面體代表風，空氣，正二十面體代表水，正十二面體代表「乙太」（圖 7）。Plato（柏拉圖，紀元前 427 – 347）和他的學派的成員花費相當多的精力研究正多面體，以至於這些正多面體被稱為 Plato 體，達兩千三百年之久。

顯示在鄰頁的正立方體是正多面體中最為人熟悉的一種。它有八個角，十二個邊和六個面（正方形）。它有三個四重旋轉對稱軸，四個三重對稱軸，和六個二重對稱軸，和幾個對稱平面（如果旋轉一個立體，經一周角的 n 分之一，所得到的立體，完全相同於原形，那這立體就有這一個 n 重旋轉對稱軸）。

許多晶體的構造，密切關聯於立方體的幾何。一個例子將在後面被討論（圖 27 及 28）。

Section 13

四面體

正四面體有四個角，六個邊，及四個面，皆為正三角形。它有四個三重旋轉對稱軸，以及一些其他的對稱元素。這個多面體對於分子結構非常重要，由下例及後面諸頁的討論可見一斑。

我們提到過一個四面體分子，即（圖 11 中的）P_4 分子。於此分子中，四個磷原子中的每一個都形成三個鍵，和其他三個磷原子各成一鍵；電子結構如下所示。

這六個鍵如果長度相同，那麼它們形成正四面體的六個等邊，而這些磷原子就被限制成要占據在正四面體的四個角。

正四面體與正立方體的關係顯示在鄰頁。由這種關係，我們容易估計這個四面體的一些尺度性質；舉例來說，如果正立方體邊長為 a，正四面體邊長為 $\sqrt{2}a$，則從四面體的中心到一個角頂之距離為 $\frac{\sqrt{3}}{2}a$，所以，邊長比之於心角距是 $\frac{2\sqrt{2}}{\sqrt{3}}$，也就是 1.633。

我們可以問問：為什麼具有這正立方體結構八原子分子 P_8 並不存在，這種 P_8 分子比起這個四原子的分子 P_4 應該會更不穩定。雖然這個四原子分子，由於鍵的彎曲，必有一些應變，也自然有某種程度的不穩定性。可能的答案是這樣子的：在這個想像中的正立方體分子 P_8 中，每一個磷原子和相鄰三個原子之距該是 2.20 Å，（這是由 P_4 觀察到的 P－P 鍵長，）於是，在每個面上的對角線長應為 3.11Å；這一個距離卻比 3.8Å 小得多，後者是非鍵結的磷原子間的接觸距。〔參見書末（圖 57 後）的堆積半徑表。〕所以這個虛擬的 P_8 分子，將產生較大的張力，比之 P_4 中的鍵角的張力更大。

Section 14

甲烷分子

甲烷，其分子式為 CH_4，乃是最簡單的碳氫化合物（碳氫化合物❷就是只由碳與氫組合而成的化合物），這是天然氣與石油中的組成物之一；由於有機物的分解，常在沼地和死池中產生，它是動物腸內氣體的主要分子。

1858 年蘇格蘭化學家 A.S.Couper 為化合物發明了「價鍵公式」，而為甲烷寫下

$$
\begin{array}{ccc}
\text{H} & & \text{H} \\
& \text{C} & \\
\text{H} & & \text{H}
\end{array}
$$

這式子。而在 1874 年，荷蘭 22 歲的化學家 J. H. van't Hoff 指出物質的某一些性質，用如下的假說就可以簡單地闡明了：碳原子所成的四個鍵，就是由居於正四面體中心的碳原子，指向四個角隅，如鄰頁的圖所示。從此以後，化學結構理論都建立在這個「碳原子居中的正四面體」結構論上。

甲烷之光譜學的研究指出，碳氫的鍵長是 1.10Å。而六個 $H-C-H$ 的鍵角是 109.5°，恰是正四面體的特徵。

Section 15

鑽石的構造

鑽石是碳晶體種類中最堅硬的。它的晶體有立方對稱，而石墨是碳晶體種類中最柔軟的，呈現於圖 1 者，則是六方對稱。

X 光的晶體繞射發現於 1912 年，而在次年 1913，藉助這個技巧決定晶體中

❷　漢字用「煙」，當作 hydro-carbon = 碳氫化物。

的原子排列，第一次由英國物理學家 W. H. Bragg 和 W. L. Bragg（父子檔）做出了。在他們第一年的工作包括了顯示在鄰頁的金剛石構造的決定。

在這畫中，物質結構的立方單位被顯示出來了。整個晶體的結構，可以由一再重複這個立方結構以充滿整個晶體的體積而得到。

你可以看到每單位立方體有八個碳原子。（注意：角隅的原子只有八分之一是在立方體內，而在立方體的界面中心的原子也只有一半在立方體裡面。）

如果這立方體再分割為八個小立方體，則四個小立方體有原子在它的角落，而另外四個小立方體有原子在中心。

每個碳原子有另四個碳原子以正四面體的方式環繞它。碳－碳的鍵長是 1.54Å。

$\mathcal{S}ection$ 16

鑽石晶體的一景

鄰頁的圖是一塊鑽石晶體被一個非常小的人所看到的景象，這個人的身高約等於一個碳原子的直徑。（當然了，要看到這個視野，他必須改變光的一些性質，以及電子和原子核的一些性質。）

他正順著一個隧道看下去，這隧道是沿著（顯示在前頁的圖）單位立方體的一個界面上的一個對角線而伸展。

每個碳原子與其近鄰四原子所形成的四面體排列的四個鍵，在晶體結構的視界中，顯示得很清晰！注意到這些四面體是交錯取向的。

在一個鑽石晶體中，這些鍵結把所有的碳原子束縛在一起，形成一個單一的「分子」。要破壞這個晶體需要破壞許許多多的碳原子間的鍵結。我們已經看到過（圖 1）石墨的晶體可以很簡單地被破壞（切開），只要把兩個平面分子分隔開，並不用破壞任何鍵。於是鑽石和石墨的構造之差異，說明了它們驚人的硬度之差別。

$Section$ 17

乙烷分子

　　乙烷分子的構造，更進一步說明了之前在甲烷分子和鑽石晶體的討論中提到過的構造原理。碳－碳的鍵長，如鑽石般是 1.54Å，而碳－氫的鍵長，如甲烷般是 1.10 Å。H－C－H 和 H－C－C 的鍵角已經由實驗發現，其值同正四面體的值 109.5°，實驗的不確定性小到只有半度以內。

　　這分子也可用來闡明分子構造的另一個方面：兩個碳原子之間的單鍵旋轉受自由度的拘束。化學家常覺得：這兩個 CH_3 基（甲基）可以相對地（繞軸）自由旋轉。三十年前發現到這樣的旋轉是受有限制的。顯示在圖（左）中的構形，稱為交錯構形者（沿著碳－碳相連的軸向來投射的），比其他構形穩定。

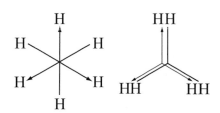

　　安定度最小的構形，稱為交會構形者，是從交錯構形，把一個甲基，相對於另一個甲基，旋轉 60° 所得。

【編譯者註】上面圖左，是把交錯構形的乙烷，沿著碳碳軸做正投影的結果。（把原子看成一點，六個氫原子是正六角形的六個頂點，正六角形的中心點是兩個碳原子重合的影子。）若是交會構形，則其正投影如上圖右，上下兩個甲基的影子完全重合。上下一對兩個氫原子，投影成一點，於是三對的三個點是正三角形的三個頂點，正三角形的中心點是兩個碳原子重合的影子！

Section 18

正丁烷分子

丁烷是一種在天然氣和石油中發現的碳氫化合物;用在家庭的暖氣或照明上。

正丁烷 n-C_4H_{10} 分子的構造顯示在鄰頁。(分子式的附首字母 n 是 normal(「正常」)之簡寫。)鍵長和鍵角與在乙烷中的相同。鋸齒形的碳鏈,以及氫原子的位置都相當於對每個碳碳鍵的穩定(交錯)位向。所以正丁烷並沒有特別之處。

【編譯者註】原文說 "each of the four carbon-carbon bonds"。實際上,正丁烷的四個碳原子間,只有三根碳碳鍵。

Section 19

異丁烷分子

異丁烷(可以拼寫成 isobutane,也可以拼寫成 *iso*-butane)的組成和正丁烷都是 C_4H_{10},但它們是具不同性質的不同物質。例如,異丁烷晶體在 −145°C 熔化,而正丁烷晶體在 −135°C 熔化。

存在兩個或更多個具有同樣組成而有不同的分子性質和不同的分子結構的物質,叫做同分異構。這些物質稱為同分異構物。

兩個同分異構物,像正丁烷和異丁烷,在它們的分子中含有同樣的原子,但是排列得不同,我們已經在前頁看到在正丁烷中,四個碳原子鍵結或鋸齒鏈,但在異丁烷,像鄰頁一樣的圖所示,有一個碳原子的支鏈。

除此之外,異丁烷的分子特色就和正丁烷相同:碳碳鍵長 1.54 Å,碳氫鍵長 1.10Å,鍵角接近 109.5°,且有穩定的碳碳鍵交錯位向。

Section 20

環丙烷分子

環丙烷在常態下是氣體，我們可以增加壓力或降低溫度，使之凝結為液體。在一大氣壓下，環丙烷在 $-34°C$ 時液化。

吸入後，環丙烷會使人失去知覺（不知周遭），而被麻醉（變得沒有官能感覺）。它是一種很好的麻醉劑，但是它有一個缺點：如用一個靜電火花點燃，環丙烷和空氣的混合氣體可能爆炸而使病人死亡，但這種意外很罕見。

環丙烷分子的構造顯示在鄰頁。這個分子包含了三個碳原子形成的一個環。（cyclopropane 一詞的附首語 cyclo- 來自希臘字 *kyklos*，「圓」。）

如果各個碳原子的四個鍵是四面體（指向），則碳碳鍵之間可設想為彎的，如圖所示。有趣的是在環丙烷中碳原子間量出來的距離是 1.51Å，略小於在鑽石，乙烷和兩種丁烷中的 1.54Å。但是若沿著彎鍵的弧去量度，則碳原子間鍵的弧長是 1.54Å，所以在某種意義上來說 1.54Å 可以被當作在環丙烷分子中的鍵長一如別的分子中的碳碳鍵鍵長。

環丙烷的穩定性和其他環烴的比較，將在圖 22 的內文中討論。

Section 21

環戊烷分子

環戊烷分子包含了五個碳原子的一個環，具有 C－C 鍵的正常長度 1.54Å。

當這分子的構造被確定時，化學家吃驚地發現，五個碳原子並不在同一個平面上，並不是各在一個平面上正五邊形的五個角隅。平面上一個正五角形的各個內角是 108°，非常接近於正四面體鍵角 109.5°，以至於只需要一點點鍵結的扭彎就可以變成平面了，大家預期分子會被證實是平面的。

但是意外地，這五邊形被發現是扭曲的，如圖所示。這變形把一個碳原子放置在其他四個碳原子的平面之外。

　　一個可能的解釋是，這樣子的扭曲，將允許五個碳碳鍵結中的四個，接近於交錯的取向（參見圖 17 乙烷），使碳碳鍵結穩定。而平面型的結構卻使得五個鍵結都具有不穩定的位向。

　　環戊烷稍比環己烷 C_6H_{12} 不穩定，後者的分子構造，帶有六碳原子之鋸齒的環，毫無鍵結的扭曲，而是有穩定的（交錯型）碳碳鍵結的位向，就像你翻到下頁時會看到的一樣。

Section 22

環己烷分子

　　環己烷的化學式是 C_6H_{12}。六個碳原子構成一個六圓環，像鄰頁所示的，具交錯穩定的構形。這個構形是不扭曲的，所有的鍵角約略等於四面體型的值 $109.5°$，而且碳－碳鍵的取向是交錯穩定的。環己烷稍微比環戊烷穩定，而比環丙烷穩定很多。

　　為什麼環丙烷比其他的更大的環烷不穩定得多，有兩個理由：第一，扭曲鍵結的張力，第二，伴繞著它們的不利位向（不是交錯的而是交會的）。因此，環丙烷以單位重量計算之能量內含比環戊烷或環己烷的為高。這個較高的能量內含使得環丙烷，當以液體氧或硝酸為氧化劑時，成為火箭推進的燃料，較其他的環烷佳。

Section 23

大碳氫環

　　大的烴分子可以視為不具環張力的構形。舉個大環烷的例子，環二十四烷，$C_{24}H_{48}$，被畫在鄰圖上。所有的鍵結角，都是四面體型的，每個碳碳鍵結的位向和乙烷分子與鑽石晶體的一樣，是穩定的交錯構形。

　　這分子的每單位質量的熱含量差不多和環己烷一樣，後者也是不具張力的結構。

在鄰頁環二十四烷的圖上，原子是用堆積半徑畫的。這個分子是正方形的，而且中間有一個方洞，大得可以讓另外一個烴分子穿過去，這個構造特色引領我們到次頁討論的題材。

Section 24

兩環套連的分子

一百年間化學家想到應該有可能合成一種物質，使它的分子包含兩個環，而兩環之所以合在一起，只是由於幾何的限制，因為互相套穿。這種物質在 1962 年被製成。達成這個目的的化學家，施行了一個化學反應，使得一個長分子的頭尾兩端原子形成一個新鍵而把它變成一個環（如鄰頁的圖所示，含兩個氧原子的環的化學式是 $C_{34}H_{66}O_2$）。當這個反應在溶液中進行時，若溶液中含有大量的另種環分子（環三十四烷 $C_{34}H_{68}$）時，某些長分子從〔環三十四烷〕環分子中央的孔中穿過，而此長分子的頭尾兩端的新鍵構成時，新舊兩個環就被扣在一起了，如圖所示。兩環套連的分子的存在性就被證實了：進行此實驗的化學家從溶液中分離出少許的這種物質，而它具有的化學上的與物理上的特性是只有雙連結環才可能有的性質。

這類物質稱做索烴，catenanes（源自拉丁字 *catena*，鏈）。

Section 25

多形瘤病毒

多形瘤是一種腫瘤，而可以長在身體的種種器官（如心，肝等）內。最近有一種物質已經從鼠及天竺鼠的多形瘤中被分離出來，而且證明為在這兩種動物中的致癌因子者。這稱做多性瘤癌病毒，至今科學家已經得到了許多關於它的分子結構知識。

這物質屬於核酸的一類。核酸分子是由成千上萬的碳、氫、氧、氮和磷原子以一種較特別的方式結合而成的。

遺傳的單位為基因，是核酸分子。這些分子控制著活著的有機體的發展和生長。它們使得小孩和其父母相似。

多形瘤病毒可能是一種不正常的基因。這種病毒的分子與正常基因的核酸分子不同處在於：病毒的分子含有環，而正常的分子，通常被認為是長鏈。

每一病毒分子包含糾纏在一起的兩環，其方式極複雜，如圖所示。這分子可被稱做索烴，但遠較前一圖簡單的索烴更複雜。每一環大約包含 150,000 個原子。

沒人知道這些古怪的分子為何會使鼠和天竺鼠生癌。可能本書的某一位年輕讀者未來可以發現它們致癌作用的機制。

Section 26

雙鍵與參鍵

氮分子，N_2，在圖 11 伴隨的討論中被描述為如此的構造：

$$:N \equiv N:$$

於兩原子之間有三個彎鍵。其他還有很多分子，都包含了參鍵，與氮分子中的鍵相似，其他也有很多包含雙鍵。

碳氫化合物的乙烯 C_2H_4 是含有碳碳雙鍵的最簡單物質。它是具有不尋常性質的氣體，具有能夠催熟水果（如香蕉，橘子）的特性。其構造式為〔如右〕
它的分子構造有如鄰頁圖〔上〕所示。

乙炔 C_2H_2 是含碳碳參鍵的最簡單物質。其構造式為：

$$H-C \equiv C-H$$

而其直線形結構，如圖〔下〕所示。

乙烯的平面式的空間結構和乙炔的直線式的結構，用四面體式的碳原子理論也說得通；它們可以描述為：共邊的（乙烯）或共面的（乙炔）兩個四面體拼合起來。

有趣的是，雖然在乙烯和乙炔中，碳碳距離的觀察值分別是 1.33Å 和 1.20Å，若沿著兩者中彎鍵的弧去量度距離，還是單鍵的正常鍵長 1.54Å。

Section 27

普魯士藍的結晶構造

當淺紫色的硝酸鐵 $Fe(NO_3)_3 \cdot 6H_2O$ 和黃色的亞鐵氰化鉀 $K_4Fe(CN)_6 \cdot 4H_2O$ 溶在水中，而將溶液混合時，一種亮藍色的沉澱產生了，這種沉澱物稱為普魯士藍，常用做染料。化學式是 $KFe_2(CN)_6 \cdot H_2O$❸。

普魯士藍的 X 光研究，指出它具有如鄰頁圖所示的立方晶體結構構造。

這個構造顯示了立方體在分子結構中的重要性。整個晶體可以描述為三維立方格子。每個小立方體的各個角隅有一個鐵原子，而在立方體的各邊上，有一個氰基。

構造中的各鍵，都是沿著立體格子的邊延伸。立體格子的每邊都可表示成這種式子：

$$Fe-C \equiv N-Fe$$

觀察到的鐵碳鍵長是 2.00Å，而 $C \equiv N$ 距離是 1.16Å。這就是由實驗求得的分子中碳氮的距離，若這種分子，化學家給了它碳氮參鍵的結構，如具有構造式為 $H-C \equiv N:$ 的氰化氫分子。（為了簡化，圖中參鍵的三根扭彎的鍵都以一鍵來呈現。）

Section 28

普魯士藍晶體

普魯士藍晶體，除了鐵－碳－氮的骨架外，還含有鉀離子和水分子。

一個離子就是帶了正電或負電的一個原子或一團原子。從一個原子或分子上，

❸　沉澱的化學方程式是
$$Fe(NO_3)_3 \cdot 6H_2O + K_4Fe(CN)_6 \cdot 4H_2O \longrightarrow KFe_2(CN)_6 \cdot H_2O + 3KNO_3 + 9H_2O$$

取走或加上一個或多個電子時，就形成了離子。鉀離子，K^+，是失去一個電子的鉀原子，這使得它帶一單位正電荷。（在普魯士藍，電子從鉀原子被轉移到鐵－碳－氮骨架上了。）在這晶體中，半數的小立方格子，中心有個鉀離子。有些畫在圖上。

晶體中其他的立方空腔被水分子占據了。它們並不和晶體的其他原子鍵結，它們的出現是因為晶體從水中溶液沉澱出來，在形成結晶體時，這些水分子被困住了。如果把普魯士藍晶體加熱，則水分子便跑掉，使那半數的立方空腔空掉了。

這一類結晶，有一些分子被包在骨架中，卻與之無化學鍵，我們稱之為籠合物晶體（clathrate crystal，來自拉丁字 *clathri*，格子）。

正八面體

正八面體是正多面體的一種。有八面正三角形，十二條邊和六個頂點。

已經知道有很多分子都是中心一個原子和六個其他原子結合，而這六個原子排在正八面體的角隅上。六氟化硫 SF_6 是個例子。在這正八面體分子中，硫原子用它最外層的六個電子，去和六個氟原子一一地鍵結。這分子被說成是：六個氟原子以正八面體（配位法）繞硫原子配置。

排在中心原子邊的原子個數叫做中心原子的配位數，所以正八面體配置是配位數為六的例子。

我們已經討論過一個正八面體配置的晶體，即普魯士藍晶體。它骨架中的鐵原子就具有六個鍵，伸向正八面體的六個角隅（看圖 27 和 28）。

正八面體配位的異構物

正八面體配位是由瑞士化學家 Alfred Werner 於 1900 年發現的。他指出很多具有複雜化學式的分子性質可用正八面體配位的構造獲得解釋。例如有兩種物質

化學式都是 Pt(NH$_3$)$_2$Cl$_4$，一種是橙色，而另一種是檸檬黃色。Werner 指出，如果假定它們都有正八面體配合的結構，且鉑原子在中央的話，它們性質上的差別就可以解釋；但他假設其中的一種，兩個氨分子中的氮原子是定出了正八面體上的一邊（稜線），而在另一種，兩個氮原子是在相對的頂點上，如鄰頁圖所示。

從這兩個物質的性質來看，Werner 得出結論：橙色的是順式 (*cis*) 同分異構物（兩個氮原子定出一稜），檸檬黃色的是反式 (*trans*) 異構物（拉丁字 *cis* 與 *trans* 分別是「在這邊」與「在另邊」的意思）。近幾十年間，晶體的 X 射線繞射實驗已驗證了 Werner 提出的正八面體配位理論，他的順反兩式異構物的認證也獲確證。

Section 31

六亞甲四胺分子

碳化合物（有機物）的分子構造第一次被確定是在 1923 年，當時用 X 射線繞射法確定了六亞甲四胺 C$_6$H$_{12}$N$_4$ 的立方形晶體構造。

這晶體包含了有如鄰頁圖示的分子。所有鍵角都近於「四面體鍵角」109.5°。碳氮鍵長 1.47Å，碳氫鍵長 1.10Å，通常都是標註它們單鍵的鍵長（參見書末圖 57 之後的共價鍵半徑表）。

這分子有正四面體的對稱性：四條三重旋轉軸，三條二重旋轉軸，也有一些對稱面。四個氮原子在正四面體的角上；六個碳原子在正八面體的頂點上。十二個氫原子是在一個截角四面體上，此即：把正四面體的四個角端附近，用平行於其對面的平面切去，所餘下的多面體。

Section 32

正二十面體

正二十面體，第四種正多面體，有二十面正三角形，三十個邊，十二個頂點。它的英文名字來自希臘字 *eikosi* = 20，和 *hedra* = 面。它有許多的對稱要素，其中

有六條五重旋轉對稱軸、十條三重對稱軸和十五條二重對稱軸。

正二十面體對分子構造的重要性，可在以下數頁將討論的內容中看出來：四角硼晶體，十二硼氫離子，十硼烷分子，四硼烷分子。

四面體的硼晶體

元素硼可形成和鑽石差不多一樣硬的晶體。其中一種晶體的變形帶有四角形的對稱性。它的構造單位是一個含五十個硼原子的正方形晶格，其排列有如鄰頁圖所示。

在一個晶格中的五十個硼原子，由四個 B_{12} 的原子團和另外有兩個〔落單〕硼原子〔不加入四團〕組成。而每個 B_{12} 的原子團為正二十面體。

每個 B_{12} 團中的每個硼原子，都和團中相鄰的五個硼原子有鍵連接，或有第六個原子，或者是附近另一團中的一個原子，或者是落單的兩個中的一個。至於兩個落單的原子，則顯示了正四面體的配位。

這晶體中的「硼硼鍵結」不是普通的鍵結。硼原子的原子序 $Z = 5$，兩個電子在內殼層，只有三個價電子，只能有三個共價鍵。可是大多數硼原子，都形成六個鍵。我們得到的結論是：這些鍵不是普通的共價鍵，而是另種的鍵，每鍵只含一個電子。這稱為「半鍵」，半鍵只有普通的鍵大約一半強度，普通的鍵有兩個電子，（非此地的單個電子！）為兩個原子所共享。

正常的硼硼單鍵的鍵長，由其他的單鍵分子中觀察出來是 1.62Å。而在四角對稱性硼晶體中，硼硼鍵長是較大的 1.80 Å，這對於一個「半鍵」而言，是很合理的。

Section 34

正二十面體式的硼氫離子

眾多有趣的硼化合物之一是無色的結晶狀物質十二硼氫化二鉀 $K_2B_{12}H_{12}$。對此晶體所作 X 射線的（散射）研究指出此晶體含 $B_{12}H_{12}^{--}$ 離子，和鉀離子 K^+。每個 $B_{12}H_{12}^{--}$ 離子擁有兩個額外的電子，此乃由兩個鉀原子轉移來的。

$B_{12}H_{12}^{--}$ 離子具有圖示的正二十面體的構造。每個硼原子的配位數為 6。諸硼硼鍵結似乎也是如同四角對稱性硼中的半鍵，鍵長 1.80 Å。硼氫鍵長約為 1.20Å。

Section 35

十硼烷分子

硼氫化合物稱為硼烷。許多種硼烷已為人所知，但是，雖然化學家對之研究多年，它們還是一直有很困惑的問題。

十硼烷，$B_{10}H_{14}$，構造如鄰圖所示。硼原子是在正二十面體十二個頂點中的十個。硼硼鍵結長 1.80Å。離每個硼原子 1.18Å 的地方有一個氫原子。另外還有四個氫原子，稱為「架橋的」氫原子，鍵結到兩個而非一個近鄰的硼原子（以 1.35 Å 之距）。這些橋鍵與硼硼鍵結似乎都是半鍵。

Section 36

四硼烷分子

四硼烷 B_4H_{10} 分子的構造如鄰圖所示。四個硼原子，四個架橋氫原子，和另外兩個非架橋氫原子，差不多是在正二十面體的十個頂點上，其他四個氫原子由硼原子向外連出。這些尺寸和十硼烷很接近。

硼原子配位數是六，有如十硼烷、二十硼氫離子的情形一般。在其他大多數

的硼烷中，硼原子配位數也是六，但有些是五。

硼烷和液態氧等氧化劑劇烈地作用，形成氧化硼 B_2O_3 和水。它們作為火箭燃料使用的可能性一直被廣泛研究。

Section 37

配位數六的碳原子

在成功的使用碳的四面體鍵結理論 65 年後，化學家在 1939 年，對於一個新發現的報導感到十分驚訝。即美國化學家 R. E. Rundle 和 J. H. Sturdivant 兩人，找到具配位數六的碳原子於一分子中。

Rundle 和 Sturdivant 用 X 射線繞射法來確定一個被定名為四甲基鉑且有構造式 $Pt(CH_3)_4$ 的化合物之結構。他們發現其實這化合物的每個分子，有四個鉑原子，十六個甲基，如鄰圖所示。故分子式是 $Pt_4(CH_3)_{16}$。

有十二個甲基是正常的，具四面體鍵結的碳原子，每個都有三個 C－H 鍵，一個 C－Pt 鍵；鉑原子也是正八面體式的配位。可是其他四個甲基的每一個都是「架橋的」，把四個鉑原子中的三個連接起來。架橋甲基的碳原子，有六個鍵，三個鍵連到氫原子，三個鍵連到鉑原子。

架橋碳原子的碳鉑鍵，比起正常的碳原子的鍵更長 0.2Å，這意味著架橋碳原子的是以「分數的鍵」（可能是三分之一鍵）與鉑原子相結合。

Section 38

二茂鐵分子

「二茂鐵」是在 1951 年合成的。分子的化學式是 $Fe(C_5H_5)_2$，構造如圖所示。它被叫做「三明治型」分子，因為它很像把鐵原子夾在兩個「環戊二烯」之間。

有許多種三明治分子在過去十年中被研究過。但是關於此物及相關諸物的鍵結本性尚未明確。

我們也許認為這些鍵全是單鍵，則碳原子都形成四個鍵，但和四面體的四鍵

方向上大有扭曲。可是，鐵原子要形成十個單鍵，理論上大有可議！而且觀察到的鐵碳鍵長 2.05Å，顯示出這些鍵大約是半鍵。環上的碳碳距 1.44Å，介於單鍵長 1.54Å 與雙鍵長 1.33 Å 之間。

Section 39

氫鍵

在 1920 年，兩個美國化學家 W. M. Latimer 和 W. H. Rodebush 發現一個氫原子的重要性質。他們發現到許多物質的性質，可用「氫鍵」的假說而輕易地解說，正常是一價的氫原子，有時可有配位數二，而在兩個原子間「架起橋來」。這橋稱做氫鍵。

最重要的氫鍵是氫原子把一對氟、或氧、或氮的原子連接起來。

人們發現，氟化氫的氣體，不僅含有 HF 分子，還有聚合分子，尤其 $(HF)_5$ 與 $(HF)_6$。$(HF)_5$ 的構造如圖示。每個氫原子，與一個氟原子，強力地鍵結（鍵長 1.00Å），與另一氟原子，則鍵結較弱（鍵長 1.50Å）。在形成氫鍵的氫原子處，鍵角通常大約是 180°。

二氟化氫離子 FHF^- 存在於晶體（如 KHF_2，含有離子 K^+，和 FHF^-）和水溶液中。它的構造很奇特，氫原子（核，即質子，）在兩個氟原子的正中間。在 FHF^- 中的兩個氫氟鍵，鍵長都是 1.13Å。

Section 40

醋酸雙分子

醋酸就是醋中的酸，在多年研究它的性質與反應之後，化學家確信它的分子可給予構造式

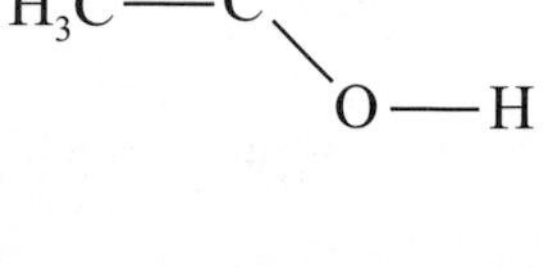

$$H_3C - C \begin{matrix} O \\ \\ O - H \end{matrix}$$

　　然而有些事實是這個構造式無法輕易解釋的。醋酸蒸氣的密度以及醋酸對某些溶劑的溶液的性質顯示出有些分子的化學式是 $C_4H_8O_4$ 而非 $C_2H_4O_2$。

　　這可用氫鍵的理論來解釋。根據這個理論，兩個有一般結構式的醋酸分子可以形成兩個氫鍵而互相結合為雙分子（稱為醋酸雙分子），有如鄰頁的圖所示。

　　醋酸雙分子和其他酸的雙分子的結構已用電子繞射與 X 光的繞射技術證實。每個氫原子與一個氧原子距離是 1.00Å（強的氫氧鍵）；與另一個氧原子距離是 1.60Å（弱的氫氧鍵）。

Section 41

冰

　　冰有一個有趣且重要的特性，幾乎和其他大全部的晶體不同：它浮在水上。它比起熔解後所得的液體，密度較小，而大部分的晶體，比在液態時更密。

　　這個性質可用冰的晶體結構來說明。冰是六方晶體，具開放的框架結構，如鄰頁的圖所示。

　　冰中的每個水分子以四面體的方式被其他四個水分子環繞，而以氫鍵相結。氫鍵上的氫原子，與一個氧原子距離 1.00 Å，與另一個氧原子距離 1.76 Å。

　　當冰熔化，有的氫鍵斷裂，因此液態中水分子可以排列得更緊密（在液態水中的水分子平均配位數約為五）勝過於在冰中（配位數四）。

　　在冰的結晶中，有一種有趣的「構造的無序性」存在。這是因為氫鍵中的氫原子有兩種位置 O—H---O，或 O---H—O 可選〔靠近這個或靠近那個氧原子〕。若是對於這種「無序性」沒有限制的話，那麼，若有 N 個水分子，就有〔N 個氧原子，〕$2N$ 個氫原子，一共有 $2^{2N} = 4^N$ 種氫鍵的配置法。但其實有限制，每個氧原子必定有兩個較近的氫原子〔而兩個較遠〕。因此一共只有 $(\frac{3}{2})^N$ 種氫鍵的配置法於晶體中。

　　冰的某些性質會受到氫鍵的無序性影響。對於這些性質的測定，氫鍵的配置法之計算已到達約百分之一內的精確程度。

Section 42

高密度的冰

冰在高壓下形成數種不同的晶體變形。鄰頁的圖所示的結構是在大約 3,000 大氣壓下，形成的「第二冰」。

在此形式的冰中，仍然像第一冰中一樣，有一行行以氫鍵連結的六分子環。但是比起第一冰來說，各行被擠壓得更靠近些。每個水分子，還是與四個鄰近的水分子形成氫鍵——在一個扭曲了的四面體角隅上。這樣子的扭曲，使得第五個分子得以相當接近（3.24Å 的距離）。

第二冰比起同樣壓力下的液態水重了百分之十五，而平常的冰比水輕了百分之八。

在第二冰中，沒有氫原子位置的隨機性。已知還有幾種高壓形式的冰，如第三冰、第四冰、第五冰、第六冰與第七冰。它們的性質顯示說，其氫原子位置的隨機性程度上與第一冰差不多，而第二冰是氫鍵「完全有序的」僅有的一種晶體。

Section 43

五角形面的正十二面體

五角形面的正十二面體是第五個正多面體。它有三十條邊，二十個頂點，十二個面，每面是正五角形。它和正二十面體關係密切：面數，和角數對換了，它的對稱性和正二十面體一樣。

正十二面體對分子結構的重要性，有部分理由來自於其邊的夾角（108°，正五角形之特徵內角）非常接近於四面體式的鍵角 (109.5°)。如果讓碳氫分子 $C_{20}H_{20}$ 的二十個碳原子放在一個邊長 1.54Å（通常的碳碳單鍵長）的正十二面體之角頂上，而氫原子從每個碳原子向外伸出 1.10Å。它不會造成鍵角的大扭曲。不過，繞著碳碳鍵的指向卻是不穩定的（見圖 17）。這種結構上的特性可以說明為何化學家到此為止還未能成功地合成這樣的碳氫化物。

下一頁會描述到有個牽涉到五角形面的正十二面體的構造。

Section 44

籠合物晶體：氙的水合物

如果二十個水分子被放在邊長 2.76 Å 的（五角形面的）十二面體的頂點上，它們可以使用三十個氫原子，沿著這十二面體的邊形成無扭曲的氫鍵。在鄰頁可看到幾個此種 $(H_2O)_{20}$ 類集，這是把許多水分子以氫鍵做出框架之晶體。

整個框架含有兩類腔室：一類是二十個水分子所成的十二面體的腔室，另一類是由二十四個水分子所成的稍大一點的腔室。每個較大的腔室，有兩面是六角面，還有十二個五角形面。這種腔室呈垂直的柱狀，且以六角面相界，位於圖的前景中央位置。

這種水分子所成的框架，可見於許多晶體中，例如氙的水合物 $Xe \cdot \frac{23}{4} H_2O$（或寫為 $8Xe \cdot 46H_2O$，即圖中所勾勒出的單位立方體內容）❹，以及甲烷水合物 $CH_4 \cdot \frac{23}{4} H_2O$。圖中畫出腔室的氙分子（＝氙的原子）。氙的水合物與普魯士藍（圖 27－28）一樣，可以歸類於籠合物。

這個氙的水合物之籠合物，特別之處就在於它與麻醉理論的關係。氙是極佳的麻醉劑。一直到最近，它的麻醉活性還沒有人提出適當的解釋。最新的說法為：氙及其他一般麻醉劑，把腦中的水形成小的籠合晶體，並將一些離子和帶電的原子團困住，防止它們參與腦中電荷的振動，而這正是知覺與感受的心智活動的特徵。

---

❹ 水合物的個數，原文都用「帶分數」的寫法，我們把它改為假分數。換句話說：我們寫的 $\frac{23}{4}$，原本是寫 $5\frac{3}{4}$。

Section 45

甘胺酸分子：最簡單的胺基酸

所有生物都含有蛋白質分子，蛋白質是複雜的高分子物質。在前幾年關於它們的分子構造已獲得許多的資訊。

大約一百年前，化學家發現當把蛋白質和酸混合加熱，將所得溶液靜置，各種不同的晶體會從溶液中析出。甘胺酸即是用此方法得到的其中一種物質，它被稱做是一種胺基酸，且是由蛋白質的分解所得最簡單的胺基酸。

甘胺酸在水性體液中的構造如鄰圖所示。

甘胺酸的結構式多年以來一直畫成

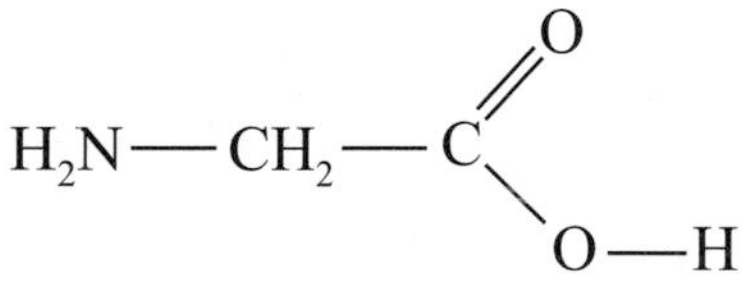

$$H_2N - CH_2 - C \overset{\displaystyle O}{\underset{\displaystyle O - H}{}}$$

在這裡面有一個羧酸基 COOH，與圖 40 醋酸中的 COOH 同。羧酸基可以放出一個質子到溶液中。另外還顯示有一個鹼基 NH_2，稱為胺基。在分子中具有此官能基的物質為鹼性，具有增加一個質子而成為正離子的特性。

大約五十年前化學家發現，水溶液中的甘胺酸的酸基上有質子離開而連到了胺基上的氮原子。分子的酸性端有負電，鹼性端有正電。整個分子仍呈中性。

分子構造圖中，一個氧原子以雙鍵連結到鄰近的碳原子，另一個則是單鍵。事實上，分子結構的研究指出，兩個氧碳連結鍵具有相同鍵長 1.25Å。這其實可以解釋成雙鍵在兩個氧原子間共振。

Section 46

左、右手型的丙胺酸分子

由蛋白質的分解所得的另外一個胺基酸是左－丙胺酸，它的結構和甘胺酸很

相似，不過有如圖示，甘胺酸的一個氫以甲基 ($-CH_3$) 取代。

丙胺酸依中央碳原子旁的四個原子群之排列而有兩種分子，互為對方的鏡像，一種是右型丙胺酸，（D = 拉丁文的 *dextro*，右），另一種則是左型丙胺酸（L = 拉丁文的 *laevo*，左）。而且只有左型丙胺酸出現在有機體中的蛋白質分子中。

甘胺酸之外的其他胺基酸，也都存在有左型與右型分子，而也都是僅有左型的分子出現在有機體的蛋白質分子中。某些右型胺基酸不能作為營養之用，且大概對生物有害。

在《愛絲鏡中奇遇》中，愛麗絲說：「可能鏡中的牛奶是不能喝的」。當這本書在 1871 年寫出時，沒人知道蛋白質是由左型胺基酸所構成的。不過愛麗絲提出這個疑點是有道理的。答案是鏡中的牛奶確實是不能喝的（因鏡中牛奶蛋白質含右型胺基酸）。

Section 47

甘胺醯甘胺酸分子

胺基酸分子組合成蛋白質的方式，可從鄰圖看出來，在此顯示了由兩個甘胺酸分子互相反應而得的一個分子之結構。反應之中也生成了一個分子的水：

$$H_3\overset{+}{N}-CH_2-CO\bar{O} + H_3\overset{+}{N}-CH_2-CO\bar{O} \longrightarrow$$

$$H_3\overset{+}{N}-CH_2-CO-NH-CH_2-CO\bar{O} + H_2O$$

生成物甘胺醯甘胺酸稱為一種胜肽，含兩個甘胺酸殘基，一個多胜肽鏈含有許多個胺基酸殘基於一個長鏈中。

胜肽典型的結構特徵就是六原子基

基本單位叫胜肽基。在這六原子基中，雙鍵出現在碳原子與氧原子之間。事

實上，雙鍵也可以放在碳原子與氮原子之間，而在碳原子與氧原子之間放上單鍵；換句話說，可視為雙鍵是在兩個位置上共振。若碳原子與氮原子之間有雙鍵，則六個原子應該位在同一個面上。這個分子結構的特性，即胜肽基的共面性，已由甘胺醯甘胺酸與其他胜肽基的結晶構造之測定所證實。胜肽基中的各個鍵大小尺寸都已確定到約 0.01Å 的精準度。

Section 48

蠶絲的分子架構

蠶和蜘蛛所吐的絲纖維，主要成分是稱為絲蛋白的蛋白質。不同物種的蠶和蜘蛛產生不同的絲蛋白，其分子結構多少有不一樣。而所有的絲蛋白都如鄰圖般含有許多長的曲折多肽鏈，這些鏈條互相平行。多肽鏈的方向就是絲纖維的方向（圖中的縱向）。

圖上顯示了蠶絲單一層的一小部分一些蛋白質分子（胜肽鏈）。這些分子和同一層中的近鄰分子以形成氫鍵的方式相連繫，氫鍵是橫向的，由某一鏈的 NH 基接到鄰近鏈的氧原子。蠶絲就是由許多像這樣以氫鍵相繫的層，交疊在一起而組成。

圖中的綠球是不同胺基酸的支鏈，而這些胺基酸殘基組成蛋白質分子。在一般由（學名為）*Bombyx mori* 這種蠶所織出的商用絲中，每隔一個殘基就是甘胺酸殘基；在（層）一側的所有綠球都代表氫原子。其餘的殘基大多是左－丙胺酸殘基；在（層）另一側的綠球代表甲基 CH_3。〔所以，鏈條是：…甘胺酸－丙胺酸－甘胺酸－丙胺酸，……這樣下去。〕由（學名為）*Antherea pernyi* 這種蠶織出的野生蠶絲，則兩側的支鏈幾乎全是甲基。

Section 49

摺疊多肽鏈：分子結構學的問題

在 1920 年前後，〔化學家〕開始做出絲綢、毛髮、肌肉、筋腱和其他的絲狀

蛋白的 X 射線繞射圖樣時,就提出這樣的推測(後來驗明為真):絲蛋白中的蛋白質分子是如前圖所示的伸延構形。

而英國科學家 William T. Astbury 與他的同事,在 1931 年證實了:在毛髮、肌肉、角、豪豬的刺等等,都有相同特徵的 X 射線繞射圖樣,而拿毛髮來蒸,再拉長兩倍時,圖樣變得和絲相像。他們的結論是:未拉伸的頭髮蛋白質的多肽鏈是「摺疊」起來的,而其後的二十年間,對於分子結構有興趣的科學家,企圖決定此摺疊的本質。

這問題在 1950 年,當 α 螺旋鏈(如圖)被發現時獲得解決。這個發現是從研究簡單物質所得的知識加以應用而來的。

因為肽基是平面的,所以兩個肽基間碳碳單鍵的旋轉,有很大的自由度。以繞著這些單鍵的旋轉來摺疊多肽鏈,可以有穩定的方式形成 $N-H---O$ 的氫鍵,而氮原子與氧原子有 2.79 Å 的距離。

而 α 螺旋符合這個要求。平均起來,螺旋的每一轉,有 3.6 到 3.7 個胺基酸殘基(於 5 轉中有十八個殘基),每個平面的肽基的氮原子到鏈中其後的第三個胺基酸殘基的氧原子,都以相距 2.79 Å 的氫鍵相結。

Section **50**

對 α 螺旋鏈的增補

附圖顯示了一段 α 螺旋。此段共有二十三個胺基酸殘基,大概旋了 6.5 轉。長度約 35 Å; α 螺旋的每單位胺基酸殘基長 1.49 Å。

在毛髮、角、肌肉、指甲、豪豬的刺裡面,有很長的蛋白質分子,其具有 α 螺旋的構造,依纖維方向(毛髮的長向,但是在指甲是側向)伸展。它們並不完全平行,而是互相糾扭,形成三或七個 α 螺旋的「繩子」。

一個多肽 α 螺旋,可以是右旋或左旋的螺旋。圖中的是一段 L 型胺基酸殘基形成的右手螺旋。這是在蛋白質中發現到的 α 螺旋;迄今為止尚未於蛋白質中發過有左旋 α 螺旋。

Section 51

肌紅蛋白分子的一部分

肌紅蛋白是發現於肌肉中的一種物質,和發現於紅血球中的血紅蛋白很相似。肌紅蛋白的分子，大概含 2,500 個原子。肌紅蛋白的構造，在多年的努力後，終於被英國科學家 J. C. Kendrew（生於 1917 年）確定了，他是以 X 射線研究肌紅蛋白的晶體而得。另一個英國科學家 Max F. Perutz（生於 1914 年）也對血紅蛋白做了類似的研究，它的分子則有四倍大。

Kendrew 所確定的肌紅蛋白分子的一部分構造，如圖所示。它具有一條由 151 個胺基酸殘基所形成的多肽鏈。這鏈有八個 α 螺旋段；其中一個，呈現出螺旋的五轉，位於圖的左前方。

在中心右下方的那個大原子是肌紅蛋白的鐵原子，它擔負了貯氧的任務：當血中的血紅蛋白把氧帶到肌肉來的時候，氧分子就是貼附在此。這個以鐵原子為中心，由七十三個原子所組成的近平面基稱為血基質（原血紅素）。鐵原子的左下，有五個原子形成的環，是組胺酸殘基的一部分。以下諸頁會討論這個殘基與血基質分子。

Section 52

血基質分子之構造

血基質化學式為 $FeC_{34}H_{32}O_4N_4$。肌紅蛋白分子有一個血基質，而血紅蛋白分子有四個血基質。在這些分子中，血基質的兩個酸性支鏈，由於失去質子（氫核）而離子化，使得整團帶了兩個負電荷（於氧原子處）。

血基質分子幾乎是平面的，如圖所示。這個平面性來自於分子中許多的雙鍵。它們並不固定於構造式所示的位置，而會與別的位置共振。

血基質分子中的鐵原子和四個氮原子形成鍵。它在肌紅蛋白與血紅蛋白中，在血基質平面的一側會和一個胺基酸支鏈的氮原子鍵結合，並且，當呼吸而得氧

時，在平面的另一側，又和一個氧分子中的一個氧原子形成鍵。所以鐵原子顯示了八面體式的配位。〔配位數 6。〕

血基質的顏色很顯明。帶著氧分子的血基質使得充了氧的血與肌肉呈現紅色；缺氧的血基質則使得缺氧的血與肌肉呈現藍色。

血紅蛋白和肌紅蛋白中的鐵原子

鐵形成許多化合物。像在 FeO（氧化亞鐵）中，它稱為二價的；因為在氧化亞鐵中，它把兩個電子移給了氧原子，形成兩價離子 Fe^{++}。而在別的化合物如氧化鐵 Fe_2O_3（赤鐵礦）中，它是三價的，對應到三價離子 Fe^{+++}。三價鐵化物比二價鐵化物穩定。

血紅蛋白和肌紅蛋白在正常的情形下含有二價 Fe^{++} 鐵原子。在某些情形下，鐵原子可變成三價鐵 Fe^{+++} 的狀態。而這些鐵化物，（稱做三價鐵血紅蛋白和三價鐵肌紅蛋白，）就不具有「與氧可逆結合」的能力了。

有一個很有趣的問題出現於這個事實中：在肌紅蛋白和血紅蛋白中的二價鐵，比起別的鐵化合物穩定！答案牽涉到：組胺酸殘基的存在（此時出現了蛋白分子之組胺酸來配位二價鐵，使之穩定。）見之於上一圖也見於鄰頁附圖（只是角度不同）。

這個組胺酸殘基的支鏈是 $CH_2C_3N_2H_3$。而 $C_3N_2H_3$ 基是個五元的環，在血與肌肉中作為一個鹽基；因為它增加了一個質子（氫核）而成為 $C_3N_2H_4^+$，如圖所示。科學家的結論是，這個出現在組胺酸殘基支鏈的正電荷有助於抑制 Fe^{++} 變為 Fe^{+++}，因為它的庫侖斥力（近距離時很強！）可拒斥三價鐵原子所需的另外一個正電荷。這個組胺酸殘基位於肌紅蛋白多肽鏈中的第六十二個位置（在血紅蛋白中也是在類似的位置）。

Section 54

分子疾病

近年來，有不少疾病已經證實為分子疾病。這些涉及到病患會製造出不正常的分子；亦即：這種分子的構造與別人所造的（正常）分子不一樣。

有些人患了一種貧血症：從肺運行到組織，血液只攜帶了正常值一半的氧，可是其血中的血紅蛋白量正常。

血紅蛋白分子有四條多肽鏈與四個血基質基。其中兩條多肽鏈稱為 α 型，有 141 個胺基酸殘基；另兩條稱為 β 型，有 146 個胺基酸殘基。在有些貧血症患者中有不正常的 α 型或 β 型鏈，這些不正常鏈中的鐵原子，容易轉變為三價鐵的狀態，而喪失與一個氧分子結合的能力。這一類的貧血症稱為「三價鐵血紅素貧血症」或「變性血紅素白血症」。

患了此症的某些病人，這種分子的異常（由突變的基因引起）為：α 鏈的 58 號位置或 β 鏈的 63 號位置的組胺酸殘基被酪胺酸殘基替代了，如圖示。酪胺酸的支鏈 $CH_2C_6H_4OH$，不具「增多一質子」取得正電荷的能力，也就是說不能使血紅蛋白的鐵原子之二價亞鐵狀態穩定。

對於正常與不正常血紅素的分子構造的知識提供了本病病因完滿的解釋。

Section 55

不造成分子疾病的分子異常

有些人的血紅素分子 β 鏈的 63 號位置上不正常，但是沒有「三價鐵血紅素貧血症」。

他們基因的突變導致這個位置的組胺酸殘基，變成了精胺酸殘基。精胺酸的支鏈是：

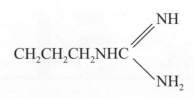

這是個鹼基，可以加上一個質子而成帶正電的基，顯示於鄰頁的圖。

精胺酸支鏈的正電荷的功能和通常出現的組胺酸支鏈的正電荷的功能相同，亦即是「使鐵原子的二價態穩定」。據此我們可以理解為何在此位置上，涉及酪胺酸的分子異常會導致「三價鐵血紅素貧血症」，然而，精胺酸的分子異常卻不會。不過，涉及精胺酸的分子異常卻可引起紅血球對某些藥物，如磺胺類藥物的過敏，於是導致嚴重的貧血症。但是這個效應的機制還不明。

分子疾病是 15 年前（註：相對於原書出版年分 1964 年）才發現的。現在已經學習到不少，但是對於未來的新發現還有很大的可能性。關於人體的分子構造，以及疾病之分子論基礎，在近期的未來，這些知識的獲得可大幅地減少人類疾病。

Section 56

分子競爭──對苯胺磺醯胺和對胺苯甲酸

三十年前（註：相對於原書出版年分 1964 年），細菌感染的疾病是主要死因。現在大多數的這種疾病已被控制住。近時的飛躍進步，始於德國化學家 Gerhard Domagk (1895 – 1964) 在 1935 年發現磺胺藥劑。磺胺藥劑之一的對苯胺磺醯胺（磺胺），其分子結構顯示在附圖的左上端。

雖然許多藥物的分子構造已經清楚了，可是對於藥物的作用機制，我們大都還是無知的。不過這個磺胺是例外。有很好的證據指出，此磺胺分子是和對胺苯甲酸分子（圖中右下方）競爭而起作用。含有一些對胺苯甲酸的培養液中，當加入磺胺之後，細菌停止增長；但是如果添加更多的對胺苯甲酸，它們又增多了；若又加入更多的磺胺之後，細菌又停止增長了。

對胺苯甲酸似乎是細菌的一種生長維生素，很可能對胺苯甲酸的分子接合於細菌的蛋白質分子的一個空腔中，而促進了對於（細菌）生長所必要的某種功能（也許是催化作用）。由圖可看出，磺胺分子 $H_2NC_6H_4SO_2NH_2$ 的大小和形狀都和

對胺苯甲酸分子 $H_2NC_6H_4CO_2H$ 非常相近。所以應可合理地假設，當細菌中有足夠多的磺胺時，它們可以依照化學平衡的原則，占據蛋白質分子內的空腔，阻擋了細菌的維生素分子進入空腔執行促進生長的功能。

抗病毒的分子

　　磺胺劑和很多其他藥物，如盤尼西林，可以有效對抗細菌，但不能對抗病毒。一些具有控制某些病毒能力的藥，已在最近發現。其中一種就是氯四環素 $C_{22}H_{23}O_8N_2Cl$。

　　氯四環素（又叫金黴素）是一種由 *Streptomyces aureofaciens* 這種黴菌製造的金黃色物質。金黴素分子的構造，已用 X 射線繞射法精確地決定了；顯示於次頁。這結構的一個特點是：在分子內鄰近的氧原子間有很多氫鍵，另一樣則是：有四個環連在一起（因而得名），每環有六個單元。這分子含有七個雙鍵（有些為共振）圖上沒畫出來。

　　目前還不是很清楚氯四環素如何能夠控制某些病毒的疾病，而盤尼西林（penicillin G 的化學式是 $C_{16}H_{18}O_4N_2S$）如何能夠控制許多細菌性的疾病。知道分子構造，並不是就會知道藥效的分子基礎與疾病的本質。我們還必須知道人體，病菌，病毒的分子構造。當這些問題解決了之後，就可能將我們現今的知識連同更新的知識，用來造福所有人群。

附錄

 原子的堆積半徑大小

　　堆積半徑是由晶體或液體中的原子，由未鍵結的狀況堆積的有效半徑尺寸給定，也稱為 Van der Waals（凡德瓦）半徑，以荷蘭物理學家 J. D. van der Waals (1837 – 1923) 而得名。

H	1.15Å	N	1.5Å	O	1.40Å	F	1.36Å
		P	1.9	S	1.85	Cl	1.81
		As	2.0	Se	2.00	Br	1.95
		Sb	2.2	Te	2.20	I	2.16

 原子的共價單鍵半徑大小

　　兩個原子以單鍵相連，那麼原子間的距離差不多等於它們的共價半徑之和。和單鍵相比，對於雙鍵，這個距離大約少了 0.21Å，而對於參鍵，這個距離大約少了 0.34Å。

H	0.30Å	C	0.77Å	N	0.70Å	O	0.66Å	F	0.64Å
(0.37Å 於 H_2)		Si	1.17	P	1.10	S	1.04	Cl	0.99
		Ge	1.22	As	1.21	Se	1.17	Br	1.14
		Sn	1.40	Sb	1.41	Te	1.37	I	1.33

英文字彙索引

A

D

人名音譯及索引

以文學閱讀科學 用科學思考哲學

生活無處不科學

.... 潘震澤　著

◆ 科學人雜誌書評推薦、中國時報開卷新書推薦、中央副刊每日一書推薦

本書作者如是說：科學應該是受過教育者的一般素養，而不是某些人專屬的學問；在日常生活中，科學可以是「無所不在，處處都在」的！

且看作者如何以其所學，介紹並解釋一般人耳熟能詳的呼吸、進食、生物時鐘、體重控制、糖尿病、藥物濫用等名詞，以及科學家的愛恨情仇，你會發現——生活無處不科學！

兩極紀實

.... 位夢華　著

◆ 行政院新聞局中小學生課外優良讀物推介

本書收錄了作者一九八二年在南極和一九九一年獨闖北極時寫下的科學散文和考察隨筆中所精選出來的文章，不僅生動地記述了兩極的自然景觀、風土人情、企鵝的可愛、北冰洋的嚴酷、南極大陸的暴風、愛斯基摩人的風情，而且還詳細地描繪了作者的親身經歷，以及立足兩極，放眼全球，對人類與生物、社會與自然、中國與世界、現在與未來的思考和感悟。

說　數

.... 張海潮　著

◆ 2006好書大家讀年度最佳少年兒童讀物獎，2007年3月科學人雜誌專文推薦

數學家張海潮長期致力於數學教育，他深切體會許多人學習數學時的挫敗感，也深知許多人在離開中學後，對數學的認識只剩加減乘除；因此，他期望以大眾所熟悉的語言和題材來介紹數學，讓人能夠看見數學的真實面貌。

科學讀書人——一個生理學家的筆記

.... 潘震澤　著

◆ 民國93年金鼎獎入圍，科學月刊、科學人雜誌書評推薦

「科學」如何貼近日常生活？這是身為生理學家的作者所在意的！透過他淺顯的行文，我們得以一窺人體生命的奧祕，且知道幾位科學家之間的心結，以及一些藥物或疫苗的發明經過。

另一種鼓聲——科學筆記

高涌泉 著

◆ 100本中文物理科普書籍推薦，科學人雜誌、中央副刊書評、聯合報讀書人新書推薦

你知道嗎？從一個方程式可以看全宇宙！瞧瞧一位喜歡電影與棒球的物理學者筆下的牛頓、愛因斯坦、費曼……，是如何發現他們偉大的創見！這些有趣的故事，可是連作者在科學界的同事，也會覺得新鮮有趣的咧！

武士與旅人——續科學筆記

高涌泉 著

◆ 第五屆吳大猷科普獎佳作薦

誰是武士？誰是旅人？不同的風格湯川秀樹與朝永振一郎是20世紀日本物理界的兩大巨人。對於科學研究，朝永像是不敗的武士，如果沒有戰勝的把握，便會等待下一場戰役，因此他贏得了所有的戰役；至於湯川，就像是奔波於途的孤獨旅人，無論戰役贏不贏得了，他都會迎上前去，相信最終會尋得他的理想。 本書作者長期從事科普創作，他的文字風趣且富啟發性。在這本書中，他娓娓道出多位科學家的學術風格及彼此之間的互動，例如特胡夫特與其老師維特曼之間微妙的師徒情結、愛因斯坦與波耳在量子力學從未間斷的論戰……等，讓我們看到風格的差異不僅呈現在其人際關係中，更影響了他們在科學上的追尋探究之路。